다시 살아갈 용기

Nederlands
letterenfonds
dutch foundation
for literature

The publisher gratefully acknowledges the support of the Dutch Foundation for Literature.
이 책은 네덜란드 문학 재단으로부터 제작비의 일부를 지원받았습니다.

달리는 기차에 몸을 던졌다 그리고 다른 삶이 시작되었다

다시 살아갈 용기

빅토르 스타우트 지음 | 전은경 옮김

경계선 인격장애를 지닌 사람은 심리적으로 3도 화상을 입은 환자와도 같다. 말하자면 '감정 피부'가 없다. 아주 사소한 접촉이나 움직임도 막대한 통증을 불러일으킬 수 있다.

마샤 라인햄 Marsha Lineham 워싱턴대학교 심리학과 교수

한국어판 서문

사람들은 대개 우울증을 언짢은 기분에 불과하다고 생각합니다. 감기나 골절은 의학적인 도움을 받아도 아무도 이상하게 생각하지 않는 반면 우울증은 그럴 필요성을 못 느끼지요. 그러나 우울증 역시 다른 질병과 다르지 않습니다. 존재의 핵심을 건드리기에 오히려 더 나쁘지요.

우울증에 시달리면 발아래에서 바닥이 사라지고, 남는 것은 한없는 자유낙하뿐입니다. 우울증 환자는 이런 상황을 바꾸려고 하지만 어려운 일입니다. 혼자 힘으로는 안 되지요. 도움을 얻으려면 자신의 문제를 남에게 이야기할 수 있어야 합니다. 그러나 환자들 대부분은 타인에게 이해받지 못하거나 거부당할 거라는 불안 때문에 이야기를 꺼낼 용기를 내지 못합니다. 이 불안감의 원인은 선입견과 터부일 때가 많습니다. 그 결과 환자들은 비참하게 앓아 여위게 되지요.

처음 네덜란드에서 이 책이 출간되었을 때 제 목표는 하나뿐이었습니다. 자살을 생각하는 사람들에게, 그들의 경험을 타인과 나눌 기회를 주고 싶다는 것이었지요. 불안과 공황발작 때문에 마지막 발걸음까지 내디뎠다가 살아남은 사람과 말입니다. 당시에 제가 이런 책을 읽었더라면 좀 더 시간을 두고 고민을 했을 것입니다. 바로 이 시간이 생사를 가르는 순간이 될 수 있습니다. 모든 것을 파괴하고 처절한 절망을 불러오는 고통이 더 이상 없는 삶. 바로 그 매력적인 대안을 책이 제시한다면 더더욱 그렇지요.

제 이야기가 얼마나 멀리 퍼져 나갈지는 전혀 예상하지 못했습니다. 출간 이후 저는 수백 통의 편지를 받았습니다. 비슷한 문제에 시달리는 사람들뿐 아니라 그들의 친척과 친구들도 편지를 보냈지요. 우울증을 비롯한 심리 질환을 앓는 가족을 어떻게 대해야 할지 알고 싶은 사람들이었습니다. 유족들도 편지를 보냈습니다. 그들이 품은 수많은 의문에 대한 대답을 찾는 동안 저는 늘 답장을 받습니다. 그들의 답장은 "책을 써주셔서 고맙습니다"라는 말로 끝날 때가 많습니다. 하지만 감사할 사람은 바로 저입니다! 이 책의 독자들이 주위 사람들에게 자신의 문제를 이야기하며 함께 해결책을 찾을 동기를 얻었다는 걸 보여주었기 때문입니다.

모쪼록 이 책이 한국의 독자들에게도 도움이 되길 바랍니다.

서문

우울증을 암처럼 목숨이 위험한 질병과 비교하면 이해하지 못하겠다는 반응에 부딪히곤 한다. 우울증은 근거 없는 불만 정도로 낙인이 찍힐 때가 많다. 우울증은 스스로 어떻게 해볼 도리가 없는 육체적 질병과는 달리, 정신 차리고 대항해서 싸우기만 하면 고칠 수 있다고 여겨진다.

나는 우울증 때문에 무척 힘겨웠는데, 당시에 왜 좀 더 나은 결정을 내리지 못했는지 이제는 알 것 같다. 뭔가 다른 걸 원하지만 도무지 그렇게 할 수 없다는 게 우울증의 특징이다. 완전히 속수무책이 되어버리는 것이다.

내 이야기를 쓰게 된 이유 가운데 하나는 우울증에 시달린다고 말하면 사람들이 여전히 놀라기 때문이다. 이 증상은 내 마음 속 가장 깊은 곳에서부터 나라는 존재 자체를 송두리째 뒤흔든다. 그것은 끝도 없는 나락으로 추락하는 것과 다름없다.

이 책은 "야호, 우리 아직 살아 있다!"를 외치지 않는다. 나는 우울증을 극복하기는 했지만, 그건 상처뿐인 승리였다는 생각이 이따금 든다. 내 이야기가 우울증이 사람을 어떻게 망가뜨리는지에 관해 새로운 인식을 심어주길 바란다. 이 책을 읽은 후에 단 한 사람이라도 스스로 목숨을 끊는 대신 도움을 받을 결심을 했다면 내 목표는 달성된 것이다.

차례

#3 끝없이 슬픈 인생과 작별하기

프롤로그 - 원하지 않은 기적

어떤 사람의 목소리가 들린다. 아니, 여러 명이다. 소리가 어디서 나는지 알아내려고 아무리 애를 써도 도저히 모르겠다. 나는 서서히 눈을 뜬다. 주변이 모두 흐릿하다. 목소리가 또 들린다. 여자 목소리다. 가까운 곳에 있다.

"의식이 돌아오네요……."

나는 '어딘가에' 있다가 돌아왔다는 걸 금방 깨닫지만 그곳이 어디였는지는 모른다. 지금 여기가 어딘지도 알 수 없다.

"스타우트 씨, 스타우트 씨. 내 말 들립니까?"

감정이 없는 딱딱한 목소리다. 이 여자는 누굴까? 여긴 어디지? 내 왼쪽, 어둡고 흐릿한 한쪽 구석에서 움직임이 느껴진다. 나에게 말을 거는 여자인 모양이다.

"통증이 느껴지나요?"

내 생각의 속도는 평소보다 느리다. 이 사람이 왜 나더러 통증을 느끼는지 물을까 몇 초 동안 생각해본다. 알지 못하는 이유로

나른하게 느껴지긴 해도 통증은 전혀 없다. 고개를 젓기가 힘들긴 하지만 어쨌든 아니라고 머리를 흔든다.

"스타우트 씨, 오늘 오후에 기차에 몸을 던지셨습니다……."

내가 기차에 몸을 던졌다고? 한참 기억을 더듬자 어렴풋하게 떠오른다. 그랬다, 나는 기차에 몸을 던질 작정이었다. 그러고는 달려오는 인터시티 열차에 정말로 몸을 던졌다. 하지만 아주 오래전의 일처럼 느껴진다.

"여긴 병원입니다."

누군지 여전히 알 수 없는 그 여자가 말한다.

무슨 일이 일어났는지 서서히 기억난다. 나는 암스테르담 라이 역에서 달려오는 기차에 몸을 던졌고, 지금은 병원 침대에 누워 있다.

"다리 수술을 했습니다."

그 말을 들어도 별걱정이 되지는 않는다. 나는 규칙적으로 달리기와 수영을 하고, 피트니스센터에도 간다. 수술은 문제없을 것이다. 내 다리는 꽤 잘 버티니까.

눈꺼풀이 감기고 졸음이 온다. 다시 눈을 떴지만 몇 초가 지났는지, 몇 분 또는 그보다 더 오래 잤는지 알 수 없다. 나는 목이 말라 뭔가 이야기를 해보려고 한다.

"말을 하실 수 없습니다. 인공호흡기를 달았어요."

그 여자가 말한다.

"스타우트 씨, 왼손에 볼펜을 쥐어 드리겠습니다. 오른쪽 팔은 부러졌어요."

다리 수술을 받고, 오른쪽 팔이 부러지고, 말도 할 수 없다고? 내가 지금 그 정도로 안 좋은 상태라는 게 도무지 상상이 가지 않는다. 지금 보니 이 여자는 간호사다. 간호사가 수첩과 볼펜을 준다. 내가 왼손으로 볼펜을 잡자 간호사가 수첩을 단단하게 잡는다. 나는 '커피'라는 단어를 최대한 또렷하게 쓰느라고 종이 위로 볼펜을 천천히 움직인다. 그러고 있는데 엄마 목소리가 들려온다.

"빅토르, 내 말 들리니?"

그 목소리는 침대의 다른 편에서 온다. 나는 그쪽으로 고개를 돌린다.

네, 엄마. 들려요! 나는 그렇게 말하고 싶다. 말을 할 수 없지만 시도는 해본다.

"얘야, 말하지 않아도 돼."

엄마가 나지막하게 말한다.

"입에 호스가 들어가 있어서 지금은 말을 할 수 없단다. 아버지도 여기 와 계셔."

부모님은 독일에 살고 있다. 국경에서 가까운 네이메헌 근처다. 암스테르담에서 자동차로 거의 두 시간이나 걸리는 곳이다. 그러니까 내가 이곳에 이미 두 시간 이상 누워 있다는 뜻이다. 누가 부모님에게 연락했을까? 엄마에게 뭔가 이야기를 하고 싶다. 그래서 볼펜을 들고, 이번에는 엄마가 잡고 있는 수첩에 '다리'라고 쓴다.

엄마가 내 손을 잡고 말한다.

"얘야, 말을 해줘야겠구나. 넌 다리가 없어."

분명히 잘못 들었겠지. 내가 아직 이렇게 살아 있는데, 다리가 어떻게 없어진단 말인가?

"기차가 네 다리 위로 지나갔어. 그래서 이제 다리가 없단다."

엄마가 말을 잇는다.

누군가 엄마 뒤에 서 있다. 시간이 좀 걸리고서야 나는 아버지를 알아본다. 아버지는 아무 말도 없이 울고 있다. 어떤 생각이 떠오른다. 나는 다시 왼손에 볼펜을 쥐고, 내 배 위에 놓인 수첩으로 힘겹게 손을 옮긴다. 그러고는 천천히 볼펜을 움직여 '로프 스홀터Rob Scholte'라고 끼적인다. 글씨를 알아보기 힘든 모양이다. 내가 뭐라고 썼는지 모르겠다는 엄마 말에 간호사가 대답한다.

"다리를 잃은 남자를 말하는 거예요."

그러니까 내 상황은 폭탄 테러로 무릎 위쪽 두 다리를 잃은 후 휠체어에 앉게 된 예술가 로프 스홀터와 똑같다. 충격적이다. 이제 더는 다리가 없다고 생각하자 완전히 기습을 당한 느낌이다. 나는 눈물을 흘리다가 금방 다시 진정한다. 지금 맞고 있는 진통제는 내가 공황상태에 빠지지 않게 해준다.

"너한테 처음 달려갔던 경찰관이 지금 여기 있단다."

엄마가 말한다.

경찰관을 본 기억은 없지만, 그래도 그에게 뭔가 말하고 싶다. 엄마가 나에게 다시 한 번 볼펜을 쥐어주고는 수첩을 꽉 잡는다.

죄송합니다. 좋은 날이 되길 빕니다. 빅토르.

엄마가 수첩을 들고, 제대로 이해했는지 확인하려고 거기 쓰여 있는 문장을 소리 내어 읽는다. 내가 고개를 끄덕이자 엄마는 그 편지를 경찰관에게 건네준다.

간호사가 빨대를 꽂은 커피를 가져다주었지만 이제는 마시고 싶은 마음이 없다. 나는 내 인생의 새로운 장에 막 도착했다.

#1 나 자신에게 복수하고 싶었다

복수심은 생명의 일부로서 죽음의 문턱에
이르면 대개는 우리 몸에서 떠나고 만다.

_마르셀 프루스트

불안과 맞서기 위한 쇼 타임

투신 5년 전, 여름

나는 동료 마리엘러와 함께 더 란타른에 앉아 있었다. 여피족에게 무척 인기가 좋은 대형 레스토랑이다. 마리엘러는 나보다 몇 살 위고, 내가 지금 몇 년째 일하는 사무실에서 나보다 훨씬 더 오래 일했다. 우리는 동료인 마르크의 송별 파티 장소를 물색 중이었다. 마리엘러와 나는 이곳이 적당한 장소라는 데 의견이 일치했다.

우리의 스트립쇼 계획을 레스토랑 여자 종업원과 의논하려는 그 순간, 일이 벌어졌다. 내 속에서 뜨거운 느낌이 올라왔다. 바로 찬물로 얼굴을 씻으면 발작을 막을 수 있을 것이다. 냅킨을 내려놓고 마리엘러를 바라보았다. 내가 갑자기 말을 중단해서 의아해하는 눈치다. 나는 잠깐 화장실에 가야겠다며 양해를 구했다. 이마에서 땀방울이 솟기 시작하는 게 느껴졌다.

"금방 올게!"

힘겹게 미소를 지으며 말하자 마리엘러는 농담을 하며 받았다.

"알았어. 생각만 해도 벌써 뜨거워지는 모양이네."

내가 말없이 남자 화장실로 향하자 레스토랑 종업원이 웃음을 터뜨렸다. 나는 화장실로 가서 문을 세차게 닫았다. 다행스럽게도 나 말고는 아무도 없었다. 얼른 수도꼭지를 돌리고 양손을 그 아래에 가져다 댔다. 빌어먹을, 미지근하고 시원찮은 물줄기라니. 가슴에 좀 시원한 공기를 느끼려고, 그리고 셔츠에 땀자국이 많이 남는 걸 피하려고 수돗물을 켜둔 채로 셔츠 단추를 풀었다.

손을 다시 대보니 물이 이제 좀 차가워졌다. 종이수건을 몇 장 적셔서 이마를 누르고는 눈을 감고 한숨을 내쉬었다. 몇 초 동안 피부에 닿는 서늘함을 즐겼다. 발작이 가라앉는 느낌이 들었고 긴장했던 근육도 풀렸다. 나도 모르게 또 한숨이 나오면서 무척 피곤하다는 느낌이 들었다. 수도꼭지를 잠그고 셔츠 단추도 다시 채웠다. 이제 지나갔다. 확실하다. 하지만 발작은 언제든 다시 일어날 수 있다. 화장실로 올 일이 또 생긴다면 그때는 무슨 핑계를 대야 할지 모르겠다.

식탁으로 돌아와서 다시 한 번 사과한 뒤에, 우리가 회식을 하려는 이유를 종업원에게 설명했다. 동료를 위해 파티를 준비한다고, 그런데 후식이 나올 때쯤 스트립 댄서를 한 명 등장시키려 한다고 말했다. 나는 불안발작의 방해를 받지 않고 느긋하게 이야기했다. 함께 웃으니 긴장이 풀리면서 다가오던 두 번째 발작도 점차 사라졌다.

"후식을 먹은 후에, 또는 그 직전에 음악이 울리고 내가 말을 꺼낼 겁니다. 그러고는 옷을 벗기 시작하고요. 내가 셔츠를 벗으면……."

종업원이 내 말을 가로막았다.

"아, 그러니까 당신이 스트립 댄서라고요?"

나를 가만히 바라보는 마리엘러의 입가에 웃음이 걸렸다. 종업원의 목소리에는 놀라움이 묻어났다. 사실 무시해야 하지만, 내 외모를 의심하는 말을 들으면 상당히 짜증스럽다. 피트니스 센터의 단골손님으로 몇 년 전부터 엄격한 트레이닝 계획에 따라 단련했던 게 다 헛수고란 말인가? 오랫동안 훈련한 덕분에 수영복을 입으면 감탄의 대상이 되지만, 옷을 입고 있으면 그저 '비쩍 마른 약골'로 보일 뿐이다. 나는 종업원의 말을 무시하기로 마음먹고 말을 이었다.

"내가 바지 단추를 하나 여는 순간, 전문적인 스트립 댄서가 등장할 겁니다. 경찰관으로 분장하고요."

"멋진 아이디어네요!"

종업원은 금방 대꾸하고는 이런 일은 이 레스토랑에서 한 번도 없었다고, 그래서 매니저와 일단 상의해봐야 한다고 말했다.

"하지만 별문제는 없을 거예요."

그녀가 안심시키듯 덧붙였다.

종업원은 내 전화번호를 받아 적고 스트립쇼를 할 수 있는지 이틀 뒤에 알려주겠다고 말했다. 종업원이 간 뒤에 마리엘러가 내 손을 잡고 목소리를 높였다.

"당신 아이디어, 나도 진짜 멋지다고 생각해!"

"흐음, 뭐 그렇게 굉장한 것도 아니야."

"그럴지도 모르지. 하지만 그러려면 무엇보다도 용기가 필요하잖아."

"하려면 지금 해야 하니까."

"왜?"

"몇 년 지나서 내가 서른쯤 되면……."

마리엘러가 한숨을 내쉬었다.

"또 그 타령이군."

나는 서른 무렵에 무슨 일인가 벌어져서 내 삶이 완전히 뒤집어질 거라고 확신했다. 그건 그녀도 이미 알고 있었다. 언젠가 한 번 이야기한 적이 있으니까. 나는 두 가지를 확실하게 알고 있었다. 죽지는 않으리라는 것, 하지만 끔찍한 고통을 겪게 되리라는 것. 왜 이런 생각을 하게 됐는지 도무지 모르겠다.

"흠, 그러면 아직…… 삼사 년 남았네. 안 그래?"

나는 고개를 끄덕였다.

"거의 4년이지."

침묵이 찾아들었다.

"빅토르, 솔직히 말해봐. 정말 그렇게 믿는 거야?"

잠시 뒤에 마리엘러가 물었다.

나는 어깨를 으쓱하고는 식탁에 놓여 있는 구겨진 냅킨을 내려다보았다.

"그럼 힘들 것 같은데. 기분도 좋지 않고 말이야."

그녀가 추측했다.

나도 그렇게 느끼는지는 모르겠다. 내가 느끼기에는 이미 정해진 사실이고 확신이니까. 거기서 도망칠 방법은 없어 보였다.

몇 주 뒤에 열린 스트립쇼는 모든 게 성공적이었다. 그 레스토랑으로 가는 전철에서조차 아무 일도 일어나지 않았다. 몸이 뜨거워지거나 옥죄는 느낌 없이 이렇게 차를 타고 잘 견디는 경우는 무척 드물다. 기분이 좋고, 곧 일어날 일이 기대되었다. 스트립쇼를 기획했을 뿐 아니라 직접 참여하는 나 자신이 자랑스러웠다. 전철을 타고 레스토랑으로 가면서 평소와 달리 발작을 일으키지 않는 이유는 분명히 이 강력한 기쁨 덕분일 것이다.

과시 행위, 노출은 내가 불안발작과 싸울 수 있는 얼마 안 되는 효과적인 무기 가운데 하나다. 나는 박수갈채와 기립박수가, 파급력이 큰 성공이 필요하다. 내 자존감은 그럴 때만 아주 어두운 심연을 벗어나 햇빛을 향해 표면으로 나오는 듯하다. 그러면 헤어숍 의자에 앉아서도 잘 견디고, 전철에서도 땀을 뚝뚝 흘리지 않아서 기분이 좋다. 정말 기괴하다.

내가 아마 무의식적으로 가지고 있을 내 마음속 깊이 뿌리내린 극도로 부정적인 자아상은 눈에 보이지 않는 적에게 나를 공격할 힘을 준다. 부족한 자존감은 극단적인 행동을 통해 일시적으로 채워지는 것 같다.

가벼운 과시 성향은 늘 있었다. 이미 초등학교 1학년 꼬마 때 나중에 배우나 가수가 되겠다고 했으니까. 노래하는 배우면 더욱 좋고. 나는 각광을 받고 싶었다. 우울감이 뚜렷하게 드러난 건 열두 살 무렵이었는데 그 전에는 학교 강연이나 연극에 활발하게 참여했다. 불안이라는 건 전혀 몰랐고 말을 더듬지도 않았으며, 스스로 '정상'이라고 느꼈다. 나중에 정신과 의사도 그렇게 말했다.

사랑하는 동료 마르크를 위한 송별 파티는 내가 창의적 과시 행위라고 표현하는 노출 성향에 딱 들어맞는 소중한 순간 가운데 하나였다. 내가 모든 동료들 앞에서 옷을 벗는 건 물론 아니다. 그건 특별한 기회였다. 마르크와 내가 베테링스한스의 한복판에 있는 레이크스 박물관 맞은편 사무실에서 함께 일한 몇 년은 내 인생 최고의 시절이었으니 스트립쇼를 한번 할 만한 가치가 있다. 바로 그 순간 나는 불안과의 싸움을 시작한다. 이 싸움이 헛될 수도 있지만, 지금 나에게 중요한 건 내가 아직 싸우고 있으며 포기하지 않았다는 사실이다.

무대 위에서 우리의 쇼는 미리 맞춰본 것처럼 보일 정도로 아무 문제없이 매끄럽게 진행되었다. 내가 탁월한 재능을 타고난 건지, 아니면 나 스스로를 뛰어넘으려는 열망에 의해 움직이는 건지 모르겠다. 나 자신을 능가할 수 있음을 스스로에게 납득시키기 위해서 말이다. 직접 무대에 나서겠다는 생각은 처음부터 확실했지만 쇼가 어떻게 끝날지에 대해서는 아무런 생각도 하지 않았다. 레스토랑으로 가는 전철에서조차도 안 했다.

무모한 여행
투신 6년 전, 여름

햇볕이 내리쬐는 어느 금요일 점심, 햄버거 하나를 들고 마르크와 함께 레이체 거리를 어슬렁거렸다. 한동안 다시 시내에 살면서 일할 때였는데, 나는 그곳이 정말 고향처럼 편안하게 느껴졌다. 우리는 클레이너 하르트만 공원 가장자리의 편평한 담장에 앉았다. 나는 셔츠 소매를 걷어 올리고 느긋한 기분을 즐겼다. 요즘은 직장 스트레스가 거의 없다. 햄버거를 한입 베어 무니 마요네즈와 토마토, 샐러드와 구운 고기 맛이 무척 맛있게 섞여들었다. 그 순간 나는 내 삶이 지금보다 그다지 나아지지 않으리라는 걸 깨달았다.

남부의 작은 마을 초등학교에서 연극에 참가하던 시절부터, 햇살이 환하게 비치는 금요일 점심에 레이체 광장에 앉아 있는 지금까지 내가 어떤 일들을 극복해야 했는지 생각했다. 그동안 이루어낸 일들이 자랑스럽게 느껴졌다.

"너, 좋아 보인다!"

마르크가 햄버거를 입에 물고 말했다. 나는 어깨를 으쓱하고는 웃음을 터뜨렸다.

"날씨도 좋고 오늘은 금요일이잖아. 뭘 더 바라겠어?"

영화 속 한 장면처럼 느껴졌다. 나는 주변을 에워싸고 있는 이 세상의 일부가 아니다. 배역을 맡아 연기하는 중이고, 주위는 영화 세트장이다. 나는 어릴 때부터 영화를 좋아했다. 내가 열한 살 때 영화관에 몇 번 함께 간 아버지도 그 사실을 알아챌 정도였다. 우리가 〈007 유어 아이즈 온리〉를 보고 시간이 좀 흐른 뒤에, 아버지가 엄마에게 하는 말을 들었다. "빅토르는 아직도 영화관에서 나오지 않았어." 당시에 나는 그 말이 칭찬이라고 생각했을 뿐 위험하다고 생각하지 않았다. 그때 나는 영화관이 주는 허위 현실에서 벗어나고 싶지 않았다.

배역을 연기한다는 건 멋진 느낌을 준다. 내 정체성에서 나를 해방시키게 도와준다. 예를 들면 사람들을 만나는 상황이 그런 경우인데, 나에게 사회적 관계는 공황발작을 불러오는 도화선이다. 그때 나 자신이 다른 사람인 척 행동하면 적어도 한동안은 불안하지 않다. 그럴 때면 나는 약간 산만하지만 정감 가는 동료요, 모험 성향이 좀 있으나 믿음직한 같은 편 친구 또는 지인이 된다. 관중이 없는 집에서만 나는 정말로 나 자신이 된다. 그곳에서는 몸짓을 어떻게 해야 할지, 어떤 단어를 골라야 할지, 어떤 행동을 하고 있는지 생각할 필요가 없다. 그런데도 아무 이유도 없이 불쑥 아주 비참해질 때가 있다.

우울증이나 침울한 사람들에 대해 이야기를 늘 듣긴 하지만, 증상을 보면 나와는 상관이 없어 보였다. 나는 모든 걸 포기하지도 않고 며칠씩 침대에 누워 있지도 않으며, 외모를 소홀히 하지도 않고 취할 정도로 마시지도, 마약을 하지도 않는다. 담배도 안 피운다.

반면에 나는 이따금 스스로의 한계를 넘어서는 모험을 즐긴다. 뭔가 극단적인 것은 쾌감을 불러온다. 도서관에서 빌려 읽은 책에는 경계선 인격장애자 가운데 그런 성향이 흔하다고 쓰여 있었다. 낮은 자존감과 공허한 내적 경험, 인간관계에 전부를 걸거나 그건 아무것도 아니라고 상상한다는 말도 있었다. 어떤 상황이 불쑥 뒤집어진다는 상상도 한다고 했다. 그 상상은 나도 좀 알지만, 나쁘다고는 생각하지 않는다. 인생은 모 아니면 도니까.

걱정을 해야 하나? 흥미롭기는 하다. 내가 뭔가 대단한 사람이 된 느낌이다. 쾌감과 스릴이 없는 인생은 얼마나 지루한가! 단점을 해결할 방법을 곧 찾을 것이다. 모든 게 좋아지는 날이 올 테지. 그건 확실하다.

마르크와 함께 클레이너 하르트만 공원에 있던 이 날, 나는 다시 영화 장면 속에 있었다. 내 뒤쪽 광장은 무대배경이었다. 행인들은 단역배우고 우리 위에 있는 태양은 조명이며, 내 옆에 앉은 상대역은 웃으며 농담을 하고 있다. "액션."

"그 아이디어 때문에 아주 신이 난 모양이군."

마르크가 말문을 열었다.

"이제 아무것도 너를 막을 수 없을 것 같은데?"

나는 미소를 지었다. 오늘 아침에 마르크에게 새로 만난 데이트 상대 이야기를 했다. 지금까지의 데이트와는 전혀 다를 것 같다. 우린 외식을 하기로 했는데, 그냥 아무 데서나 먹는 게 아니라 바르셀로나로 간다. 마르크는 그게 지나치다고 생각했다.

"내가 널 어떻게 말리겠어."

마르크가 한숨을 내쉬었다.

"하지만 너도 그게 멋진 아이디어라고 생각하지?"

나는 일부러 순진하게 물었다.

마르크는 생각에 잠긴 표정으로 고개를 저었다. 그는 나보다 겨우 몇 살 위다. 처음에는 동료였지만 점점 더 친구 같은 사이로 변했다. 거의 매일 점심시간을 함께 보낸다는 뜻이다. 우린 시내를 걸으며 새로 개봉한 영화나 요즘 좋아하는 음악, 연애와 일, 다음 주말 계획 등 온갖 관심사를 나누었다.

지나치다는 마르크의 말은 물론 옳다. 나는 그 데이트 상대를 일주일 전에 만났다. 우린 늦은 저녁에 아주 시끄러운 음악이 울려 퍼지는 클럽에서 아마 30분 정도 이야기를 나누었던 것 같다.

이제 상대방은 여권과 칫솔만 챙겨 스히폴 공항에 나오면 되고, 다른 것은 모두 내가 처리할 것이다. 다음 주 금요일에 갔다가 일요일에 돌아올 것이다. 월요일 아침 정시에 다시 출근해야 하니까. 항공사 직원인 나는 이렇게 여행하는 게 가능하다. 빈자리만 있으면 언제든 단돈 몇 십 유로로 티켓을 사서 전 세계를 날아다닐 수 있다.

내가 그냥 근처 레스토랑에서 약속을 잡지 않은 진짜 이유가 뭔지는 나 스스로 물론 잘 알고 있지만 그 이야기를 하고 싶지는 않았다. 마르크에게도, 다른 그 누구에게도. 아니, 그에 관한 생각조차도 하고 싶지 않았다. 첫째는 부끄러우니까. 단순한 레스토랑 방문조차 공황발작을 일으킨다는 걸 인정하는 건 약점이라고 생각한다. 둘째는 그 생각을 하면 기대하는 즐거움이 사라지기 때문이다. 그 생각은 주말을 바르셀로나에서 보낸다는 기발한 아이디어를 치료받아야 할지도 모르는 어떤 질병 또는 비정상이라는 증거로 만들어버린다. 하지만 이유 따위를 생각하지 않으면 모든 게 '낭만적이고 독창적인' 계획으로 보일 것이다.

이 행동이 나 자신과의 전투를 치르는 데 올바른 무기가 되길 바랐다. 데이트 상대를 바르셀로나로 데리고 간다! 얼마나 멋진 일인가? 이 일이 성공한다면 나는 이제 그 무엇에도 불안을 느낄 필요가 없다. 바르셀로나로 간다는 계획은 지난 주말에 벌어진 일련의 사건들이 가져온 결과다. 그때 나는 다른 약속이 있었다. 나는 내 또래의 젊은이들과 마찬가지로, 관계를 지속할 연인을 급하게 구했다. 더 정확하게 말하자면 나와 잘 맞는 짝을 찾아다녔다. 그런 사람을 아직 발견하지 못했으므로 대도시 밤의 환락가에서 주말마다 아주 늦은 시간까지 열심히 찾고 있었다.

그날 저녁에도 어떤 술집에서 약속이 있었다. 그곳으로 가는 전철 안에서 다시 일이 벌어졌다. 다음 정류장에서 내려야 했다. 차가운 바깥 공기 덕분에 금방 좀 나아지기는 했지만 발작을 완전히 막을 수는 없었다. 다음 전철을 타니 불안이 다시 솟구쳐 올랐다. 술집까지 가지도 못할 것 같았다. 겨우 도착했지만 얼마 안 가 또 시작됐다. 다 포기하고 집으로 돌아가지 않으려고 젖 먹던 힘까지 짜내야 했다. 몇 번이나 실례한다고 말하고는 화장실로 가서 냉수로 얼굴을 적셨다.

전투는 무의미해 보였다. 우리는 다른 술집으로 갔지만, 나는 도착하자마자 바로 화장실로 달려가야 했다. 찬물을 틀어놓은 채 거울을 보니 옷소매가 푹 젖어 있었다. 문자 그대로 땀구멍에서 액체를 쥐어짠 것 같았다. 팔 안쪽, 손에서부터 팔꿈치까지 땀이 뚝뚝 떨어지고 있었다. 비참했다. 양손으로 얼굴을 가리고는 세면대 옆쪽 바닥에 주저앉아 벽에 몸을 기댔다. 이런 상태를 끝내야 했다. 어떻게든.

암스테르담 토박이로 보이는 중년의 화장실 미화원이 잔돈을 받을 접시와 잡지가 놓인 탁자 뒤편에 앉아 있었다. 그녀의 목소리가 텅 빈 공간을 울렸다.

"어이, 너무 많이 했나?"

무뚝뚝하기보다는 걱정스러워 하는 말투였다. 사람들이 내가 마약을 과다 복용했다고 생각할 정도가 된 건가? 이보다 깨끗할 수 없을 정도로 전혀 하지 않았는데도! 웃음이 터진 몇 초 동안은 불안에서 확실하게 해방된 것처럼 느껴졌다.

문득 초등학생 때 처음으로 불안을 경험한 기억이 떠올랐다. 선생님이 학부모 모임 때 엄마에게 한 질문이었다.

"빅토르는 웃지 않아요. 웃을 수 있긴 한가요?"

내가 여덟 살인가 아홉 살 때의 일이었다.

엄마는 그 질문을 다음 날 아침 식탁에서 몇 번이나 되풀이했다. 그 질문은 무척 이상하게 들렸다. 웃을 능력이 없다는 데 얼마나 깊은 원인이 있는지 그때는 아무도 상상하지 못했다. 나처럼 어린 소년이야 더 말할 나위도 없었고.

그날 저녁 약속한 사람과는 성공하지 못했다. 완전히 실패였지만 그래도 나는 포기하지 않았다. 집으로 가는 전철을 탔는데, 놀랍게도 아무 문제도 일어나지 않았다.

집에 도착한 뒤에 한 바퀴 달리니 실패를 잊어버리는 데 도움이 되었다. 달리는 중에 이미 기분이 좀 나아졌다. 나는 샤워를 하고 깨끗한 옷으로 갈아입고는 자정 무렵에 다시 한 번 외출했다. 육체적으로 너무 지쳐서 공황발작이 일어날 힘조차 없는 것 같았다. 클럽에서 맥주를 한 병 주문했다. 알코올은 공황발작을 약간 완화하는 효과가 있지만 두 병 이상은 오히려 역효과를 불러올 수 있다. 가끔 몸이 무척 뜨거워지기도 한다. 나는 실패로 끝난 저녁 식사 자리를 되도록 깊이 묻어버리거나 기억에서 완전히 지워줄 믿음직스러운 수단인 운동을 했다. 그러나 성공하지 못했다는 생각과 자책감에 시달렸다.

가벼운 공황과 강철 같은 의지, 보이지 않는 적을 해치우겠다는 굳은 결심이 뒤섞인 감정으로 다른 무기를 찾기 시작했다. 그러나 그 무기가 무엇인지는 그저 흐릿하기만 했다. 내가 불안을 극복하는 데 필요한 안정감을 줄 수 있는 연인 관계 정도가 아닐까? 그날 밤, 나는 포기하지 않는다는 걸 스스로에게 보여주고 증명할 작정이었다. 바로 그런 상황에서 대학생 둘을 만났고, 그 중 한 명을 주말 바르셀로나 여행에 초대했다. 사실 다른 선택의 여지는 없었다.

"이제 가야지!"

마르크가 팔꿈치로 가볍게 나를 치고는 담장에서 뛰어내렸다. 사무실로 돌아오는 길에 그는 나에게 바르셀로나에서 아주 즐겁게 지내라고, 몇 년이 지난 뒤에도 미소를 지으며 그 데이트를 떠올릴 수 있기를 바란다고 말했다.

"너희 둘이 10년 뒤에도 함께라면, 그렇게 시작된 관계가 정말 재미있게 생각될 거야."

사실 그렇다. 이 관계가 바르셀로나에서 보내는 주말로 시작한다면 영원히 귀엽고 소중하고 특별한 추억이 될 테지. 주말여행을 감행하는 진짜 이유를 완전히 묻어버릴 적당한 핑계를 대주기도 할 거고.

색채 없는 삶

“어떻게 표현하셨죠? 웃지 않는 아이였다고요?”
내 맞은편에 앉아 있는 젊은 정신과 여의사의 목소리는 무미건조했다. 그녀는 의중을 알 수 없는 표정으로 나를 바라보았다. 짙은 갈색 긴 머리카락을 하나로 묶고, 작고 검은 안경을 썼다.

“네, 청소년기에는 그랬지요.”

“청소년기?”

병원 소속 정신과 의사가 처음 찾아왔을 때 나는 아직 진통제에 취한 채 침대에 누워 있었고 거의 한마디도 할 수 없는 상태였다. 의사가 이름을 부르는 바람에 깊은 잠에서 깼다. 약을 주려는 의사라고 생각했는데 그녀가 정신과 의사라고 자기소개를 했다. 그때 내가 보인 첫 반응은 그 어떤 정신과 의사와도 내 자살시도 등등에 대해서는 아무 말도 하지 못하겠다는 거였다.

의사는 이해한다는 듯이 고개를 끄덕이고는 일주일 뒤에 다시 한 번 들르겠다고 했다. 나는 그러시라고, 하지만 그때도 말을 하고 싶을지는 모르겠다고 대답했다. 의사는 그 말에도 이해심을 보였다. 그래서 그녀가 다시 나타났을 때 나는 대화에 반대할 핑계가 없었다.

기차에 뛰어들기 한두 주 전에 의사가 나를 만났더라면 나에 대한 인상이 지금과는 완전히 달랐을 것이다. 그건 확실하다. 분명히 나는 이 의사에게도 주변의 수많은 사람들에게 그랬듯 친절하고 공손하며 외모를 잘 가꾸고 운동도 잘하며 모험을 좋아한다는 인상을 주었을 테지. 또 바보스럽지도 않고. 하지만 내가 예전에 내뿜던 분위기를 다시 회복하기 위해 할 수 있는 일은 이제 없다. 나는 패배했고 모든 희망은 사라졌다. 완전히 굴복한 기분이었다. 그런데 입원한 지 3주가 지났지만 누구한테, 무엇에 굴복했는지는 여전히 알 수가 없었다.

우리는 복도에 있는 창고 비슷한 곳에 앉았다. 병실에 혼자 누워 있는 걸 더는 견디지 못한 내가 그곳으로 피해 온 것이다. 그 병동에는 상담실도 없고, 이야기를 나눌 만한 적당한 다른 장소도 없었다. 벽에 화장지와 청소 세제, 침대 시트와 소변통, 빈 링거 봉지들이 가득 쌓여 있었다. 어떻게, 그리고 왜 자살을 시도하게 됐는지 대화를 나누기에 알맞은 장소는 아니었다.

비품들이 가득 차 있는 선반 사이를 네온 불빛이 흐릿하게 비추었다. 마치 우리가 은신처에서 몰래 숨어 마주 보고 있는 기분이었다. 의사는 낮은 의자에, 나는 바퀴가 부드러운 병원 휠체어에 앉았다. 오른팔은 아직 깁스를 한 상태라서 움직이기가 무척 불편했다. 화장실에서 볼일을 본 뒤에도 벨을 눌러야 했다. 바르셀로나 이야기까지 나왔지만 의사는 내 어린 시절에 더 관심이 가는 모양이었다.

"흠, 청소년기는……. 그런 이야기는 좀 진부하지 않나요?"

나는 일어난 사건의 원인을 오로지 유년기와 청소년기에서만 찾을 수는 없다고 말하고 싶었다. 정신과 의사는 나를 가만히 바라보기만 할 뿐 아무 말도 하지 않았다.

"나도 물론 모릅니다. 하지만 초등학교 선생님이 나에 대해 했던 말은 아마 어느 정도 그것과 관련이 있겠지요."

나는 웃지 않는 아이였다는 이야기를 다시 한 번 했다.

의사는 뭔가 메모를 하고는 나를 바라보며 미소를 지었다.

"왜 웃지 못했죠?"

"모릅니다."

나는 어깨를 으쓱하며 대답했다.

"그런데 그 선생님이 말한 게 사실인가요?"

"네, 내가 느끼지는 못했지만 아마 맞을 겁니다. 그런 의문을 가져본 적이 없어요. 웃지 못한다는 생각을 해본 적이 없다고요."

나는 선생님이 왜 그런 말을 했을까 곰곰이 생각해보았다. 그러고는 의사에게 그 당시에 받은 느낌, 그리고 오랜 세월이 지난 후 이제야 그 말을 다시 기억하게 됐다고 이야기했다. 말하는 게 힘들지는 않았다. 나는 내 삶에 색채를 주려고 무척 노력했다. 초등학교와 중등학교, 대학교 시절은 흑백이었다. 진짜 삶이 있는 바깥은 모든 것이 총천연색이었다는 뜻이다.

아마 열한 살이나 열두 살쯤이었던 평범한 어느 날, 교실 창문을 통해 학교 옆으로 뻗은 거리를 내려다보았다. 자동차와 자전거, 행인들이 지나가고 있었다. 바로 그때 나는 바깥은 모든 것이 총천연색이지만 내가 있는 안쪽은 모든 게 흑백이라는 걸 깨달았다. 이 흑백 필터는 학교에서 집으로 돌아가는 길에도 나를 떠나지 않았다. 천연색 세상으로 향하는 발걸음은 불가능했다. 그래도 그럭저럭 지낼 수는 있었다. 학창시절이 드디어 끝나는 날이 오면 내 삶은 색깔을 띠게 될 테니까.

"아마 이런 생각과 관계가 있는 것 같습니다. 학교가 재미있다는 건 여름에 내리는 눈처럼 불가능해 보였어요. 무척 재미있게 지내는 학교 친구들이 부럽긴 했습니다. 삶의 기쁨은 이제 올 거라고, 더 나은 시간을 그냥 기다리는 수밖에 없다고 생각했지요."

나는 생각을 정리하려고 천장에 매달린 네온 전등의 하얀 불빛을 쳐다보았다. 이런 일에 대해 말하는 건 싫었지만, 사건을 이미 겪은 그 상황에서는 그저 심문이나 증인 진술에서 들은 소문에 대해 말하는 것처럼 느껴졌다. 그게 내가 입을 여는 유일한 이유이기도 했다. 그냥 정보를 주려는 것뿐이었다. 이 대화가 내 곤경을 덜어주리라고는 기대하지 않았다.

나는 열두 살에서 열세 살쯤 되었을 때 상황이 어떻게 변했는지, 내 안의 뭔가가 어떻게 달라졌는지 의사에게 설명했다. 그때쯤부터 나는 우울해졌다. 당시에 그런 단어를 알지는 못했지만 증세는 분명히 그랬다. 그전까지 재미있던 것들, 가령 학교생활이나 생일 파티 같은 일상적인 일에서 점차 기쁨을 잃어버렸다. 이 모든 것이 불현듯 부담스럽고 힘겨워졌다. 깊고 어두운 구멍에 빠진 듯한 느낌이었다. 학교에서 집으로 돌아오면 계단 꼭대기에 다리를 꼬고 앉아 머리를 무릎에 대고 양손으로 감싸 쥐고 있을 때도 있었다. 그러면 주변이 온통 어두웠으므로 눈을 감을 필요가 없었다. 이따금 자살을 생각하기도 했다. 그건 학교를 마친 뒤에 내 문제에 대한 해법을 찾지 못할 경우에 괜찮은 방법 같았다. 마음을 안정시키는 해결책이라고 생각했다.

내가 그때 계단 꼭대기에 어떻게 앉아 있었는지 의사에게 보여주려고 다리를 꼬고 싶은 마음이 문득 들었다. 하지만 다리가 없어서 그런 자세는 이제 불가능하다는 사실을 깨닫고 나니 쓴웃음이 나왔다.

"그 당시에 자살이란 지속적인 어둠 속의 시간이라고 생각했어요."

나는 몸을 똑바로 세우고 앉아, 내 말에 스스로 동의하려는 듯이 고개를 끄덕였다.

"네, 그랬던 것 같습니다. 내 주변의 모든 색깔이 갑자기 바래는 느낌이었어요. 게다가 초등학교를 마칠 무렵에는 말도 더듬기 시작했지요."

초등학교와 중등학교 때 말을 더듬었다고 이야기할 때면 늘 창피했다. 학창 시절에 그걸 극복하지 못한 나 자신을 질책했다.

"그 문제는 중등학교에 들어가면서부터 진짜 심각해졌습니다. 그 전에 초등학교 저학년 때 아이들 앞에 나가서 아무 문제없이 뭐든지 발표할 수 있었어요. 연극이나 뭐 그런 것도 하고요."

"그때는 세상이 아직 총천연색이었나요?"

나는 미소를 지었다. 의사가 내 말뜻을 이해했으니까.

"네, 그랬지요. 그 일은 순식간에 일어났습니다. 띠나 끈 같은 게 내 목을 조여왔어요. 생물 선생님이 책을 읽으라고 했는데 갑자기 마법처럼 아무 말도 하지 못하게 됐을 때 그렇게 느꼈습니다. 지금도 생생하게 기억나요. 어느 월요일 오후였지요."

그 순간 이후로 학급에서 뭔가 발표를 하고 싶거나 해야 할 때면 숨이 막혔다. 말을 할 수 없다는 사실에 얼마나 놀랐는지 지금도 생생하게 기억한다.

"뭔가 질문을 받고 대답을 해야 하는 게 두려웠습니다."

"불안에 대한 불안이지요."

의사가 말했다.

불현듯 나는 아무 관계도 없는 제삼자가 되어 증인 진술을 하는 게 아니라, 나에 대해 이야기하고 있다는 사실을 깨달았다. 눈을 감고, 나중에 후회하지 않으려면 이 대화를 긍정적으로 바꾸어야 한다고 생각했다.

말을 더듬는 증상은 중등학교 말기에 좀 나아졌다. 내가 직접 개발한 치료요법을 시작했기 때문이다. '스스로를 신뢰하기'였다. 이 요법은 간단했고, 효과가 있는 것 같았다. 피트니스센터를 처음 찾아갔을 때 허약한 남자였던 나는 그래도 그곳에서 운동할 용기를 냈다. 건장한 보디빌더들 사이에서 가장 가벼운 아령을 집어 들던 그 순간을 잊을 수가 없다. 얼마 지나지 않아 가벼운 아령을 내려놓고, 약간 더 무거운 아령을 잡을 수 있었다. 결국 의지의 문제였다. 당시 나는 좋은 컨디션을 유지하고 건강한 식생활하기, 열심히 일하고 무엇보다도 포기하지 않기라는 해야 할 일 목록을 눈앞에 그렸다. 짙은 안개가 끼고, 내 삶에서 모든 색채가 사라지는 것처럼 보여도 절대 포기하지 않기.

"안개를 헤치고 앞을 보거나 계속 사라지는 뭔가를 잡기가 힘겨울 때도 많았습니다. 사람들과 관계를 맺는 게 그렇지요. 맺을 수 없을 것 같아요. 기괴하게도 어디서나 그렇답니다."

나는 슈퍼마켓이나 이발소, 전철에서 그런 일이 일어난다고 설명했다. 거리에서도 발생하니까 폐소공포증은 아니다. 불안 때문에 몸에서 땀이 나는 걸 남들이 볼 수 있다고 생각하는 순간, 나는 발작에 굴복하고 만다. 아니, 굴복한다는 건 올바른 표현이 아니다. 내가 뭘 할 수 있는지, 뭘 하고 싶은지 알고 있으니까. 어쨌든 무언가가 나를 습격한다. 그런 순간에 내가 특별히 긴장하는 건 아니다. 그러나 그것은 나를 혼란스럽게 만들고, 망가뜨리고, 내 존재의 핵심을 해치고 존엄을 앗아간다. 그 무언가 때문에 머리카락을 자를 수도, 지원한 일자리를 얻을 수도 없으며, 관계를 맺는 것도 불가능하다. 모든 것, 내 감정적인 삶은 그것 때문에 실패한다. 내 삶 전체, 모든 것이. 나는 의사가 내 말을 이해하는지 의심스러워 좀 더 자세히 설명해야겠다고 마음먹었다.

"관계를 맺으려고 할 때마다 그 관계가 금방 사라질까 봐 늘 불안합니다. 그 관계를 유지하지 못해서 혼자 남으면 어떤 일이 벌어질지 두려워요."

말을 하다 보니 내가 그동안 공황 발작에 마비되어 어디에 누구와 있든 그냥 그 자리에서 일어나 나와야 할 때면 얼마나 절망했는지가 확연해졌다.

"그러면 아무것도 남지 않지요. 정말 아무것도요."

"그런 일을 겪으시는군요."

의사 말에 나는 고개를 끄덕였다.

"무척 외로웠겠어요."

그녀가 다정하게 말했다.

"예, 그럼요. 얼마나 심했는지!"

의사는 뭔가 메모를 했다. 그런 다음 아무 말도 하지 않고 나를 잠깐 바라보았다. 방 안은 조용했고 복도에서 나지막한 목소리만 두런두런 들려왔다.

나는 의사를 바라보지 않고 속삭이듯 말했다.

"난 견디려고 정말 모든 걸 걸었습니다. 포기하지 않으려고요. 통제할 수 있다고, 시간문제라고 늘 생각했지요. 더 오래 달리고, 수영을 더 자주 하면 공황발작에 대항할 수 있다고, 그러면 나를 스스로 통제할 수 있게 되고 강해질 거라고 말입니다. 문자 그대로, 그리고 은유적인 의미에서도요."

"거기에 대해 의사와 이야기해본 적이 있나요?"

나는 고개를 젓고는 설명을 시작했다.

"흠, 가정의학과 주치의에게 몇 번 언급한 적은 있습니다. 하지만 늘 안정제 자낙스를 처방받았고, 좀 느긋해지라는 충고만 받았지요."

그러고는 한숨을 깊게 내쉬고 말을 이었다.

"나 스스로 해결할 수 있을 거라고 믿었다는 고백을 해야겠군요. 자낙스나 기타 약품 없이도 될 줄 알았습니다. 또 중독되고 싶지 않았고요."

"치료 요법을 받은 적이 있나요?"

수년 전에 정신과 의사와 몇 번 상담한 기억이 났다. 세 번인가 네 번 상담한 뒤에, 그가 내 말에 귀를 기울이긴 한 건지 의문이 생겼다. 그날 진료 예약은 10시였다. 내가 초인종을 눌렀을 때 그는 인터폰으로 나더러 착각했다고, 상담 시간은 11시라고 말했다. 한 시간 뒤에 다시 갔는데, 나는 그가 직접 10시라고 적어둔 카드를 보게 됐다. 그가 한 말이라고는 "아이고 이런. 뭐, 착각할 수도 있죠"였다. 그래서 더는 가지 않았다.

나는 암스테르담에 있는 네덜란드심리학연구소 대기 목록에 올라가 있었다. 몇 주 전에 거기서 상담을 했는데, 그때는 당장은 환자로 받아줄 수 없다고 했다.

의사가 다시 메모를 했다.

"우연히도 이번 주에 그 연구소에서 전화가 왔는데, 부모님께 이제 내 순서가 됐다고 하더군요."

나는 이렇게 말하고는 입술을 깨물었다.

수첩에서 눈을 떼고 나를 바라보는 의사의 눈에 호기심이 어려 있었다.

"아버지는 그곳 직원에게 이미 늦었다고 말했지요."

의사는 또 뭔가를 적어 넣고 물었다.

"그날 저녁 클럽 이야기로 다시 돌아가지요. 그래서 어떻게 됐나요?"

내 기억은 담배 연기에 전 그곳으로 돌아갔다. 나는 손에 맥주잔을 들고 댄스 플로어를 바라보며, 망치로 두드리는 듯한 음악에 푹 빠져 즐길 수 있는 사람들을 부러워했다. 그러다가 바에서 대학생 두 명 옆에 서게 되었다. 나중에 알았는데, 위트레흐트에서 온 학생들이었다.

"당신이 그 두 사람에게 말을 걸었나요?"

몇 년 전의 일이지만 그날 저녁에 어떻게 둘과 이야기를 하게 되었는지 꽤 잘 기억이 났다.

"맥주인가 아니면 다른 뭔가를 주문하고는 그 학생들 바로 옆에 가서 섰습니다."

"클럽에서 사람들과 관계를 맺을 때 보통 그렇게 하시나요?"

"그게 가장 간단한 방법이라고 생각합니다."

"이해가 되지 않네요. 식당이나 술집에서 약속한 사람을 만나기는 어렵다면서 사람들로 붐비는 바에서는 불안해하지 않고 아무에게나 말을 걸 수 있다니 말이에요."

"레스토랑이든 어디든 약속을 하고 일단 자리에 앉으면 그냥 나갈 수 없습니다. 하지만 클럽이나 디스코텍에서는 미리 약속이 없었더라도 대화를 시작하기가 편하지요. 준비할 수 있다는 말입니다. 그리고 내 상태가 충분히 좋을 때 말을 겁니다. 그렇지 않으면 그만두거나 나중으로 미루지요. 그런 대화는 중단하기도 쉽고, 또 나중에 다시 이어가면 되니까요."

"그날 둘 중 한 명에게 바르셀로나로 함께 가자고 했나요?"

"아뇨, 그날 밤에 바로 말한 건 아닙니다. 나중에 전화로 했지요."

"그 여행을 통해 불안을 극복할 수 있을 거라 생각했다고 하셨죠?"

의사가 물었다.

"그 경험, 그 여행이 굉장한 인상을 남겨서 그 후에는 모든 게 아주 쉬워질 거라고 상상했습니다. 마지막 치료 요법처럼 말이지요."

의사는 종이에 펜을 댄 채, 아무 말도 하지 않고 잠깐 고개를 들어 나를 바라보았다.

한 병실의 다른 두 인생

나는 넓고 조명이 약간 흐릿한 병원 복도에서 휠체어를 타고 움직였다. 내 병실로 가는 중이었다. 벽 페인트는 예전 언젠가는 새거였을 것이다. 얼마 전에 왁스칠을 한 바닥에는 잘 제거되지 않는 얼룩이 보였다. 복도 좌우에는 빈 침대와 주사 병을 비롯해서 의료품이 담긴 카트가 있었다. 지난 며칠 동안 자주 마주쳤던 방문객들이 눈에 들어왔다. 부상 외과에는 중상을 입은 환자들이 누워 있는데, 이 환자들은 보통 좀 길게 입원하기에 방문객도 많다. 그중 몇 명은 나를 알아보고 고개를 살짝 끄덕였다. 단순한 인사가 아니었다. 그 사람들이 나를, 그러니까 휠체어에 앉아 있는 사람을 안다는 느낌이 강하게 들었다. 무슨 일이 있었는지 물어볼까 봐 두려웠다. 다행스럽게도 지금까지는 아무도 묻지 않았다. 지인들은 어렵지 않았다. 그들과는 그날 오후에 무슨 일이 있었는지 좀 이야기하는 편이었다.

나는 중환자실에서 일주일을 보내며 집중치료를 받은 뒤에 이곳으로 왔다. 내 예상과는 달리 정신과로 이송된 게 아니라 사고를 당한 중환자들이 있는 부상 외과로 온 것이다. 나는 달려오는 기차에 몸을 던졌는데, 그건 사고였다. 원래는 이게 아니라 다른 결과가 나왔어야 한다. 어쨌든 나는 다리(의사와 간병인들은 그루터기라고 부른다)를 꿰매고 팔에 깁스를 한 뒤에 부상 외과로 옮겨왔다.

처음 얼마간은 1인실을 썼다. 처음에는 다인실을 써야 하는 줄 알았다. 그래서 1인실로 결정되자 무척 기뻤다. 병실을 혼자 쓰고 싶은 이유 가운데 하나는 무슨 일이 일어났는지 남들과 말할 마음이 없었기 때문이다. 여기 2인실로 온 후로는 같은 병실을 쓰는 할머니가 왜 다리를 잃었는지 묻는다면 교통사고가 났다고 대답하기로 마음먹었다. 자세한 설명은 더 생각해봐야 하겠지. 하지만 할머니는 여태껏 아무것도 묻지 않았다.

할머니 이름은 엘리자베스 스힐데르만스다. 나보다 거의 쉰 살이나 많지만 어딘지 모르게 한창 전성기처럼 보였다. 일주일 전에 버스 정류장에서 넘어져 고관절을 다쳤다고 했다. 고관절을 보호하느라 버팀대에 다리를 고정하고 45도 각도로 올리고 있었다. 분명히 불편할 텐데도 용감하게 통증을 잘 견뎌냈다. 늘 친절하고, 내가 휠체어를 타고 병실에 들어올 때마다 미소를 지으며 맞이했다.

할머니는 나이 차이가 무척 많이 나는데도 자기를 '리지'라고 불러달라고 했다. 리지는 여성잡지 〈잠자리Libelle〉를 읽고 있다. 머리를 들고 주름진 얼굴로 장난기 어린 미소를 짓는 리지를 보자 나도 저절로 미소가 흘러나왔다. 왠지는 모르지만 리지를 보면 기운이 좀 났다.

내 침대 옆 쟁반에는 수프와 작은 샐러드 한 접시, 빵 두 개와 치즈 두 조각이 담긴 접시가 놓여 있었다. 포크와 칼, 후추와 소금이 든 작은 봉지도 있었다. 내가 전날 주문한 대로였다.

"수프가 식었을 거예요."

리지가 잡지를 든 채 말했다. 나는 고개를 끄덕이며 수프는 먹지 않겠다고 생각했다. 빵과 치즈는 먹겠지만.

한 시간쯤 뒤에 평소와 같은 양의 모르핀 주사를 맞고 침대에 누웠다. 텔레비전 프로그램이 볼 만한 게 없어서 내 시선은 열쇠꾸러미를 향했다. 생각이 사방으로 내달렸다. 부모님은 경찰에게 열쇠 꾸러미를 받아 나에게 가져다주었다. 필요한 게 있으면 누군가 가서 가지고 올 수 있게 하려고 말이다. 열쇠고리를 들여다보니 스페인 국기 아래에 '바르셀로나'라는 글씨가 쓰여 있었다. 몇 년 전 바르셀로나에서 주말을 보낼 때 사온 기념품이었다.

나는 열쇠고리를 쓰다듬으며, 그런 식으로 발작에 대응할 수 있다고 믿다니 얼마나 순진했던가 생각했다. 그 주말에 나는 불안과 공황에 너무 자주 습격을 당하는 바람에 식탁에서 일어나거나 박물관을 나와야 했고, 그때마다 기이한 내 행동에 대해 적당한 핑계거리를 찾아야 했다.

스힐데르만스 부인의 침대 너머로 바깥이 보였다. 멀리 수많은 작은 불빛이 보이는 곳이 시내다. 지금 이 시간, 술집과 레스토랑은 사람들로 붐빌 것이다. 내 집도 시내의 낡은 건물 3층에 있는데, 아직 세를 내긴 하지만 이제 더는 들어설 수 없다.

마지막으로 도로를 건너던 일이 떠올랐다. 내 신발이 인도의 포석에 닿던 느낌이 살아났다. 열쇠를 자물쇠에 꽂은 뒤 무거운 건물 문을 열고 안에 들어서는 내 모습을 상상해보았다.

내 손이 문손잡이에 닿는 느낌을 최대한 자세하게 기억하려 애쓴다. 신발 아래에서 거친 발 매트가 느껴진다. 천천히 문을 닫는다. 매트 위에 우편물과 석간신문이 놓여 있다. 몸을 숙여 양손으로 신문과 편지봉투를 만지며, 다양한 종이 재질을 느껴본다. 그러고는 모두 집어 든다. 내 발이 번갈아 움직이며 나무계단을 오른다. 계단 속이 비어 있는 느낌이다. 왼손으로 가볍게 난간을 잡아보니 여러 번 페인트칠을 해서 울퉁불퉁한 층이 확연하게 느껴진다. 계단이 오른쪽으로 살짝 꺾어지는 위쪽은 소리가 좀 다르게 울린다. 비어 있는 느낌이 덜 난다. 층계참에 깔린 비닐 타일을 지난다. 그런 다음 3층으로 이어지는 계단을 오른다. 마지막 층계 몇 개는 속도를 높여 달려간다. 늘 그렇게 한다. 위에 도착한 다음 주머니에서 열쇠를 꺼내 자물쇠에 꽂는다. 둔탁한 소리가 난다. 현관문을 여는데 경첩에서 날카로운 소리가 짤막하게 울린다. 집에 들어가 등 뒤로 문을 닫기 전, 부드러운 양탄자가 먼저 느껴진다.

그런 다음 한쪽 발끝으로 다른 쪽 뒤축을 누르며 구두를 벗는다. 구두를 벗은 발로 반대쪽 구두 뒤축을 누른다. 이런 습관 때문에 구두가 많이 닳았다. 한 주 또는 한 달씩이나 구두를 닦지 않고 미루곤 했다. 언젠가 형편없는 내 구두를 본 동료가 수선공에게 가져다주겠다고 말한 적도 있다. 그럴 필요는 없었다. 적당한 때가 되면 나도 신경을 쓸 테니까. 내 삶의 다른 수많은 일들처럼 신발도 그때는 그랬다. 모든 게 중요하지 않았다.

신발뿐 아니라 예를 들면 가구도 그랬다. 우울한 남자들은 가구를 사지 않는다는 말을 어디선가 읽은 적이 있다. 적당히 편안한 침대와 오래되어 낡은 소파, 가장 작은 텔레비전, 뭔가 쓰거나 컴퓨터 작업을 할 때 쓸 탁자 하나면 충분했다. 적당한 때가 되면 이사를 하고 새 가구를 들일 예정이었다. 선물로 받은 아침식사용 그릇 세트 상품권을 그때 사용하려고 했다. 적당한 때가 되면 파트너든 친구든 뭐든 생길 거라고 믿었다. 곧 누군가 생길 거라고, 그러면 함께 커피를 마실 거라고 생각했다. 함께 영화관에 갈 약속을 잡고, 주변에서 일어나는 모든 일을 즐길 거라고. 구두도 늘 닦아서 반짝이게 할 거라고, 당연히 그럴 거라고 생각했다. 그저 적당한 때가 오기를 기다리자고 마음먹었다.

뭔가 바스락거리는 소리가 들렸다. 고개를 들어보니 스힐데르만스 부인은 잡지를 옆에 내려놓고 잠들어 있었다. 침대 옆 전등은 아직 켜져 있었다. 스위치를 끄려고 보니 거리가 너무 멀었다. 간병인 중 하나가 분명히 한 번 더 들르겠지. 주름진 얼굴과 부스스한 머리를 바라보며, 그녀가 어린 소녀나 젊은 여성이었을 때는 어떤 모습이었을까 상상해보았다.

우리 둘 사이에는 한 평생이라는 시간이 놓여 있다. 스힐데르만스 부인이 전쟁 때 여기서 어느 다국적기업의 비서로 일했던 시절과 어릴 때 암스테르담의 부유한 지역에서 자랐던 이야기를 들려준 적이 있다. 그 이야기를 듣는 동안 오래되어 빛바랜 영화를 보는 느낌이 들었다. 결혼한 적은 없지만 약혼은 했었다고, 그런데 약혼자가 도망갔다고 했다. 그 남자는 일 때문에 아프리카로 갔는데, 그 후에도 편지 왕래를 하긴 했지만 다시 만난 적은 없다는 거였다. 그래서 그녀는 혼자 남았고, 40년도 넘게 같은 집에서 혼자 살고 있다고 했다.

사고가 나던 날 집에서 1분만 먼저 나왔더라면 버스를 놓치지 않았을 테고, 그러면 넘어지지 않았을 거라고 했다. 그런데 이제 부인은 입원해서 내 옆 침대에 누워 있다. 그녀는 이미 팔십 세가 넘었고 인생이 거의 지나갔다. 하지만 삶의 끝이 다가온들 오늘 그녀가 뭔가 하는 것, 〈잠자리〉를 읽는 걸 막지는 못한다. 그에 비해 내 삶은 너무 길었고, 나는 거기서 뭔가 더 얻을 게 없다고 생각했다. 엘리자베스 '리지' 스힐데르만스와 나는 아직 살아 있다. 그리고 우리는 운명에 따라 20세기의 마지막 한겨울에 그곳에서 작은 병실을 나눠 쓴다.

그러나 타인의 삶은 계속된다

미힐이 방문했다. 우린 거의 10년 전부터 아는 사이로, 시내 중심가에 있는 대형 피트니스센터에서 처음 만났다. 우린 다섯 살 정도 차이가 난다. 그때 나는 아직 대학생이었고 그는 학업을 거의 마치고 교사가 되기 직전이었는데, 지금은 몇 년째 교사로 일하고 있다. 우린 처음부터 마음이 잘 맞았다. 서로 연락이 닿지 않던 때도 있었지만 둘 중 한 명이 늘 다시 전화해서 연결이 되곤 했다.

우리는 병원 카페 레스토랑에 앉아 차를 마셨다. 미힐은 퇴근하고 바로 병원으로 왔다. 나는 그가 지금 여기 온전히 있다고 생각했지만, 그가 여전히 재킷을 입고 있는 게 마음에 걸렸다. 병문안을 오긴 했지만 재킷을 벗을 필요는 없는 것처럼 보였다. 그가 오늘 무슨 일을 했는지 정말 궁금했지만 그에게 집중하기 힘들었다. 상상 속의 플라스틱 벽이나 불쑥 다가오는 안개도 이번에는 도움이 되지 않았다. 슬픔과 절망 때문에 나는 미힐의 이야기에서 아주 멀리 있는 느낌이 들었다. 그의 이야기를 듣는 동안 나는 이제 바깥에서 일어나는 일을 그저 듣기만 할 수 있다는 사실을 깨달았다. 제대로 참여하는 일은 당연히 더는 없을 것이다.

"나, 죽으려고 했어."

내가 불쑥 내뱉자 미힐은 말을 멈추고 나를 바라보았다.

"그럴 수 없어."

미힐은 말하며 눈으로 레스토랑을 훑었다. 나는 그가 흥미를 잃을까 봐 좀 걱정스러웠다.

"사실 이미 오래전에 죽었어야 했는데."

나는 그의 관심을 다시 끌려고 말을 이었다.

미힐은 대답하지 않고 그저 차분하게 차를 마시고는 몇 초 뒤에 입을 뗐다.

"그래, 너는 안 좋은 일이 많았지. 네가 운이 나빴다는 거, 나도 인정해."

내가 듣고 싶은 말이 바로 그거다. 운이 나빴다는 것.

"그래, 난 갖은 노력을 다했어! 그러니 이제 안락사를 시켜달라고 부탁해도 되잖아. 안 그래?"

"무슨 부탁이든 해도 돼."

미힐이 짤막하게 대꾸했다.

그가 내 말을 진지하게 받아들이지 않는다는 걸 깨닫고 나는 당황해서 고함을 질렀다.

"난 안락사를 원한다고! 이미 기차에 몸을 던졌어. 이제는 10층에서 투신해야 하나?"

누군가 갑자기 내 등을 톡톡 두드렸다. 놀라서 뒤로 몸을 돌리자 세련된 차림의 중년 부인이 서 있었다. 나는 환자들이 게임을 하는 동안 호흡기가 계속 작동하도록 살피고, 누군가 기절하거나 휠체어에서 쓰러지지 않게 신경 쓰는 그 부인의 모습을 자주 보았다. 나더러 함께하지 않겠냐고 여러 번 묻기도 했는데, 그때마다 나는 정중하게 아니라고 대답했다.

"안락사에 대해 그렇게 크게 떠들지 말아주시겠어요?"

그녀가 야단을 쳤다.

"여긴 병원이에요! 살려고 애쓰는 사람들이 있다고요!"

그녀는 몇 안 되는 방문객들과 함께 탁자에 앉아 게임을 하는 중병 환자들을 가리켰다.

"저 사람들은 나으려고 여기에 와 있어요. 그런데 당신은 안락사 이야기를 하네요!"

나는 온갖 진통제와 안정제의 약효 때문에 멍한데도 불구하고 잠깐 동안 그녀의 말에 화들짝 놀라서 어안이 벙벙했다. 그녀가 하는 말의 내용보다는 말하는 방식에 놀랐다. 그녀는 정말로 화를 내고 있었다. 나를 싫어한다는 생각이 머리를 스치고 지나갔다. 이제 나를 좋아하지 않는다!

그녀는 나도 게임 테이블에 모여 있는 환자들처럼 아프다는 사실을 이해하지 못했다. 나도 레스토랑 한쪽 구석에 있는 그 환자들처럼 살기를 원하지만, 내 질병 때문에 주변 세상을 완전히 다르게 경험한다. 나는 내가 경험하는 그 세상에서 도망치고 싶었다. 내 문제를 풀 수 있는 유일한 해결책은 자살이나 안락사였다.

"저게 무슨 소리지?"

나는 그녀가 환자들에게 돌아가는 뒷모습을 바라보며 미힐에게 물었다. 거의 움직이지도 못할 것처럼 보이는데 게임에 참여할 힘은 여전히 있는 어떤 노인에게 내 눈길이 가닿았다. 도무지 이해할 수 없었다.

"안락사라고!"

미힐은 청각장애인에게 말하듯 대답했다. 즉흥적으로 만들어낸 수화를 양손으로 해보이며 "안—락—사"라고 반복해서 말했다. 공감한다거나 나를 이해한다기보다는 비난처럼 들렸다. 어쨌든 미힐이 무슨 말을 하려는지는 확실했다. 게임 담당 중년 부인과 같은 의견이라는 뜻이다. 내가 너무 크게 떠든 것이다. 안락사라는 주제는 미힐의 마음에도 들지 않는 모양이다. 입원한 뒤 내가 거의 언제나 그 이야기만 하기 때문인지도 모른다. 나는 동료든 친구든 친척이든 내 말에 귀를 기울이려는 사람이면 누구에게나 죽고 싶다고 했다. 드물긴 하지만 누군가 이해하지 못하겠다는 반응을 보이면 나는 절단된 허벅지를 가리켰다. 이런 상태로 계속 살고 싶지 않다는 거야 누구든 이해할 수 있지 않을까? 상황은 더 나빠졌다. 기차에 몸을 던진 후에 병원에서 의식을 되찾았는데, 살아 있기는 하지만 다리가 없어졌다는 걸 확인하고 죽고 싶지 않은 사람이 어디 있으랴?

나는 다음번에는 어떻게 하면 자살에 성공할 수 있을지 생각하며 하루의 대부분을 보냈다. 그 생각을 하면 그루터기 두 개로 끝없는 통증을 겪으며 휠체어에 앉아 있어야 할 날들을 견딜 수 있었다. 그런 날들이 너무 오래 지속되지 않을 거라는 사실을 아니까.

나는 게임 담당 여성의 갑작스러운 공격과 그녀를 향한 미힐의 공감을 뒤로하고 대화 주제를 바꿨다. 내일 미힐에게 다시 한 번 들러달라고 부탁했다. 그는 나를 바라보더니, 내가 마치 뭔가 불가능한 걸 요구한 것처럼 겸연쩍은 미소를 지었다.

텅 빈 진공 속으로 미끄러져 들어가는 느낌이었다. 나를 잡을 수 있는 건 아무것도 없다.

"글쎄, 모르겠다. 노력은 해보겠지만 매일 올 수는 없어……."

나는 미힐의 다음 말은 제대로 듣지 않았다. 영화관에 가겠다는 말을 얼핏 듣고는 그가 무슨 말을 하려는지 이해했다. 삶은 계속된다! 내가 그 금요일 오후에 아메르스포르트에서 암스테르담 스히폴로 가는 인터시티에 치어 정말로 죽었더라도 타인의 삶은 계속됐을 것이다.

미힐이 이제 집에 가야 한다고 말했다. 저녁에 식사를 하러 누가 온단다. 이제 정말로 가야겠다는 걸 확실하게 보여주려고 하는 말이 분명했다. 대수롭지 않은 이 말이 다른 모든 말보다 더 심한 상처를 주었다. 누군가와 함께 식사를 하고 영화관에 간다는 지극히 일상적인 일이 이제 나에게는 불가능한 일이 되어버렸다.

쉴 새 없이 여닫히는 병원 유리문은 경계가 된다. 그 뒤에는 내가 도달할 수 없는 세계가 있다. 특히 사람들을 보낼 때가 힘들다. 나는 미힐의 뒷모습을 보고 싶지 않았다. 그가 미닫이문을 지나, 12월의 겨울 세상 속으로 들어가는 걸 볼 수가 없었다. 나는 작별 인사를 하자마자 곧장 엘리베이터로 휠체어를 굴려갔다. 다리를 잃었고, 있지도 않은 발에서 느껴지는 찌르는 듯한 통증과 불타는 것 같은 통증을 견뎌야 했다. 지금 이런 상태에서 내가 받아들인 한 가지 새로운 사실은, 나아질 거라는 희망이 완전히 사라졌다는 것이다. 지금까지 나를 괴롭혔던 불안은 다리가 절단되고 내가 휠체어에 앉은 뒤로 거의 사라진 것 같았다. 아주 짧은 순간만이라도 완벽한 평온을 찾으려고 애쓰던 시간은 이제 정말 지나갔다.

엘리베이터를 타고 위로 올라가면서, 미힐이 자전거를 타고 크리스마스 분위기에 푹 빠진 시내를 지나가는 모습을 그려보았다. 그와 함께 바깥으로 달려갈 수만 있다면 모든 것을 내줄 수 있을 텐데. 영화 〈매트릭스〉 같은 기적이 일어나, 내 다리가 다시 생겨서 이제 일어설 수 있다면 어떨까 잠시 상상해보았다. 그럴 수 있다면 바로 지금 여기 엘리베이터 안에서 그런 기적이 일어나야 한다. 스위치를 모두 눌러서 층마다 엘리베이터가 멎게 한다. 그렇게 해서 기적이 일어날 기회를 늘린다. 성공한다면 엘리베이터 문이 열리고, 나는 휠체어에서 몸을 일으켜 두 다리로 설 것이다. 온전한 두 다리로. 휠체어는 어디에도 없다. 내가 엘리베이터에서 나서는 순간에 세상은 4주 6일 전으로 돌아갈 텐데, 나는 그 사실을 아는 유일한 사람이다.

두 다리로 엘리베이터를 나서서 부상 외과를 한 바퀴 어슬렁거리며 돌아다닌다. 나를 알아보는 직원은 아무도 없다. 무슨 일이 일어났는지 아는 사람은 나뿐이고, 나는 미래를 바꿀 수 있다. 나는 운명과 일종의 거래를 한다. 언제 어디서든, 그 누구에게도 발설하지 않는다는 조건으로 내 인생의 시간을 되돌리는 것이다. 어기면 '마법'이 일어나 다시 사고에 휘말리고, 이번에는 돌이킬 기회 없이 휠체어에 묶이게 된다.

일어서고 걸을 수 있던 시절을 떠올릴 때면 다리가 있다는 게 어떤 느낌인지 아직 잘 기억이 났다. 다리가 없다는 사실을 이따금 잊을 때도 있었다. 지난 몇 주 동안 아침마다 이제 다리가 없다는 게 정말인가 믿지 못하다가 절망하며 잠에서 깼다. 확인하려고 몇 번은 이불을 들어 보기도 했다. 꿈과 현실이 자리를 바꾼 것 같았다. 낮에는 악몽을 꾸고, 밤에는 꿈속에서 사무실이나 예전에 늘 지나던 길을 돌아다녔다.

엘리베이터가 내 병실이 있는 층에 도착했다. 엘리베이터 문이 열리고, 나는 휠체어를 밀며 병실로 갔다.

자살의 이유를 묻는다면

금요일 오후, 다시 정신과 의사 앞에 앉았다. 의사에게 지난번보다 약간 상태가 좋다고, 아마 간밤에 꽤 잘 자서 그런 것 같다고 했다.

의사는 그 말을 들으니 기쁘다고 했다.

“지난번에 기차에 뛰어든 이유에 대해서는 말하고 싶지 않다고 하셨지요. 오늘은 그 이야기를 할 수 있을까요?”

내 상태가 좀 좋다고 말했더니 또 시작인 건가? 이유를 말하는 걸 아무리 미루고 싶어도 영원히 그럴 수는 없다는 건 나도 잘 안다. 하지만 내가 대답할 의무가 있는지 의문이 들었다.

“이야기를 할 수야 있겠지만 별 의미가 없다고 생각합니다.”

“왜 그렇게 생각하세요?”

나는 어깨를 으쓱하고는 미소를 지었다.

“흠, 이미 일어난 일입니다. 없던 일로 할 수 없어요.”

나는 정말로 없던 일로 하고 싶은지 모르겠다는 생각이 들었지만 그 생각을 바로 몰아냈다. 그러고는 왜 그런 상황까지 오게 되었는지 이야기했다.

"세상을 살아가기에는 좀 부족한 것 같습니다. 제대로 작동하는 장비를 갖추지 못했다고요."

"그날 그렇게 행동할 특별한 이유가 있었나요? 정확하게 언제더라……?"

의사는 무릎에 놓여 있는 서류를 뒤적이며 물었다.

"11월 12일이었습니다."

나는 바로 대답하고 말을 이었다.

"그다음 월요일에 다시 일을 하러 가야 했습니다. 한두 주 정도 집에서 쉬었는데, 관청에서 다시 일하러 가라고 했어요. 월요일에 다시 일하러 가야 한다는 생각, 그에 따른 부담이 너무 심했습니다. 어떻게 해야 할지 몰랐어요. 지금 와서 생각하면 그때 월요일에 다시 병가를 내야 했는데……."

금방이라도 눈물이 쏟아질 것 같아 나는 잠깐 숨을 멈췄다. 놀랍게도 눈물은 갑작스레 솟구쳤던 것만큼이나 금방 다시 사라졌고, 나는 문장을 맺을 수 있었다.

"그럴 에너지도 없었어요. 더는 싫었습니다. 더는 할 수 없었어요."

의사가 뭔가 메모하는 게 보였다. 혹시 월요일에 일하러 갈 필요가 없었다면 기차에 뛰어들지 않았을 거냐고 물어보는 건 아닐까? 그런 생각은 하기 싫어서 나는 말을 계속했다. 사람들의 기대에 부응할 수 없다고, 내가 존재하지 않는 느낌이라고, 공기 같다고, 직업적으로든 사적으로든 뭔가 이루려면 무척 힘이 든다고, 하지만 설령 이루었다고 해도 아주 미세한 바람만 불어도 바로 무너진다고. 나는 불안과 공황발작과 계속 싸우느라 죽을 만큼 피곤했다. 발작이 멈추지 않았다. 해결책을 찾으려 노력했지만 어쩌면 답이 없는 곳에서 찾아 헤맸는지 모른다.

"어떤 식으로 노력했는지는 나중에 다시 이야기하지요. 오늘은 당신이 공황발작이라고 부르는 그 상황이 삶에 어떤 영향을 끼쳤는지 말씀해보시겠어요?"

의사가 물었다.

나는 어느 정도라도 정상적으로 생활할 기회가 한 번도 없었다고 답했다. 학교에서는 말을 더듬어서, 나중에는 불안발작 때문에. 수천 조각으로 부서지기 직전인 느낌도 있다고, 이 조각들을 붙잡고 있는 건 너무나 힘겨운 일이라고, 오래 지속되는 연인만 있다면 모든 게 좋아질 거라 생각했다고 말했다.

"어쩌면 내가 지나치게 낭만적이라서 지속적인 연인 관계에 너무 큰 가치를 부여하는지도 모르지요. 그게 달콤하게 들릴지는 모르지만 말입니다. 하지만 발작 때문에 그런 관계를 맺기가 불가능했습니다."

이런 말이 너무 진부하게 들리지는 않는지 곰곰이 생각해보았다. 너무 순진하거나 멍청해 보이지는 않을까? 이런 고백이 부끄럽지만 다행스럽게도 이 자리엔 의사 말고는 아무도 없다.

"남자와 지속적인 연인 관계가 되는 것 말인가요?"

의사가 묻는 말에 대답하기 힘들었다.

"동성애 때문에 문제가 있나요?"

이 질문도 대답하기 어려웠다. 하지만 이왕 물었는데 솔직하게 대답하지 못할 이유가 뭔가, 그런 생각이 머리를 스쳤다.

"아마……."

나는 머릿속에서 문장을 만드느라고 잠깐 말을 멈췄다.

"그럴지도 모르지요. 하지만 그걸 문제라고 생각한 적은 없습니다. 암스테르담으로 와서 밤의 환락을 즐겼어요. 여기서 사람들을 만나고 연애도 했고요. 동성애자의 삶이 어쩌면 더 단순할지도……."

나는 어물거리고 싶지 않아서 그냥 입을 다물었다.

마음이 불편했다. 의사를 바라보지 않으려고 리놀륨 바닥만 내려다보았다.

"물론 그렇지요. 하지만 그래도 동성애자라는 사실 때문에 힘들다고 느끼지는 않나요?"

내 얼굴이 붉어지고 뜨거워졌다. 말을 돌리는 건 확실히 소용이 없었다.

"그럴지도 모르겠습니다. 솔직히 말하자면, 자신이 동성애자

라거나 그런 성향이라는 걸 발견한 사람이 완전히 행복할 거라고는 믿지 않아요."

이제 내 말이 조금 전보다 좀 더 명확하게 들리는 것 같았다.

"하지만 요즘은 동성애자라고 커밍아웃하는 사람들이 많잖아요."

의사의 말에, 나는 누군가와 만난다는 것 자체가 이미 어렵다고 설명했다. 아니, 사실 만나는 건 할 수 있지만 누군가를 좀 더 잘 알게 되는 건 거의 불가능했다. 발작 때문에 누군가와 어딘가에 가서 커피를 마시는 것조차 힘들었기 때문이다.

"몇 번 실패한 적도 있고……."

"무슨 뜻인가요?"

"약속을 잡는 데도 실패하지만, 데이트를 하다 말고 도망가야 하니까요. 오래 앉아 있지 못해서 사랑을 놓친 것 같습니다. 레스토랑이든 집이든 아니면 조금 걷는 산책이든 언제나 불안감을 느껴서 도망쳐야 했지요."

나는 잠시 말을 멈췄다. 그러고는 떠오르는 생각을 말하기 전에 내가 그 생각에 어떻게 반응하는지 스스로를 살폈다. 내가 방금 말한 것이 옳다는 확신이 들었다.

"여기서 벗어날 수 없다는 게 문제입니다."

수첩을 내려다보던 의사가 잠시 머리를 들었다.

"내가 왜 기차에 몸을 던졌는지 알고 싶다는 게 지금 나를 차분하게 만드는 유일한 이유입니다. 나는 뭘 하든 미리 생각해요. 그 결정도 미리 생각하고 내렸습니다."

내 목소리의 메아리가 들리는 것 같았다. 입 밖으로 나온 단어는 부메랑처럼 돌아와 나를 다시 한 번 때렸다. 그 단어들이 나를 아프게 했다.

"그 일을 막으려고 정말 갖은 노력을 했습니다. 하지만 그러다가 언젠가 이런 생각을 하게 됐어요. 삶이 나에게 정상적으로 작동할 기회를 주지 않는다면, 삶이 나를 내던진다면 이제 역할을 바꾸어 내가 삶에 복수를 하겠다고 말입니다."

완전한 패배

투신 4년 전, 이른 봄

'여왕의 날' 밤, 어느 클럽에서 필립을 사귀었다. 그는 친구 몇 명과 함께 이 날을 즐기려고 암스테르담에 왔다. 필립은 프랑스 출신이고 나보다 몇 살 위다.

그날 저녁은 시작이 좋지 않았다. 엄마와 전화로 심하게 싸웠다. 엄마에게 내가 얼마나 힘든지 말했다. 엄마한테 해결책이 없다는 거야 당연하지만, 어쨌든 나는 이해받지 못한다고 느꼈다. 엄마는 힘든 상황은 저절로 사라질 거라고, 나더러 침착해야 한다고 말했다. 나는 그런 말을 이제 더는 믿지 않는다고, 주치의에게 갔지만 자낙스 처방밖에 받지 못했다고 대꾸했다. 그 약은 실제로 나를 약간 차분하게 만들고 어느 정도 자신감도 주었다. 하지만 약효가 일시적이라서 기껏해야 몇 시간밖에 가지 못했다. 나는 이게 진짜 해결책이 아니라는 사실을 알고 있었다.

원래는 만나기로 한 친구와의 약속을 취소하려고 했다. 그러다가 결국은 가기로 마음먹고는 자낙스를 바지 주머니에 챙겼다. 힘들어진다 싶으면 얼른 한 알 먹으면 되니까.

필립과 나는 우리 집에 와서 차를 마시고 음악을 함께 들었다. 우린 대화를 나누다가 바로 반한 것 같다. 필립은 술집이 너무 붐비고 시끄러워서 이야기를 할 수 없으니 밖으로 나가자고 제안했다. 나는 좀 조용한 곳을 안다고 대답했다.

"네 친구들도 데리고 갈까?"

내가 묻자 필립은 그 친구들끼리 잘 놀 거라고 말했다. 나는 함께 간 친구에게 간다고 말하고는 필립과 함께 바깥으로 나왔다. 우린 붐비는 시내 거리로 곧장 달려갔다. 나는 필립이 안 보는 사이에 자낙스 반 알을 입에 넣고 얼른 삼켰다.

우리는 피상적인 밤의 환락에 대해, 또 '그 이상'을 찾으려는 우리 모두의 노력에 대해 이야기했다. 꽤나 오만하게 들릴지 모르지만 나는 사람들이 나에게 금방 반한다고, 하지만 이상한 뜻은 아니라고 무심코 말했다. 필립은 동의한다는 듯이 고개를 끄덕이고는 그럴 것 같다고 대답했다. 이어서 나는 그게 이따금 문제가 된다고, 특정한 시간에 내가 그 사람을 실망시키기 때문이라고 고백했다. 필립은 어깨를 으쓱하며, 이번에는 아무도 실망하지 않을 거라고 말했다. 나는 그를 바라보며, 우리 둘 중에 누가 먼저 상대방의 마음을 아프게 할지 궁금하다고 농담하듯 말했다. 필립은 그날 새벽에 내 소파에서 잠들었다.

다음 날 우리는 늦은 아침식사를 했다. 생각해보니 이런 경험은 처음이었다. 나는 우리가 말하는 방식 또는 그가 우리 집에서 잠이 들었다는 사실을 좋은 징조로 해석했다. 그는 낯선 환경에서 잘 수 있을 만큼 긴장이 풀렸던 것 같다. 나는 우리 사이가 '그 이상'이 되길 원했다.

우리는 커피를 마시고 알베르트 카위프 시장에서 사온 딸기를 먹었다. 그 순간 머리 아픈 일들은 모두 사라졌다. 전날 저녁에 엄마와 다툰 일도, 몇 달 전의 발작도, 몇 년 전에 말을 더듬던 일도. 이걸 계기로 뭔가 해야 한다는 생각이 들었다. 이 세상의 그 무엇도 내 계획을 막을 수는 없었다.

필립은 점심때가 되기 조금 전에 갔지만 우리는 저녁에 다시 만났다. 그는 다시 한 번 우리 집으로 왔다. 좋은 느낌, 그리고 모든 것을 걸려는 의도에도 불구하고 나는 아직 성공하지 못했다. 보이지 않는 나의 적이 함께 보고 있었다. 아침에 잠에서 깨어, 옆에 잠들어 있는 필립을 보니 다시 불안이 급습했다. 이제 겨우 잠에서 깼는데도.

침대에서 나와 몸에 찬물을 맞으려고 바로 샤워를 했다. 집에서 샤워를 하는데도 내 몸은 완전히 마비되어 있었다. 하루가 이제 막 시작됐는데 벌써 자낙스를 한 알 먹어야 할까? 좋은 생각인 것 같지는 않았다. 냉찜질용 수건과 찬물 한 잔을 들고 부엌으로 도망가서 다시 한 번 티셔츠를 갈아입었다. 나는 살아남았다. 필립은 암스테르담을 떠났지만 내게는 그의 전화번호와 약속이 남았다. 일주일 뒤에 프랑스로 가서 그를 만나기로 한 것이다.

스트라스부르에서 멀지 않은 엔츠하임으로 떠나기 전에는 머리가 깨질 듯이 복잡했다. 이번에는 어떻게 하면 최소한 하루 동안만이라도 적을 무력하게 만들 수 있을지 고민했다. 필립과 내가 암스테르담에서 함께 보낸 하루는 비교적 짧은 시간이었다. 그 후에 몇 번 통화를 했다. 이번에는 이 싸움에서 이길 것이다. 나는 모든 것을 걸 준비가 되어 있지만 두려웠다. 죽을 만큼 두려웠다.

준비를 철저하게 했는데도 출발하는 날이 오자 다시 불안해졌다. 달리기 후의 피로와 긴장 이완이라는 조합은 다가오는 불안을 저지하기에는 역부족인 모양이다. 집을 나서기 전에 두 번이나 셔츠를 갈아입었다. 엔츠하임에 도착하니 내가 머물 수 없다는 사실이 확실해졌다. 앉을 수도, 설 수도 없고 말을 할 수도, 귀를 기울여 들을 수도 없었다. 아무것도 할 수 없었다. 나는 패배자였다. 레스토랑에서 바깥으로 나와 담에 기대어 주저앉았다. 주변이 어두웠으면 좋겠다고 생각했다. 필립이 나를 따라왔다.

"왜 갑자기 나왔어?"

그가 내 옆에 앉더니 의사를 부를지 물었다. 나는 고개를 젓고는 집에 가고 싶다고 대답했다. 물론 암스테르담에 있는 집을 말하는 게 아니다. 나는 홀로 있지 않아도 되는 '가정'을 원했다. 하지만 그 말은 하지 않고 집에 가고 싶다고, 암스테르담으로 돌아가고 싶다고 말했다. 나는 스스로를 절대 용서하지 못할 것이다. 이번에도 불안이 승리했고, 그건 다시는 필립을 만날 수 없다는 뜻이니까. 예전에 느껴본 적이 없는 강력한 분노가 치솟았다. 분노 이상이었다. 펄펄 뛸 만큼 화가 났다.

집에 오는 길에 불안은 잦아들었다. 이제 놀랍지도 않다. 하지만 분노는 아직 그대로였다. 나는 이제 정말로 삶의 방향을 돌리기로, 내 운명이 된 삶에 저항하기로 마음먹었다. 방법은 아직 모르지만 어쨌든 아름답고 멋진 무언가를, 이제 더는 찾지 않기로 했다. 냉정하고 잔인하며 기회주의적인 강도, 보복이라는 단 한 가지에만 신경 쓰는 강도로 변해야겠다. 내 삶을 손아귀에 쥐고 나를 파괴하려고 하는, '분명치 않은 그 무엇'에 대한 보복. 내 주변 환경에서 쫓겨났다는 생각을 먹고 살찌는 보복. 그것이 내가 할 일이다.

나 스스로의 힘으로 이제 더는 불안에 끌려다니지 말아야 한다. 필요하다면 수많은 사람들의 마음을 다치게 하더라도 수단과 방법을 가리지 않고 최대한 매정하게 굴고 돈도 마구 벌어들일 것이다. 그런 다음 여행을 떠나든 이사를 하든 뭐든 해야지. 이제 돈은 오로지 나만을 위해 쓰면서 다른 사람들을 비웃어줄 것이다. 복수는 달콤하니까. 사람들은 내가 포기할 거라고 생각하나? 삶에 참여할 수 없다면 내가 삶에 본때를 보여줘야 한다!

복수가 시작되다

투신 4년 전, 겨울

시내 중심가의 사무실에서 일을 하지 않은 건 꽤 오래전부터다. 나는 일터를 공항으로 옮겼다. 우리 집에서 아주 가까웠던 그 사무실은 레이크스 박물관이 내다보이는 풍경이 일품이었는데, 경비 절감을 이유로 문을 닫았다. 해고되지 않은 사람들은 공항으로 전근 발령이 났다.

일에 싫증이 난 것도 이미 오래전 일이다. 몇 년 전부터 새로울 것도 없이 늘 틀에 박힌 일이라 재미가 없었다. 신문 구인 광고란을 자주 훑어보았지만 아직 어느 곳에도 지원서는 내지 않았다. 아마도 스트레스가 가장 적은 길을 가려는 것 같았다. 불안정하니 망설이는 것일 수도 있었다. 실습 기간에 해고된다면 직업이 사라지니까. 우울한 남자들은 가구를 새로 들이지 않고 구두만 닦지 않는 게 아니라, 직장도 옮기지 않는다.

나는 마르크가 했던 말을 자주 생각했다. 식사 후에 스트립쇼를 벌이고 며칠 지나지 않은 날이었다. 벌써 1년 전 일이다.

우리는 일이 끝난 뒤에 사무실에서 나와 전철을 기다리고 있었다. 떠나는 사람은 내가 아니었지만 내 직업도 이제 더는 존재하지 않는다는 느낌이 들었다. 가장 친한 친구, 커피를 함께 마시는 파트너, 내 동료, 든든한 버팀목이 사라졌다. 마지막으로 정류장에 함께 서 있을 때 나는 갑자기 혼자인 듯한 느낌, 버림받았다는 느낌을 받았다. 우리는 헤어지면서 자주 전화하자고 약속했고, 또 당연히 서로 집에 자주 들르기로 했다.

"빅토르, 연애사에 신경 좀 써."

마르크가 마지막으로 충고했다.

"왜 신경을 써야 하지? 내가 뭘 하는지 나 스스로 아주 잘 알고 있어."

그는 내가 좀 진지하게 노력해야 한다는 말을 하고 싶었다고 했다.

"이미 그러고 있는데?"

나는 내 말이 사실로 들리기를 바라며 물었다.

마르크는 심각한 표정으로 나를 바라보다가 말했다.

"빅토르, 넌 항상 온 힘을 다해 사람들을 끌어들였다가 다시 밀어내고 있어."

나는 그의 말에 무척 놀랐다. 그때까지는 의심했지만 이제는 확실해졌다. 마르크는 진지하게 말하는 거였다. 아주 진지하게.

"어쩌면 내 생각이 좀 과장인지도 모르지."

마르크가 말을 이으며 나를 안았다. 우리는 한동안 그렇게 포옹한 채 서 있었다. 마르크는 내 옷깃에 대고 정말, 정말 행복하기를 바란다고 말했다. 나도 그에게 같은 말을 하고는 이렇게 덧붙였다.

"나를 잊지 마."

전근 때문에 출퇴근 시간이 무척 길어졌다. 예전에는 전철로 두 정류장 거리였지만 이제는 암스테르담 라이 역에서 기차를 타고 공항으로 가야 한다. 자전거를 역에 세워두고, 간단한 손동작으로 단번에 안장을 떼어내 아무도 자전거를 훔쳐가지 못하게 만든다. 그런 다음 기차표를 산다. 무슨 이유에서인지 나는 아직도 정기승차권에 붙일 사진을 찍지 못했다. 그러고는 안장을 들고 플랫폼으로 이어지는 계단을 오른다. 저녁 근무를 하는 날이다. 아침에 일하는 것보다 이게 낫다. 아침 일찍 일어나는 건 아주 싫지만 밤늦게까지 일하는 건 아무렇지도 않으니.

역에서 한 시간에 네 번 근거리 기차가 공항으로 떠난다. 그 사이에 30분마다 인터시티가 속도를 내며 지나간다. 기차 앞쪽은 사각형인데 마치 괴물처럼 보인다. 높고 납작하고 비교적 가느다랗다. 플랫폼에 서서 양손을 주머니에 넣고 헤드폰을 쓴 채 기차를 기다릴 때면 나는 늘 상상의 나래를 펼친다. 괴물이 지나갈 때면 더욱 그렇다. 엄청난 속도를 내며 플랫폼을 스쳐 지나가는 인터시티는 굉장한 바람을 일으킨다. 나는 균형을 잃을까 봐 최소한 일이 미터 뒤로 물러선다. 바닥에 그려진 하얀 선은 안전한 지역을 표시한다. 그 안전선은 플랫폼의 잿빛 포석 위에서 또렷하게 눈에 띈다.

몇 달 전부터 기차가 오는 방향을 바라볼 때면 내 삶의 모든 문제를 단번에 끝낼 수 있다고 생각했다. 하얀 안전선을 한 번 넘기만 한다면……. 다른 많은 사람들에게는 무시무시하고 병적인 상상이겠지만 나에게는 불안과는 거리가 먼, 마음이 무척 안정되는 생각이다. 언제든 사용할 수 있는 이 해결책은 내 버팀목이다. 더는 어떻게 해볼 수 없을 때는 이 하얀 선만 넘으면 되니까.

지금 넘자는 생각을 점점 더 자주 했다. 하지만 아직 때가 아니라서 실제로 넘지는 않았다. 또 이런 생각을 하고 있다 보면 보통은 이미 기차가 지나가서 뛰어들기엔 너무 늦어버린다. 그러면 그 생각을 더는 하지 않고 직장에 데려다줄 근거리 기차를 기다리게 된다. 기차는 연착 없이 제시간에 도착하고, 나는 10분도 채 되지 않아 암스테르담 스히폴에 도착한다.

공항은 도착한 승객과 떠나려는 승객이 뒤엉켜 혼잡하다. 내 일에서 긍정적인 감정을 느끼는 몇 안 되는 점 가운데 하나다. 아무도 머물지 않는다. 사람들은 최고의 순간은 아직 오지 않았다는 신념 아래 계속 '움직이는' 중이다. 그 모습에서 단호한 희망이 느껴진다.

늦은 오후에 사무실에 들어섰다. 사무실에 있는 동료 두 명이 나에게서 뭔가 눈치 챌지 의문이다. 나는 둘의 책상을 지나갔다. 그들은 가볍게 인사하고는 하던 일을 계속했다. 나는 방금 산 물 한 병과 포장 샌드위치를 가방에서 꺼내 빈 책상에 내려놓았다.

손으로 책상을 잠시 더듬는 동안 어제 저녁 일이 저절로 떠올랐다. 벗어둔 손목시계를 찾느라 어젯밤에도 이렇게 침대 옆 나이트테이블을 더듬었다. 옆에 있던 남자는 만족스럽고 기쁜 표정으로 미소를 지었다. 나는 시계를 집어 들고 침대 가장자리에 앉아서 손목에 둘렀다. 그러고는 일어나 침대 옆 바닥에 놓인 러닝셔츠를 입은 다음, 부드러운 양탄자가 깔려 있고 박스 스프링 침대가 놓인 호화로운 침실을 둘러보았다. 천장에는 값비싼 전등이 달려 있었다. 그 전등불은 시내의 반짝이는 불빛과 더불어 내가 지금 '출연 중인 영화'의 장식 같은 분위기를 자아냈다.

바로 그 순간 머릿속에서 휘파람 소리 같은 어떤 신호음이 아주 잠깐 들렸다. 전속력으로 떠오르는 생각들을 밀어젖히고 앞으로 나오려는 신호음이었다. 그런 생각 가운데 하나는 내가 지금 어떤 역할을 연기하고 있다는 의식이었다. 다른 하나는 내가 어쩌면 너무 심하게 행동했는지도 모른다는 의심이었다. 그리고 또 다른 하나는 내가 직접 설계한 구조 계획과 이제 완전히 작별했다는 생각이었다. 내가 이 모든 것을 원했던가? 이런 보복 행위를? 이제 기분이 나아졌나? 내가 지금 도대체 여기서 뭐하는 거지?

머릿속의 혼란에도 불구하고 나는 이른 저녁에 벗어놓은 옷이나 다른 곳에 놓아둔 물건을 잃어버리지 않게 정신을 바짝 차리고 세심하게 행동했다. 그곳에서 나올 방법에 생각을 집중하자 신호음은 사라졌다.

나는 잠시 눈을 감았다가 다시 뜨고, 동료들이 알아채지 못할 정도로 가볍게 고개를 저었다. 동료들에게 어제 저녁의 모험에 대해 이야기하면 그 소문은 들불처럼 순식간에 번지겠지. 비밀을 누군가에게 말하고 싶어 입이 근질거렸다. 나는 비슷한 경험을 한 동료들이 있다는 사실도 알고 있었다. 하지만 뭔가 께름칙해서 비밀을 발설하지 않기로 마음먹었다.

"빅토르, 커피 한잔 할래?"

회사 동료 리안너의 질문에 잠이 깨는 느낌이었다.

나는 고개를 돌리고, 한 잔 주면 좋겠다고 대답했다. 리안너가 커피를 가져다주었다. 나는 사무실 한 구석에 있는 옷걸이로 가서 자전거 안장을 옷걸이 아래에 내려놓았다. 재킷을 벗다 보니 오늘 아침 피트니스 트레이닝으로 단단해진 근육이 느껴졌다. 컨디션이 좋다. 그건 확실했다.

일에 집중하기가 어려웠다. 평소와 달리, 내가 맡은 업무가 단순하고 간단하다는 사실이 다행이라는 생각이 들었다. 마음속에서는 여전히 분노가 들끓고 있었다. 나는 이따금 이 분노를 슬픔과 혼동한다. 어쩌면 실망과 혼동하는지도 모른다. 어쨌든 분노와 슬픔과 실망의 혼합물이 나로 하여금 어떤 결심을 하게 만들었고, 또 나중에 실제로 그 행동을 했다. 나는 타락한 천사처럼 낙원을 떠났고, 이상을 좇기를 포기했다.

나를 팔아넘긴다는 것

"내 기억이 맞다면 헤라르트는 쉰다섯 살쯤이었어요."

나는 이렇게 말하고는 네온 불빛을 받아 화려하게 번쩍이는 리놀륨 바닥을 내려다보았다. 헤라르트의 펜트하우스에 있는 따뜻하고 부드러운 조명과 극명한 대조를 이룬다는 생각이 나도 모르게 들었다.

"어쩌면 50대 중반을 넘었을 수도, 예순 살 이상일 수도 있지요. 암스테르담의 어떤 병원 의사였습니다."

그와 함께 있으면 나는 공황발작을 겪지 않았다. 특정한 청바지와 티셔츠, 그리고 그에 어울리는 신발과 특정한 재킷을 입으면 불안발작에 끄떡없는 것 같았다. 나는 방금 전의 내가 아니었다. 이번에도 다른 사람의 역할로 스며들었다. 나는 연기하는 걸 잊지 않았다.

택시를 타고 목적지에 도착할 때까지 아무런 불안감도 없이 앉아 있을 수 있었다. 헤라르트의 집이든 호텔이든, 다른 어디든 아무 곳이나 들어가도 괜찮았다. 누군가에게 내 소개를 하고, 재킷과 신발을 벗고, 대화를 시작하고, 유지하고, 주도권을 쥘 수 있었다.

"믿지 못하시겠지만, 저는 통제력이 있었습니다."

나는 새삼 그 사실이 놀랍게 느껴졌다.

"그때 부끄러웠나요?"

나는 정신과 의사가 내 말이 사실인지 확인할 수 없어서 시험하듯 나를 바라본다는 걸 불쑥 깨달았다. 어쨌든 내 느낌에는 그랬다. 나는 다른 사람들에게 별로 이야기하지 않는 무언가를 털어놓고 있었다. 그러니 의사가 내 말을 믿기를, 내가 거짓말을 꾸며낸다고 생각하지 않기를 바랐다. 그런데 내가 거짓말을 하는 것도 아닌데 도대체 왜 이런 생각을 할까? 갑자기 내 기억이 의심스러워졌다. 이런 생각을 막아보려고 애썼다. 진통제 때문에 몽롱해진 것 같았다.

"아뇨, 부끄럽지는 않았습니다. 어쨌든 그랬다고 생각해요."

"많은 사람들이 매춘을 일종의 복수로 생각한다는 점을 알고 계신가요?"

나는 의사의 말을 이해했지만 대답하지는 않았다. 내 동기는 처음부터 그것이었다. 나를 최대한 비싸게 팔아넘김으로써 나를 내던진 이 세상에 복수하는 것.

"어쩌면 저는 에스코트 일을 하면서 불안발작에 대항할 힘을 얻으려고 했던 것 같네요."

"그럴 수도 있지요."

의사는 고개를 끄덕이며 대답하고는 덧붙였다.

"많은 경우에 그래요."

나는 그녀가 덧붙여 말한 "많은 경우"를 생각해보았지만, 그게 무슨 뜻이냐고 묻지는 않았다.

"내가 갑자기 가정이나 그 비슷한 걸 갖게 될 거라고 기대하지는 않았습니다. 그저 세상에 앙갚음을 하려고 했지요. 문자 그대로 앙갚음 말입니다."

의사는 잠시 생각에 잠긴 것 같다.

"세상에 보복하는 게 당신 생각대로 도움이 되었나요?"

나는 의사를 바라보며 냉소적인 웃음을 터뜨렸다.

"그랬더라면 난 지금 여기 앉아 있지 않겠죠."

돌이킬 수 없는

리지 스힐데르만스가 코를 고는 소리에 잠에서 깼다. 잠깐 눈을 감았다가 다시 뜨고, 침대 머리맡에 있는 시계를 흘낏 보았다. 그 시계는 내가 이 병실로 왔을 때 제일 먼저 눈에 띄었다. 지금 생각해보니, 먼젓번 병실에는 침대 위에 시계가 없어서 그랬던 것 같다. 시계는 가만히 서 있지 않는 시간의 상징이다. 나를 홀로 내버려두지 않는 시간의 상징이기도 하다. 내 옆에 있는 시간.

새벽 1시 15분이다. 청하지도 않았는데 방금 간호사가 커다란 컵에 차를 가져왔다. 나는 깨어 있었지만 옆으로 누워 음악을 듣고 있어서 누가 왔는지 볼 수 없었다. 아마 린다였던 것 같다. 교대 근무 직전이나 직후에 차를 가져왔을 것이다.

린다는 나와 좋은 관계를 맺은 간호사다. 어떻게, 왜 자살을 시도했는지 그녀에게는 여러 번 이야기했다. 밤에 나눈 대화 덕분에 나는 그녀가 내 자살 시도를 어느 정도 이해할 거라고 믿었다. 우리 둘의 상상과 감정은 그다지 많이 다르지 않은 것 같았다. 린다는 연애에 여러 번 실패하고 암스테르담 근교에서 혼자 산다고 했다. 야간 근무를 좋아하고, 아침 여덟 시 무렵에 집에 가면 위스키 두 잔을 마셔야 쉴 수 있다는 말도 했다. 우리가 나눈 대화 중에 나에게 가장 큰 인상을 남긴 것은, 달려오는 기차에 몸을 던지려면 용기가 아주 많이 필요할 거라는 말이었다. 나는 그런 생각은 하지 못했다고 솔직하게 대답했다.

다리 그루터기를 감고 있는 붕대 아래의 반창고는 미끄러지면 안 된다. 상처를 덮고 있기 때문이다. 의사는 나중에 환상통을 심하게 겪지 않으려면 그루터기 위에 붕대를 탄탄하게 감는 게 중요하다고 말했다.

간호사 호출 버튼을 누르자 잠시 뒤에 누군가 문을 열었다. 스힐데르만스 부인이 자고 있어서 린다는 속삭이듯이 인사를 건넸다. 나는 차를 가져다줘서 고맙다고 인사했다.

"차를 가지고 왔더니 푹 잠들어 있던데요. 그래서 깨우지 않았어요."

그녀는 헐거워진 붕대를 재빠르고 능숙한 솜씨로 돌돌 푼 다음 다시 탄탄하게 감았다. 나는 고맙다고 대답하고, 불러서 미안하다고 덧붙였다.

"몇 번이나 말하지만, 나는 괜찮아요. 당신을 돕는 게 내 일인걸요. 아무리 말해줘도 헛수고인 것 같네요."

그녀가 싹싹하게 말했다. 좋은 뜻으로 하는 말이다.

린다는 나를 보지도 않은 채 오른쪽 다리 그루터기를 들어 붕대를 새로 감았다. 나는 나를 돕는 게 당신 일이라는 거야 나도 알고 있다고, 하지만 이 모든 상황이 익숙하지 않아서 도움을 청할 때마다 늘 힘들다고 대답했다.

"지금쯤이면 이게 아무렇지도 않아야 할 텐데, 좀 이상하긴 하네요."

"아무렇지도 않기는 해요. 일어난 일은 이미 일어난 일이지요. 끝났어요. 내가 자살 시도를 할 용기를 냈다는 것 자체는 기뻐요. 물론 이런 결과를 예상한 건 아니지만, 뭐 그것도 이제는 상관없어졌어요."

린다는 오른쪽 다리 그루터기의 처치를 끝내고 조심스럽게 왼쪽을 들어올렸다.

"돌이킬 수 없잖아요."

그녀가 나지막하게 말하고는 다리 그루터기를 가리키며 덧붙였다.

"영원히 이런 상태라고요!"

"아, 돌이킬 수 없는 상태가 이것만이 아닌데!"

나는 느긋하게 대답했다. 린다에게는 이런 말을 해도 된다.

린다는 왼쪽 그루터기도 다시 감고 내려놓았다. 그런 다음 이불을 덮어주었다. 거의 빈 찻잔을 보고 더 마시겠냐고 묻는 그녀에게 나는 고개를 끄덕였다. 린다는 미소를 짓고 옆에 선 채로 내 손을 잡았다. 무슨 일인지 모르겠다. 내가 뭔가 해야 하나? 위로하려는 그녀의 의도는 알지만, 그게 아무 소용이 없다는 사실도 알고 있을 텐데. 린다는 나를 도울 수 없다. 나를 죽일 수도 없고, 모르핀을 다량 투입하거나 그 외에 다른 방법으로 통증이 사라지게 할 수도 없다는 뜻이다. 다리를 돌려줄 수도 없다.

린다는 내 손을 놓고 찻잔을 들고는 아무 말도 없이 병실을 나갔다. 왠지 모르게 불쑥 격한 울음이 터졌다. 잠시 후에 린다가 왔을 때 나는 침대에 앉아 흐느끼고 있었다. 그녀가 그런 내 모습을 봐도 상관없었다. 인정하고 싶지는 않지만 린다의 말과 위로가 애써서 감추려던 내 마음을 무척 많이 움직인 모양이다.

그녀는 아무 말도 하지 않고 침대에 앉아 나를 꼭 안아주었다. 따뜻한 몸의 기운이 느껴졌다. 나는 눈을 감고 슬픔에 몸을 맡겼다. 슬픔에 깊게 가라앉고 싶었다. 빠져 죽을 정도로 깊게.

환상통

환상통에 시달린 건 3주쯤 전부터였다. 처음에는 다리에 쥐가 나는 느낌이었다. '발'부터 '종아리'까지 많이 근질거렸다. 근질거림이 점차 심해지더니, 몇 치수 작은 신발을 신은 것처럼 서서히 조이는 느낌으로 변했다. 깨자마자 시작되어 시간이 지날수록 점점 더 심해졌다. 그러다가 너무 작은 신발을 신은 느낌과 발등 위로 가느다란 철사가 팽팽하게 지나가는 느낌이 뒤섞였다. 철사가 발을 자르는 느낌이 들 때도 있었다.

수술 직후에는 통증이 없었다. 간병인이 통증이 있는지 묻기도 했는데, 나는 아무것도 느끼지 못해서 잠시 생각을 해봐야 했다. 그때는 내 몸에 진통제를 계속 주입하는 주사기가 달려 있다는 것도 몰랐다. 간병인은 용량이 적당한지 확인하려고 질문한 거였다.

집중치료실에서 부상 외과로 옮기고 며칠 지나자 의사가 찾아왔다. 그는 다리에 통증이 없냐고 진지하게 물었다. 내가 괜찮다고 대답하자 그는 침울한 반응을 보였다.

"좋은 징조가 아닙니다."

"하루에 한 번이나 두 번만 모르핀을 주사하는데도 통증이 거의 없으니, 나중에도 별문제 없겠지요."

나는 긍정적으로 대답했지만 일반적인 상황은 그렇지 않은 모양이었다.

"처음에 통증이 없던 환자들이 나중에 환상통을 겪는 경우가 잦습니다."

의사가 설명했다.

나는 환상통에 대해 들은 적은 없었지만 증상은 이미 경험했다. 수술이 끝난 첫 주에 종아리가 아직 있다는 느낌을 또렷하게 받았다. 하지만 그건 통증은 아니었고 그저 종아리가 있다는 느낌이었다. 오른쪽으로 누우면 두 다리가 매트리스를 뚫고 아래로 내려가는 느낌이 들었고, 왼쪽으로 누우면 침대 시트와 이불을 뚫고 비스듬하게 위로 올라가는 것 같았다. 몇 주가 지나자 이기이한 감각은 사라지고 다리가 점점 짧아지는 느낌이었다. 종아리가 점차 쪼그라들고, 원래 크기 그대로인 발이 다리 그루터기 끝부분으로 점점 더 다가오는 것 같았다.

의사는 내 다리를 '절단'했다. 그 단어는 내가 병원으로 왔을 때 아직 다리가 '달려' 있었고(물론 사실이 아니다) 무슨 이유에선지는 모르지만 이곳에서 없어졌다는, 그러니까 말 그대로 '절단'

됐다는 느낌이 들게 했다. 하지만 내가 병원에 도착했을 때는 이미 다리가 없었다. 오는 도중에 어디에선가 잃어버렸다. 마취도 하지 않은 채. 그러니 절단할 것도 없었고 상처만 꿰매야 했다. 감정상으로 이건 아주 큰 차이였다.

"환상통이 나중에야 생기면 대부분은 무척 심할뿐더러 만성이 됩니다."

의사가 말했다.

나는 그가 하는 말이 무슨 뜻인지 알아들었지만, 방금 맞은 모르핀 때문인지는 몰라도 그 사실을 그다지 부정적으로 보고 싶지 않았다. 그래서 지금 통증이 거의 없다는 사실이 중요하다고, 나중에 혹시 심해지면 그때 또 알아서 하겠다고 의사에게 대답했다. 나는 그가 뭔가 부끄러워하거나 지나치게 조심스러워한다는 인상을 받았다. 나와 그 이야기를 할 용기가 없는 듯했다. 나중에 어떤 간병인이, 그 의사는 내가 아주 차분하게 모든 걸 통제하는 것 같아서 무척 감동했다고 전해주었다. 내가 울부짖고 고함을 지르며 사방에 주먹질이라도 해야 했단 말인가? 그때까지만 해도 나는 환상통이 생길 거라고는 상상하지 못했다. 하지만 그건 나중에 끔찍한 착각으로 밝혀졌다.

환상통은 그로부터 일주일도 지나지 않아 시작됐다. '쥐가 난 발'이라는 느낌은 꽉 죄는 느낌으로 바뀌었고, 쑤시고 쏘는 통증도 곧 따라왔다. 그 통증은 '발'에 전기가 통하는 느낌과 교대로 나타났다.

다행스럽게도 모르핀을 맞았는데, 오래전부터 저녁뿐 아니라 다른 때도 맞았다. 모르핀은 따뜻한 물에 들어가는 듯한 편안한 느낌을 주므로 잠들기 전에 무척 좋았다. 모르핀은 씁쓸한 필연이 되어버렸다. 내 나이에 정량인 20밀리그램을 받아도 신발이 조이는 느낌과 종아리에 근질거리는 느낌은 여전히 강력했다. 발등에 걸쳐진 철사가 발을 자르려는 느낌뿐 아니라 가끔은 누군가 포크로 발뒤꿈치를 찌르는 느낌도 더해졌다.

낮에 자는 수밖에 없었다. 그 순간은 내 발이 '평온'했다. 신발이 조이는 느낌뿐이었다. 이제 더는 벗을 수 없는 신발이다. 걷고 서고 어딘가 다녀오는 하루가 끝난 후 신발을 벗을 때 마음이 가벼워지던 그 느낌이 그리웠다. 이제부터 나는 너무 작은 신발을 신고 있어야 한다.

고통을 함께 겪는 동지들

지난 몇 년 동안 나는 공황발작은 우울감과 관계가 있고, 우울감은 또 경계선 인격장애와 뭔가 연관이 있을 거라고 짐작했다. 도서관의 심리학 서적에서 그런 글을 읽었다. 무서울 정도로 익숙한 증상들이었다. 점점 더 심해지고 자주 나타나는 내 문제의 해결책을 인터넷에서 찾아보았다. 온라인 포럼이 발달하기 전의 인터넷은 뉴스그룹들의 웹사이트와 포스팅 정도가 대다수여서 한눈에 알아보기 쉬웠다.

나는 인터넷에서 몇 가지 정보도 발견했다. 거기서 알려주는 정보의 대부분은 전 세계에 퍼져 있는 불안과 공황발작에 처방되는 안정제였다. 그중 몇몇은 나도 아는 것들이었는데, 내 주치의가 처방해준 자낙스도 그런 경우였다. 큰 도움은 되지 못했다. 그 약은 어느 정도 긴장을 완화해주긴 했지만 피곤해져서 일상생활이 좀 불편했다. 예를 들면 피트니스센터에서 트레이닝을 하기 전에는 안정제를 먹을 수 없었다. 나는 확실하고 구조적인 해결책을 그 어디에서도 찾을 수 없어서, 이런저런 뉴스그룹에서 고통의 동지를 찾는 데 점점 더 많은 시간을 들였다. 이 세상에서 이런 고통을 겪는 사람이 나뿐일 리는 없지 않은가.

내가 가입한 alt.suicide.holiday라는 뉴스그룹의 회원들은 살면서 겪는 문제를 서로 나누었다. 대부분은 정기적인 방문자들이었다. 그들은 아침 일찍부터 밤늦게까지 계속되는 일상생활의 고통을 글로 표현했다. 다음 날 아침에 깨어나지 않기를 바라며 잠드는 사람들이 많았다. 나는 그들에게서 굉장히 강렬한 인상을 받았다. 사이비 전문서적의 모호한 조언을 읽는 대신, 나는 자살 의지가 거의 전제조건인 것 같은 클럽에 들어갔다.

한동안은 게시글을 읽기만 하다가 드디어 포스팅을 올리기로 결심했다. 퇴근하고 집으로 오는 전철에서 그 고민을 하던 기억이 떠오른다. 그날 집에 와서 바로 일에 착수했다. 대부분의 회원들처럼 일단 별명부터 만들었다. 나이는 사실대로 적고, 프로필난에 내 소개도 간략하게 했다. 미혼남, 직장인, 대도시 거주, 취미는 운동과 영화 감상과 독서……. 삶이란 나를 위한 게 아니라는 결론에 도달했다는 말도 적었다. 나는 삶에 속하지 않는다고, 어느 곳에서도 접속점을 찾을 수 없다고, 그 누구도 나를 초대하지 않는다고 했다. 삶이 나를 밀어낸다는 느낌이 이따금 드는데, 여기 뉴스그룹에서 드디어 내가 무슨 말을 하는지 이해하는 사람들을 발견했다고 썼다. 첫 소식을 올린 뒤에, 다른 신입 회원들의 경우에서 이미 본 것처럼 많은 회원들로부터 '환영 인사'를 받았다.

나는 점점 더 많은 이야기를 뉴스그룹에 털어놓았다. 예를 들어 중등학교 시절에 이미 자살을 자주 생각했고, 그 생각이 완전히 사라진 적이 없다고 썼다. 안정제는 별로 도움이 안 되고 차라리 달리기나 수영을 하는 게 낫더라고, 내 주치의는 내가 무슨 말을 하는지 못 알아듣는 것 같다고도 했다. 내가 겪는 전투를 묘사하고, 이 전투에서 패배할 것 같은 느낌이 점점 더 강하게 든다고 했다. 모든 것 위에 군림하고 사교적 행위를 불가능하게 만드는 불안발작에 대해 썼다. 이런 시간을 보내면서 해결책이 보이지 않아, 관자놀이에 권총을 들이대고 쏘는 상상을 하고서야 잠이 든다고 했다. 다음 날 정말로 더는 견디지 못한다면 자살을 할 수 있다고, 이미 오래전부터 눈앞에 그려왔던 방식을 택할 거라고 썼다. 플랫폼에서 하얀 안전선을 넘어서는 것. 다른 방식으로 이 삶과 작별할 생각은 한 번도 한 적이 없었다.

다른 회원들의 포스팅에 가끔 댓글을 달기도 했다. 그러다가 '클럽 회원' 몇 명과 개인적인 관계가 만들어졌다. 그런 관계는 이메일을 몇 번 주고받을 정도로만 유지되는 경우가 많았지만 몇 주씩 지속되는 경우도 있었다. 두 회원과는 각각 이메일 연락을 주고받았고 둘 다 1년 넘게 유지됐는데, 투신한 뒤에 내가 더는 연락하지 않았기 때문에 끊어졌다. 정확하게 말하자면 병원에서는 인터넷을 사용할 수 없어서 연락하지 못한 거였다.

자살을 하려는 사람들은 대부분 정말로 행할 용기는 없어서 그저 바라기만 한다. 나도 마찬가지였다. 자살을 하려면 용기가 필요하다. 회원들은 이 점에서 모두 같은 의견이었다. 그러나 나는 린다의 말을 듣고서야 그 사실을 확실하게 깨달았다. 이 삶과 작별하려면 수면제 몇 알을 먹고 눕는 것만으로는 부족하다. 좀 더 많은 것이 필요하다. 특정한 준비와 그에 상응하는 강한 의지가 있어야 한다. 게다가 성공한다는 보장도 없다. 뉴스그룹 회원들은 그걸 알고 있었다. 자살 방법에 대해서는 활발한 정보 교환이 이루어졌지만 100퍼센트 성공을 보장하는 방법은 당연히 없었다. 더구나 실패는 극적인 결과를 가져올 수도 있다는 걸 누구나 알고 있었다.

오랫동안 나는 멀리 떨어져 사는 사람들과 연락하고 있다고 생각했다. 그들 중에 내 친구나 지인이 있을 거라고는 믿지 않았다. 하지만 본명을 밝히지는 않았어도 나의 일상과 내가 처한 상황에 대한 묘사가 정확하고 자세해서, 현실에서 나를 알고 있는 사람은 그게 나라는 걸 알 거라고 짐작은 했다. 어쨌든 중요한 건 내가 여기서 모든 것을 털어놓을 수 있는 친구들을 발견했고, 그들은 아주 멀리 살아서 우연이라도 나랑 만날 일은 없으리라는 점이었다.

우리는 오랫동안 영어로 이메일을 주고받았는데 어느 날 그들 중 한 명이 네덜란드어로 답장을 보냈다. 인터넷에서 컴퓨터를 확인하는 개별식별번호인 IP 주소가 내 정체를 알려준 것이다. 당시에 나는 인터넷에 대해 아는 게 별로 없어서, 이메일을 보낼 때마다 이 주소도 함께 발송되어 컴퓨터가 어느 나라에 있는지 알 수 있다는 사실도 몰랐다.

네덜란드어로 이메일을 주고받게 되면서 모든 것이 불쑥 가까이 다가왔다. 처음에는 내 감정을 모국어로 표현하기가 어려웠다. 하지만 어느 정도 시간이 지나자 내 느낌과 생각과 의도를 아주 명료하게 설명할 수 있었다. 내 '죽음의 파트너' 이름은 테이스였다. 그는 북부에 있는 어느 다국적기업의 IT부서에서 일하고 있었다. 몇 백 킬로미터밖에 떨어지지 않은 곳이었다. 가상공간의 기준으로는 바로 옆이나 마찬가지였다. 테이스는 거의 내 또래였는데, 부모님과 형이 괴로울까 봐 마지막 걸음을 내딛는 걸 주저한다고 했다.

우리 두 사람의 삶은 첫눈에 보기에도 확연하게 달랐다. 내가 언급한 대도시 밤의 환락은 그에게 큰 충격을 주었다. 현실 생활에서는 이따금 작전으로 사용하기는 했지만, 남에게 충격을 주는 건 내 의도가 절대 아니었다. 나는 사실 내가 경험한 흥미진진한 일들을 사람들에게 들려준 뒤 그들이 보이는 반응에 관심이 있었다. 하지만 뉴스그룹에서는 나를 위장하고 싶은 욕구가 전혀 없었다. 내가 비판이나 비난을 당하지 않을 거라는 사실을 알고 있었고, 나도 타인을 판단하지 않았다. 외로움과 잃어버린 희망, 탈출을 향한 동경이 우리를 하나로 묶어주었다.

테이스와 나는 정기적으로 긴 이메일을 주고받았다. 그와 내가 삶의 경험을 서로 나눈 방식은 전혀 모르는 사람들이 장거리 비행기에서 만나 서로의 마음을 여는 것과 비교할 수 있다. 비행기에 타면 모르는 사람과 불쑥 대화를 시작해서는 억압된 감정이나 동경하는 것 등을 서로 터놓고 나누게 된다. 그러다가 비행기에서 내리면 작별 인사를 하고 다시는 만나지 않는다.

뉴스그룹에서 나와 거의 매일 이메일을 주고받은 두 번째 회원은 뉴욕에 살면서 사진 모델로 일하는 남자였다. 이름은 브라이언이었는데, 나는 그와 주로 연인 관계에 대해 대화를 나누었다. 브라이언의 동성 연인은 그의 우울한 기분을 더는 견디지 못해서 떠나버렸다. 얼마 지나지 않아 우리는 한 단계 더 나아가서 서로 진짜 신원을 밝혔다. 그 전에는 테이스와만 털어놓았다.

그렇게 나는 그동안 겪은 일이나 바라는 것을 모두 털어놓는 친구가 두 명 생겼다.

투신한 이후로는 브라이언과 테이스에게 더는 이메일을 보내지 않았다. 그럴 욕구도 사실 느끼지 않았다. 둘에게 이메일을 보내는 건 고사하고 동료나 지인을 만날 에너지도 거의 없었다. 그

둘은 한 번도 본 적이 없으니 사실 유령 친구, 환상 친구들이었다. 그래서 더 힘들었다. 내가 도대체 왜 소식이 없는지 그 둘이 궁금해 하리라고 생각은 했지만 이메일을 보낼 수는 없었다. 인터넷으로 맺은 관계의 불확실성에는 이런 것도 속한다. 우리는 우리 중에 누군가가 먼저 '버스를 잡아타고'(자살을 한다는 뜻) 다른 사람들을 뒤에 남겨둘 가능성이 있다는 사실을 아주 잘 알고 있었다.

이게 아마 나을 것이다. 완전히 끝내기.

환상통과 환상 친구

침대에 누워 텔레비전을 보고 있는데 전화가 울렸다. 수술하고 몇 주가 지난 뒤 어느 날이었다. 나는 방금 모르핀 주사를 맞아서 느긋한 기분이었고, 스힐데르만스 부인은 옆에서 〈프리베Privé〉를 읽고 있었다. 그 무엇도 나를 이 기분에서 몰아낼 수 없다.

수화기를 들자마자 엄마가 곧장 말했다.

"방금 테이스와 한 시간 통화했다."

그렇지 않아도 아침부터 시작이 좋지 않았다. 아침 회진에서 의사가 다시 한 번 수술을 해야 한다고 말했다. 이른바 교정수술이라고 했다. 지나치게 열성적인 물리치료사의 훈련 때문에 얼마 전에 왼쪽 다리의 꿰맨 자리가 벌어졌다. 다리 근육이 너무 많이 사라지지 않게 막아줄 훈련이었다. 다리에 피부가 얼마 없어서 정식으로 봉합되지 못했다. 외과 의사는 일시적인 봉합이 잘 유지되기를 바랐다. 그는 내 무릎 뼈를 살리려고 남은 피부를 무릎으로 끌어당겨 상처를 꿰맸다. 상처는 지금까지 철저하게 치료했다. 늘 깨끗하게 유지하고 붕대를 계속 새로 감았다는 뜻이다. 하지만 이 자리에 피부가 생겨나서 상처가 아무는 일은 불가능하다.

수술을 하면 왼쪽 무릎 뼈도 사라지고, 그래서 왼쪽 다리 그루터기도 오른쪽만큼이나 짧아질 것이다. 오른쪽 무릎 뼈는 내가 병원에 도착했을 때 이미 없었다. 의사는 무릎 뼈를 제거하면 상처를 제대로 봉합하기에 충분할 만큼 피부가 남을 거라고 했다. 의사의 통보에 내가 반응을 보이기도 전에 회진 팀은 좋은 날 보내라고 말하고는 병실을 나갔다. 나는 무슨 일이 벌어졌는지 미처 제대로 알아듣지도 못했다. 그러자 스힐데르만스 부인이 냉소적으로 말했다.

"꼭두새벽부터 참 다정하게도 알려주시네!"

나는 멍하니 스힐데르만스 부인을 바라봤다. 부인은 요거트를 떠먹으며 미소를 지었다. 텔레비전에서는 미국 드라마 〈더 볼드 앤 더 뷰티풀The Bold and the Beautiful〉이 재방송 중이었다. 회진 때문에 많은 내용을 놓친 데 불쑥 짜증이 났다. 내 몸에서 단 1센티미터도 더 내줄 마음이 없었다. 1밀리미터도 싫었다. 나는 상처가 저절로 아물 거라고 생각했다.

아침 일을 잊기까지는 시간이 오래 걸렸지만 어쨌든 잊어버렸다. 거의 하루 온종일에 해당하는 시간을 '중요하지 않음'이라는 상상의 서류철에 집어넣었다. 바로 그 순간 엄마가 전화를 해서는 테이스와 통화했다는 말로 나를 놀라게 한 것이다.

나는 몸을 세우고 침대에 똑바로 앉아, 믿지 못하겠다는 목소리로 물었다.

"테이스와 통화하셨다고요?"

가상공간의 불문율을 완전히 어긴 행위다. 엄마가 테이스와 통화를 하다니!

"그래. 네가 누워 있는 모습을 보고 너무나 울음이 나오던 그때 이야기를 했다. 너에게 손을 댈 용기가 없었다는 말도 했고."

엄마는 흥분한 것 같았다.

"테이스에게 그 이야기를 하면서 울었단다. 너에 관해 나쁜 소식을 전하게 되어 미안하다고 했는데, 테이스는 괜찮다고 하더라."

테이스는 이제 내 소식을 모두 들었다. 게다가 나에게서 직접 들은 게 아니다. 죄책감이 엄습했다. 무슨 일이 벌어졌을지 상상해보았다. 아마도 수없이 보냈을 이메일에 몇 주 동안이나 답장을 받지 못하자, 테이스는 뭔가 이상하다고 생각했을 것이다. 무슨 일이 벌어졌는지 당연히 궁금했을 테고.

한편으로는 테이스가 나에게 무슨 일이 일어났는지 알아내려고 애썼다는 소리를 들으니 기뻤다. 그가 내 걱정을 이렇게 하리라고는 상상도 하지 못했다. 나는 그저 모니터상으로만 존재하는 한마디 짧은 단어에 불과하지 않았던가. 그런데 우리 부모님 전화번호는 어떻게 알았을까?

나는 부모님이든 누구에게든 인터넷 인맥에 관해서는 말하지 않았다. 기껏해야 언젠가 한번 인터넷에서 나와 비슷한 불안과 공황발작에 시달리는 사람들을 만났다고, 그들과 정보를 교환할 수 있어서 좋다는 말은 한 적이 있다. 이름은 고사하고 그 외에 자세한 사항은 하나도 말하지 않았다.

그런데도 엄마는 테이스와 내가 어떤 관계인지 놀라울 정도로 빨리 알아챘다. 테이스는 아마 우리가 어떻게 서로 연락하게 되었는지 짤막하게 설명하려 했을 거고, 자주 이메일을 주고받았다는 말도 했을 것이다. 이메일 내용은 말하지 않고 몇 주 전부터 답장이 없어서 걱정했다는 말만 한 것 같다. 그래서 엄마는 우리가 정기적으로 소식을 주고받던 사이라는 걸 알게 되었다. 엄마는 내가 언젠가 '인터넷에서 만난 사람들' 이야기를 했다는 걸 기억해냈다. 엄마가 그 이야기를 하자 그때까지 어둡고 음울하던 테이스의 목소리가 약간 밝아졌다고 한다. 그는 짤막하게 웃고는 자기도 '인터넷에서 만난 사람들' 가운데 한 명이라고 대답했다. 이 정도면 테이스를 평행우주에서 갑자기 살아 나타난 가상 친구라고 표현할 수도 있지 않을까? 그가 나를 찾으려고 애쓴 노력은 소중하지만, 그걸 기뻐해야 할지는 모르겠다.

#2 죽음도, 그렇다고 삶도 아닌 곳

내가 죽는 방법을 생각하는 것은
죽기 위해서가 아니라 살기 위해서다.
_앙드레 말로

사람들은 떠난다

성탄절 이틀 전. 종합병원에서 보내야 했던 긴 시간이 다 지났다. 이제 재활을 위해 암스테르담 오베르톰에 있는 전문 병원으로 가야 한다. 공휴일이라 기분이 좀 울적해서 신년 휴일이 지날 때까지는 여기 그대로 있고 싶지만 의사들은 고집을 굽히지 않았다. 나는 12월 28일에는 이 병원을 떠나야 한다. 휠체어에 앉고부터 더 이상 신년은 새로운 희망과 동일한 뜻이 아니었다. 1월 1일은 12월 31일에서 하루가 지난 날에 불과하고, 새 천년도 나에게는 아무런 의미가 없다.

해가 바뀌기 전에 다른 환자 두 명도 부상 외과를 떠났다. 둘은 퇴원하게 되어 행복해 보였다. 재활병원으로 가는 게 아니라 가족과 친척 들이 있는 집으로 돌아가니까. 둘 중 한 명은 마흔 살이 막 넘은 마를리스라는 여성으로, 복도를 따라 나 있는 아래쪽 병실에 있었다. 그녀는 말에서 떨어지며 잘못 착지했다. 그래서 움직이지 않고 며칠 누워 있어야 했다. 나는 그녀보다 열 살은 젊어 보이는 남편과 복도에서 몇 번 이야기를 나눈 적이 있다. 마릴리스가 마비되지 않아서 부부는 정말 기뻐했다.

"아내가 휠체어에 앉게 됐더라면 어떻게 되었을지 생각하기도 싫습니다."

나에게 그런 말을 해서 미안하다고 말하고, 내가 '이 모든 일을 겪어내는 게' 얼마나 대단해 보이는지 모른다고 얼른 덧붙였다. 나는 선택의 여지가 없었다고, 그리고 이 삶을 곧 끝낼 계획이라서 휠체어 문제도 함께 해결될 거라는 대꾸가 목구멍까지 올라왔다. 하지만 굳이 그런 말을 해서 낯선 사람들을 괴롭힐 이유가 뭐 있으랴?

아내가 퇴원하는 오늘, 그가 내 방에 왔다. 침대에 누워 텔레비전을 보던 나는 헤드폰을 벗고 그에게 인사를 건넸다. 그는 조명이 달린 작은 플라스틱 크리스마스트리를 들고 있었다. 지금까지 마릴리스의 나이트테이블에 놓여 있던 거라며 그 작은 트리를 내 나이트테이블 위에 세우고 플러그를 콘센트에 꽂았다. 알록달록한 전구들이 초록빛 플라스틱 나뭇가지를 부드럽게 비추었다.

"자, 이러면 당신도 크리스마스 기분을 좀 느낄 수 있겠지요."

"아, 고맙습니다. 아주 좋네요!"

당신 아내가 혹시 그걸 집으로 가져가고 싶지 않을까 묻자, 그는 고개를 저었다. 그러고는 이제 가야 한다고, 마릴리스가 차에서 기다린다고 말했다.

"아내가 인사 전해달라고 했습니다."

나는 그와 악수를 하며 손에 힘을 주어 다시 한 번 감사한 마음을 전했다. 그 역시 나에게 힘내라고 말했지만 표정에서는 내가 언젠가 달라질 거라고 믿지 못하는 의심이 드러났다.

저녁에 침대에 누워 크리스마스트리의 작은 전구를 바라보았다. 너무나 조용하고 그 어느 때보다도 더 어두워 보이는 세상에서 그 전구는 나에게 희망의 상징이 되어주었다. 빛의 귀환, 이게 크리스마스다. 나는 옆으로 누워, 여전히 깁스를 하고 있는 오른팔을 조심스럽게 내려놓았다. 피곤하지만 잠이 오지는 않았다. 그러나 불면이라고 걱정하는 대신, 천천히 환상의 세계로 들어갔다. 내가 전쟁터에서 부상을 입고 어느 야전병원에 누워서 상처가 회복되기를 기다리는 군인이 되었다고 상상했다. 내 현실과 그다지 동떨어지지 않은 모습이다. 나는 보이지 않는 적과의 싸움에서 부상을 당한 거니까.

다음 날 아침, 나는 누군가 병실로 들어오는 소리에 잠에서 깼다. 입원 환자인 프란스였는데, 크리스마스가 끼어 있는 이번 주에 퇴원한다. 내 또래인 그는 일을 하다가 왼쪽 다리가 바인더에 끼는 사고를 당했다. 그 사고로 왼쪽 다리뿐 아니라 왼쪽 엉덩이도 많이 잃어서 카테터라는 튜브 모양의 관을 삽입하고 있었다.

사고는 벌써 몇 년 전에 일어났지만 그는 정기검진과 사후치료를 하러 1년에 한 번쯤 병원에 왔다.

그의 이야기를 처음 들었을 때 나는 내 상황보다 더 나쁜 일도 있다는 걸 알게 됐다. 나는 '그저' 다리만 잃었을 뿐 다른 건 뭐든 스스로 할 수 있고 카테터도 필요 없으니까. 또 부상 외과에 있는 많은 환자들과는 달리 마비된 것도 아니었다.

프란스의 아내 코니가 그의 휠체어를 밀었다. 코니는 그를 데리러 왔다. 둘은 이제 바로 떠날 예정인데, 떠나기 전에 나에게 인사를 하러 잠시 들렀다. 나는 프란스와는 이야기를 나눠본 적이 없지만, 그는 내가 얼마 전에야 다리를 잃었다는 사실을 의사들에게 들어서 알고 있었다. 휠체어 뒤에 서 있는 코니는 나와 악수하려고 몸을 숙였다. 나는 두 사람이 들러줘서 정말 반갑다고 말했다. 코니는 프란스를 보러 올 때면 내 병실에도 자주 왔었다.

"통증이 심한가요, 아니면 아주 심한가요?"

프란스의 물음에 그럭저럭 괜찮다고 대답했지만, 그는 내가 지금 심한 통증에 시달리는 걸 눈치챈 것 같았다.

"실제로 도움이 되는 건 별로 없어요."

그 말에 나는 웃음을 터뜨리고는 절망적으로 고개를 끄덕였다.

"아이고, 참 큰일이에요!"

코니는 미소를 지으며 무력하다는 표시로 어깨를 으쓱해 보였다.

"난 정말 별의별 다 진통제를 시험해봤어요. 처음에는 많이, 나중에는 좀 줄였지요. 가벼운 충격 전류로 통증을 줄여준다는 텐스TENS라는 기구도 사용해봤지요."

프란스가 말했다.

간병인 중에 한 명이 그 이야기를 한 적이 있다. 그때는 가벼운 전류가 통증을 약화시켜줄 수 있다는 말을 믿지 못했다.

"큰 도움이 되는 게 뭔지 알아요? 잠이에요. 잠을 잘 자는 것. 그거예요!"

그게 어떻게 도움이 될까? 나는 생각에 잠겼다. 다리 통증이 너무 심하고 강력해서 거의 잠을 이룰 수 없었다. 잘 수 없는데 잠이 어떻게 도움이 될까?

"푹 자면 통증이 줄어요. 이제 곧 알게 될 겁니다."

그가 하는 말을 들으니 내가 잠에서 깨면서 여러 번 느낀 게 떠올랐다. 하지만 순서는 거꾸로다. 눈을 막 뜨면 다리에 통증이 느껴지지 않는다. 그러나 몇 초 뒤에는 양쪽에서 통증이 시작되어 하루 종일 사라지지 않는다.

"이제 갈게요."

프란스가 휠체어를 돌리며 말했다.

"집이 멀어서요. 몇 시간은 가야 한답니다."

코니가 덧붙였다.

둘은 남부에 살고 있었다. 오가는 것만으로도 프란스에게는 큰 부담이 될 터였다. 나는 두 사람에게 도와주고 격려해줘서 정말 고맙다고 인사를 건넸다.

"고맙긴요."

갑작스레 코니가 내 양쪽 뺨에 입을 맞추고 머리를 쓰다듬었다. 그러고는 몸을 돌려 프란스의 휠체어를 밀며 병실을 나섰다. 문간에서 프란스가 다시 한 번 돌아보았다. 그는 엄지를 공중으로 치켜들며 외쳤다.

"자, 힘을 내요!"

다시 바깥세상으로

스힐데르만스 부인과 내가 쓰는 병실은 점점 더 카드 가게나 꽃가게와 비슷해졌다. 나는 꽃을 모두 가지고 갈 수가 없어서 여기에 그냥 두기로 하고, 카드는 상자에 담았다. 회복을 비는 마음은 잘 알지만, 카드에 쓰인 글귀들은 내 마음을 좀 아프게 했다. '호전'이란 있을 수 없으니까.

의사들이 마지막 회진을 했다. 그들의 최종 소견서는 다음과 같았다.

"환자는 교정수술을 거부함. 다리 상처를 계속 치료해야 함."

나는 이것보다는 다음과 같은 말을 원했다.

"빅토르는 싹싹하고 좋은 녀석임. 우리는 그의 운명에 마음이 무척 아픔. 그가 힘을 내길 바람."

이런 황당무계한 생각에 나 스스로도 웃음이 났다. 이제 다 지나갔다. 그건 확실하다. 종합병원에서 보낸 시간은 지나갔고, 그와 더불어 의사들의 회진과 외과 교정수술에 대한 조언도 옛날 일이 되었다.

나는 스힐데르만스 부인에게 줄 선물을 사려고 1층에 있는 가게로 내려갔다. 몇 주씩이나 병실을 함께 썼으니 작별 인사로 뭔가 작은 선물을 하고 싶었다. 작은 시집을 한 권 사서 내 이름을 쓰고, 가장 암울한 시간에 격려해줘서 고맙다는 말도 적었다.

계산대에 있는데 누군가 소리를 질렀다.

"빅토르, 정신과 의사가 왔어요!"

돌아보니 간호사 도리스였다.

"갈게요! 스힐데르만스 부인에게 줄 선물을 샀어요. 금방 올라갈게요."

이날 아침 의사 회진이 약간 늦은 걸 생각하면 내가 아래층에 내려온 시간도 좀 늦었던 것 같다. 그래서 정신과 의사와의 마지막 상담도 늦었다. 내가 아직 살아 있다는 사실에 무언의 시위를 하느라 손목시계를 차고 있지 않아서 시간을 몰랐다. 아니, 시간이 간다는 걸 알고 싶지 않았다. '시간'에 신경을 쓰기 싫었다. 위로 올라와서 병동 복도에 걸린 시계를 보니 상담 시간이 벌써 15분이나 지나갔다. 아름답게 포장한 시집을 무릎에 얹고 병실로 돌아오니 정신과 의사가 내 침대 옆에 앉아 있었다. 그제야 이 침대에서 잘 일이 없다는 사실이 또렷해졌다.

"죄송합니다. 하지만 스힐데르만스 부인에게 줄 선물을 사는 일은 무척 중요했어요."

나는 얼른 말하며, 의사가 그걸 정당한 지각 사유로 봐주길 바랐다. 아니라고 해도 어쩔 수 없다. 한 시간 뒤에는 어차피 이곳을 떠날 거고, 정신과 의사는 최종 소견서를 지어내 써야 한다. 더 이상 나눌 이야기도 없다.

의사는 내가 재활병원에서 뭘 기대하는지, 그다음 계획은 잡았는지 물었다. 나는 그녀의 질문을 잠시 생각해보고는 마지막 날, 마지막 순간에 심오한 대화 같은 건 나누지 말아야겠다고 결심했다.

"글쎄요, 뭐 되는 대로 그냥 두는 거죠. 어차피 가만히 있는 것 말고는 할 수 있는 게 없잖아요. 너무 힘들어지면 차를 한 잔 마시고 차분해지길 기다렸다가 어찌 될지 다시 보고요."

의사가 고개를 끄덕였다. 공허할 뿐 아니라 신빙성도 없는 대답이다. 의사가 더 따져 묻지 않아서 다행이었다. 그녀는 자리에서 일어나 나에게 악수를 청하고는 내 주치의에게 최종 소견서를 보내겠다고 했다.

스힐데르만스 부인은 내 선물에 무척 기뻐했다. 우리는 포옹하며 작별 인사를 나누었다. 이제 곧 미니버스를 타고 재활병원으로 옮길 예정이라 다른 사람들을 들여다볼 시간이 없었다. 병원 직원들과는 그들의 마지막 근무시간에 대부분 이미 인사를 나누었다. 나를 재활병원으로 데리고 갈 젊은 남자는 운동 가방을 들어 어깨에 메고는 이제 떠나자고 재촉했다. 그는 내가 탄 휠체어를 밀어 방에서 복도로 나왔고, 나는 곰 인형과 시디플레이어를 무릎에 얹은 채 스힐데르만스 부인에게 손을 흔들었다.

이곳에 도착한 날과 병원을 떠나는 날을 비교하자면 나아진 게 거의 없었다. 다리 상처가 약간 아물긴 했지만 (왼쪽 다리는 좋아질 기미도 보이지 않는다) 정신적으로는 그때와 똑같이 비참했다.

출구로 가면서 내가 거의 두 달이나 머문 이곳을 다시 한 번 눈에 담았다. 내가 다리를 잃었고, 이제 평생 휠체어에서 지내야 한다는 사실을 이때 명백하게 깨달았다. 떠나는 게 작별처럼 느껴지지는 않았다. 내가 처음부터 이곳 환경과 그 어떤 관계도 맺지 않으려고 저항한 게 그 원인일까 생각해보았다.

병원 로비에 있는 레스토랑을 지나면서 안쪽을 들여다보았다. 부모님과 동료, 친구, 지인들과 함께 앉았던 식탁과 의자가 보였다. 많은 이들이 정기적으로 찾아왔고, 또 어떤 이들은 한 번만 왔다 갔다. 차를 마시고, 아버지가 가져온 소시지 페이스트리 빵을 먹던 장소였고, 오후에 중년 부인이 게임을 진행하는 곳이기도 했다. 엄마와도 이곳에 앉아 있었다. 내가 너무나 절망한 나머지 식탁에 머리를 댄 채 다시는 들려고 하지 않았던 기억이 떠올랐다. 이곳에서 나는 자동 미닫이문 뒤쪽에 있는 '저 바깥세상'을 향해 무척 다양한 감정을 느꼈다. 닿을 수 없을 만큼 멀어 보이는 그 세상으로 이제 돌아갈 것이다. 의식하지는 못했지만, 나는 지난 몇 주 동안 온전히 보호받는 환경에서 지냈다. 바깥세상은 최대한 가려져 있었다. 바깥은 모든 것이 다를 것이다. 아니, '내'가 달라질 거라는 게 더 맞는 말이다.

갑자기 긴장감이 들었다. 바깥세상에 대한 불안이 밀려왔다. 머릿속에서 뮤지컬 〈선셋 대로Sunset Boulevard〉의 노래 〈마치 우리가 절대 작별 인사를 하지 않은 것처럼As If We Never Said Goodbye〉이 들렸다. 나는 상황이 아마 그럴 거라고 상상했다.

> 왜 두려운지 모르겠어요,
> 나는 이곳을 잘 알고 있는데 말이에요
> 다시 찾을 세상
> 하지만 난 서두르지 않아요
> 시간도 좀 필요하고요
> 모든 것은 마치 우리가 절대 작별 인사를
> 하지 않은 것처럼 존재하네요

병원 복도를 몇 미터만 더 가면 내가 정말 잊고 싶은 일생의 한 시기가 끝난다. 잊으려고 해도 평생 나를 따라다닐 시기다. 중앙 유리문을 나서기 전에 내 휠체어를 밀고 있는 젊은 남자에게 다시 한 번 돌려달라고 부탁했다. 하지만 그는 내 말뜻을 제대로 이해하지 못하고, 내가 뭔가 잊어버려서 돌아가려고 하는 줄 알았나 보다.

"아뇨, 한번 뒤돌아보고 싶어서 그럽니다. 아주 잠깐이면 돼요."

나는 주변을 훑어보며, 무슨 일이 일어났는지 다시 한 번 생각에 잠겼다. 그 가을날 저녁에 부모님이 이곳에 오셨다. 바람이 심하게 몰아치고 오후에는 비가 내린 날이었다. 폭풍은 기억나지만 비가 내렸다는 건 다른 사람들이 이야기해줘서 알았다. 자전거를 타고 역으로 갈 때 등에 와 닿던 바람이 떠오른다. 미신을 믿는 건 아니지만, 나는 그 바람을 긍정적인 신호라고 해석했다. 내가 바람에 떠밀려 삶에서 퇴장하는 것처럼 느껴졌다. 나는 그걸 해방이라고 생각했다. 이게 마지막 길이라면 저절로 움직이는 것처럼 힘들이지 않고 갈 수 있다고.

그날 부모님은 시장을 보고 오후 늦게야 집에 돌아왔다. 그래서 평소와는 달리 우리는 그날 아직 통화를 하지 않은 상태였다. 당시에 나는 2주가량의 병가를 썼기 때문에 우리는 매일 통화했다. 하루 종일 이상하게 불안했던 아버지는 시장에서 돌아오자마자 바로 사무실로 사용하는 서재로 들어갔다. 자동응답기에 메시지가 일곱 개나 들어 있는 걸 보고는 뭔가 일이 벌어졌다는 예감이 강하게 들었다. 병원에서 온 첫 번째 메시지를 듣자 그 예감은 사실이 되었다.

"네 엄마도 내 옆에 서 있었다."

아버지가 나중에 이야기해주었다.

"우린 외투를 벗지도 않고 모자도 쓴 채로 병원에 전화를 걸었단다."

아버지는 응급실과 곧장 연결되어 근무 중인 병동 간호사와 통화했다.

"아드님이 오늘 오후에 기차에 몸을 던졌습니다. 지금 수술 중이에요. 상태는 안정적입니다."

간호사는 자기 이름이 루신다라고 밝히고, 병원에 도착하면 접수처에서 자기를 찾으라고 했다.

"그러면 제가 가서 모시겠습니다."

아버지는 간호사가 무척 예의바르고 정중했다고, 그러리라고는 예상하지 못했다고 말했다.

"유감스럽게도 아드님은 두 다리를 잃었습니다."

엄마도 함께 들을 수 있게 스피커를 켰던 아버지는 책상을 꽉 잡아야 했다. 의자를 쥐고 있던 엄마는 다리가 풀려 쓰러지면서 바닥에 주저앉아 울음을 터뜨렸다.

"죽게 내버려둬! 죽게 내버려둬!"

엄마가 눈물을 흘리며 소리쳤다. 한 마디 한 마디가 모두 고통이었다. 아버지는 입술을 꽉 깨물고 잠시 눈을 감았다 떴다. 그러고 심호흡을 하고는 최대한 빨리 출발하겠다고 간호사에게 말했다. 병원으로 데려다줄 사람이 있는지 묻는 질문에 아버지는 직접 운전할 수 있다고 대답했다.

"마음을 가라앉히세요."

루신다가 수화기 저편에서 말했다. 간호사는 위로하려고 애썼다. 아버지는 한 시간 반쯤 뒤에 도착할 거라고 말하고는 전화를 끊었다. 그때 아버지의 손은 너무나 심하게 떨렸다고 한다.

엄마는 책상 옆에 어린아이처럼 웅크리고 앉아 양팔로 머리를 감싸고 나지막하게 흐느꼈다. 아버지가 엄마를 위로하려고 아무리 애써도 엄마는 흐느끼며 아버지를 밀어내기만 했다. 너무 슬퍼서 위로도 소용이 없었다. 아버지는 한순간 어찌해야 좋을지 몰랐다. 엄마는 일어서지 않을 것처럼 보였다. 슬픔에 잠겨 책상과 벽 사이의 좁은 구석에서 점점 더 몸을 웅크렸다. 아버지는 엄마 옆에 쪼그리고 앉아 팔을 어깨에 두르고 머리에 손을 얹었다. 엄마는 몸을 떨며 울었다. 아버지도 솟아오르는 눈물을 흘리지 않으려고 애써야 했다. 지금은 안 된다고, 지금 정신을 차리지 않으면 저녁내로 병원에 갈 수 없다고 생각했다. 아버지는 병원에 가야 한다는 것, 어떻게든 가을 폭풍을 뚫고 그날 저녁내로 그곳에 도착해야 한다는 사실을 알고 있었다.

그래서 바짝 마른 입술로 힘겹게 말했다.

"자, 여보. 출발하자. 빅토르한테 같이 가자고."

아버지는 둘이 책상 옆 바닥에 얼마나 쪼그리고 있었는지 기억하지 못했다. 훨씬 더 길게 느껴지긴 했겠지만 아마 몇 분에 불과했을 것이다. 아버지는 엄마가 일어설 수 있게 부축했다. 그런 다음 둘은 생각에 잠긴 채 천천히 서재를 나와서 복도를 지나 현관으로 왔다.

부모님은 말없이 집을 나섰다. 먼저 차에 오른 엄마는 아버지가 문을 막 닫으려고 하자 말했다.

"이웃집에 말해야 해. 우리가 없다는 걸 이웃이 알아야지."

엄마는 원래 이렇다. 아무리 흥분해도 현실을 놓치지 않는다.

"어떻게 할까?"

아버지가 지시를 기다리는 것처럼 물었다.

"우편함에 쪽지를 넣을까? 아니면 직접 만날까? 전화를 걸 수도 있어."

엄마는 고개를 젓고는 차에서 내렸다.

"내가 가서 말할게. 어쩌면 하루 이틀 지나야 올지도 모른다고 알려야겠어."

아버지는 엄마를 바라보았다. 울어서 마스카라가 흘러내려 가늘고 검은 줄이 얼굴에 나 있었다.

"잠깐만."

아버지는 엄마 팔을 잡고는 재킷 주머니에서 휴지를 꺼내 엄마의 눈물과 마스카라 자국을 최대한 지웠다.

"자, 됐다."

아버지는 엄마 팔을 놓으며 물었다.

"내가 같이 갈까?"

엄마는 싫다고 했다.

"금방 돌아올게."

아버지는 엄마를 기다리면서 어둠에 물든 하늘을 쳐다보았다. 병원에 전화를 걸 때부터 속이 이상하더니 갑자기 구역질이 올라와서 시든 패랭이꽃 화단에 토했다. 엄마가 초봄에 심은 꽃이었다.

"오면서 우린 아무 말도 하지 않았단다."

엄마가 나중에 이야기했다.

"라디오도 틀지 않았지."

"한마디도 안 했다고요?"

한 시간 반 동안이나 오면서 아무 말도 하지 않았다는 걸 상상할 수 없었다.

"네 아버지는 오는 내내 내 손을 잡고 있었어. 우린 그저 흐느껴 울기만 했단다. 그것 말고는 할 수 있는 게 없었지."

나는 시간이 한참 지나고 나서야 그런 소식을 들으면 어떤 심정일지 내가 상상할 능력이 없다는 걸 깨달았다. 그래서 자살 시도로 다리를 잃은 아들이 누워 있는 병원으로 향했던 그날 저녁 자동차 안에서 부모님 마음이 어땠을지 상상이 되지 않는다.

엄마가 처음 그 이야기를 했을 때 나는 진통제 때문에 정신이 몽롱해서 거의 알아듣지 못했다. 당시에 두 분은 내가 일으킨 파문을 나에게 알리지 않으려 했다. 투신이 불러온 많은 사건들을 나는 명확하게 알지 못했고, 나중에 다른 사람들이 설명해주어서 알게 됐다. 예를 들어 플랫폼에 있던 사람들이 투신하는 나를 보고 비명을 지르며 계단을 달려 내려왔다는데, 나는 전혀 알지 못했다. 목격자 여러 명이 급히 경찰에 전화해서 신고가 동시에 들어갔다. 구급차가 도착하고 구급대원들이 달려오는 것도 나는 몰랐다. 기차가 천천히 멈춘 후에 승객들이 바로 내리지 못하고 경찰이 도착할 때까지 기다려야 했다는 사실도 나중에야 들었다. 나를 최대한 빨리 병원으로 옮기려고 역 옆에 헬리콥터가 착륙했다는 것도, 응급실에서 깨기 전까지 병원에서 일어난 모든 일도 알지 못했다.

부모님이 병원에 도착했을 때는 이미 어두워진 뒤였다. 아버지는 엄마를 일단 출입구에 내려놓고 나중에 함께 들어갔다. 아버지는 곧장 먼저 들어가서 접수처에서 루신다를 찾으라고 했지만, 엄마는 아버지를 기다리겠다고 했다. 누군가 오거나 아들의 현재 상황에 대해 이야기할 때 혼자 있기 싫다는 거였다.

아버지는 그 말을 이해하고 병원 로비의 긴 의자에 엄마를 남겨놓은 뒤에 얼른 주차했다. 나중에 엄마는 수많은 사람들이 나가고 들어오는 모습을 봤다고 말했다. 금요일 저녁이었고, 면회 시간이 방금 전에 끝났다. 목발을 집거나 휠체어에 탄 사람들이 지나다녔다. 어떤 사람들은 걷는 데 아무 문제도 없어 보였다. 엄마에게는 이 모든 상황이 어딘지 모르게 비현실적이었다. 자신이 그 자리에 없는 것처럼 느껴졌다. 아버지가 접수처 어떤 남자에게 주차를 하고 돌아올 때까지 엄마를 좀 봐달라고 부탁한 사실도 몰랐다. 그 남자는 이유도 묻지 않고 알겠다는 듯이 고개를 끄덕였다.

아버지는 돌아와서 그 남자에게 고맙다고 인사했다. 아버지의 걱정은 쓸데없는 것이었다. 그 사이에 엄마는 우리 부모님보다 기껏해야 몇 살 정도 어려 보이는 여자와 이야기를 나누고 있었다. 아버지가 다가가자 엄마는 고개를 들었다.

"제 남편이에요."

엄마가 눈빛이 무척 부드러운 여자에게 말했다. 그 여자는 아버지에게 악수를 청했다.

"루신다예요. 아드님에게 모셔다 드리지요. 지금 막 수술실에서 나왔습니다."

아버지는 엄마 옆에서 손을 꼭 잡고 걸었다. 로비를 가로질러 가서 넓은 계단 뒤에 숨어 있는 듯한 좁은 문을 지났다. 그다음은 거의 깜깜하다시피 어두운 복도였다. 전등이 있긴 했지만 밝지 않았다. 머리 위쪽의 궁륭 천장으로 빛이 좀 더 많이 들어왔다.

플라스틱 궁륭에 나뭇가지들이 부딪혔다. 세 사람은 어두운 복도를 지나 눈부시게 환한 빛이 쏟아지는 또 다른 복도에 도착했다. 이곳에는 사람들이 많이 돌아다니고 있었는데, 대부분은 병원 직원이었다. 아무도 세 사람에게는 관심이 없었고, 그저 앞만 보며 걷거나 걸으면서 서류를 들여다보았다.

"두 분이 주무실 곳을 마련해두었어요."

루신다가 이렇게 말하고 어떤 방의 문을 열고는 전등 스위치를 켰다. 깨끗한 시트를 깐 높은 침대 두 개와 그 사이에 놓인 나이트테이블, 독서용 전등이 보였다. 방의 다른 쪽 끝에 있는 낮은 탁자에는 소형 텔레비전이 놓여 있었다. 그 옆에는 잡지 몇 권이 깔끔하게 쌓여 있었다.

루신다가 부모님 쪽으로 몸을 돌리고 말했다.

"이곳은 말하자면 손님방입니다. 특별히 좋지는 않지만 원하시는 기간 내내 무료로 사용하실 수 있어요."

엄마가 아버지를 쳐다보자 아버지는 고개를 끄덕이며 말했다.

"무척 친절한 병원 방침이군요. 고맙습니다."

"예, 그러면 이곳에서 잠시 기다리세요. 제가 가서 아드님이 집중치료실에 왔는지 보고 오겠습니다."

루신다는 부모님이 이 사건에 충격을 받아 상황을 이해하기 힘들 수도 있다고 생각했는지 천천히 또박또박 말했다. 그녀가 음료나 음식을 가져올지 묻자, 엄마는 일단 아버지를 쳐다보고는 간호사를 향해 고개를 끄덕였다.

"네, 커피를 마시면 좋겠어요."

아버지는 엄마가 최소한 커피 한잔을 마실 정도로 기운을 차려서 다행이었다고 나중에 말했다. 이제 더 힘든 일이 남아 있다고 생각했으니까. 아버지는 차를 부탁했다.

"우린 아마 15분에서 30분 정도 기다렸던 것 같아."

엄마가 나중에 알려주었다.

"나는 외투를 벗고 좀 쉬려고 침대에 누웠어. 잠은 잘 수 없었단다. 어떻게 자겠니? 피곤하지도 않았어. 하지만 루신다가 우리를 데리러 오겠다고 했으니, 그저 잠깐 눕고 싶었어. 네 아버지는 옆에 앉아 내 손을 잡고 있었고. 말을 많이 하지는 않았던 것 같다. 우린 할 수 있는 일이 아무것도 없다는 걸 알고 있었지. 그저 루신다가 우릴 데리러 오기만 기다렸단다."

루신다는 나지막하게 노크하고 들어왔다.

"아드님 상태는 안정적이에요. 이제 만나셔도 됩니다."

나중에 나는 그때 루신다 뒤를 따라가면서 무슨 생각을 했는지 엄마에게 물었다.

"아무 생각도 안 했다. 정말 아무것도 생각하지 않았어. 그런 순간에는 아무 생각도 하지 못하는 법이야."

그러고는 잠시 말을 멈추었다가 덧붙였다.

"그저 슬프기만 하고, 이 슬픔이 절대 그치지 않을 거라고만 생각했지."

외투는 손님방에 그대로 두었다. 엄마는 핸드백만, 아버지는 지갑만 챙겼다. 집중치료실로 가면서 간호사는 부모님에게 놀라지 말라고 미리 당부했다.

"아드님은 지금 수많은 기구들에 에워싸여 있어요. 상태를 지켜보기 위한 기구랍니다."

엄마는 당시 상황을 떠올리며 말했다.

"하지만 그 누구도 그런 상황을 어떻게 준비해야 할지 말해주거나 뭔가 처리해줄 수는 없어. 아무것도, 정말 아무것도 해줄 수 없단다."

세 사람은 문 두 개를 더 지나서 집중치료실 앞에 섰다. 루신다는 출입증으로 문을 열었다. 엄마는 그 순간 심장이 목까지 튀어 올라올 것만 같았다고 했다. 아버지는 내내 아무 말도 하지 않았다.

"그런데 네 아버지 표정을 보니 금방이라도 쓰러질 것 같더구나."

그곳에 하얀 침대보를 덮고 수많은 기구에 에워싸인 내가 눈을 감고 누워 있었다. 간병인 두 명이 침대 옆에서 서류에 뭔가 적거나 스위치를 누르며 상황을 주시했다. 내 배와 다리 쪽에 놓인 버팀목은 침대 시트가 내 다리를 건드는 걸 막아주었다.

"네 얼굴과 상체는 아주 깨끗했어. 핏자국이나 긁힌 상처도 없었단다."

엄마가 말했다.

"하지만 침대 옆쪽 발치에……, 커다란 배농주머니가 걸려 있더구나."

누군가 손을 어깨에 불쑥 올리는 바람에 나는 깜짝 놀라 회상에서 깨어났다.

"이제 갈까요?"

젊은 남자의 말에 나는 고개를 끄덕였다. 그는 휠체어를 돌려 자동문 바깥으로, 바깥세상으로 나를 밀었다.

운동 가방부터 버스에 실었다. 그런 다음 젊은 운전사에게 시디 플레이어와 곰 인형을 건넸다.

"귀를 잡아당기지 마세요!"

나는 이렇게 말하고는 웃음을 터뜨렸다. 곰 인형을 걱정하는 성인 남자라니. 하지만 정말이다. 곰 인형은 아주 중요하다. 사지 한두 개가 떨어질 수도 있다는 상상은 하기도 싫다. 젊은 남자는 가방과 곰 인형을 조심스럽게 차에 실었다.

그날 아침 태양은 구름을 도무지 뚫고 나오지 못했다. 게다가 바람도 세차게 불었다. 나는 양손을 주머니에 쑤셔 넣었다. 재킷 왼쪽 주머니에서 종이가 만져졌다. 테이스의 전화번호가 적힌 쪽지였다.

젊은 남자는 램프를 당겨 꺼내고 나를 버스 안으로 밀었다. 그런 다음 휠체어 브레이크를 세차게 당긴 후, 가는 동안 내가 이리저리 움직이거나 넘어지지 않게 휠체어를 바닥에 고정시켰다.

쇠사슬에 단단하게 묶인 느낌이었다. 머리가 소형 화물차 천장에 거의 닿을 지경이라서 낮은 유리창으로 도로 표면과 인도의 일부만 보였다. 위가 잘린 사진을 보는 것 같았다. 제일 중요한 것은 보이지 않는…….

달리는 동안, 수술 직후의 기억들이 멈추지 않고 밀려왔다. 엄마는 병상에 누워 있는 나를 처음 본 순간 하마터면 쓰러질 뻔했다고 한다. 어디선가 간병인이 불쑥 나타나 엄마를 부축한 덕분에 쓰러지지 않았다.

"그 남자는 내가 우는 걸 보고서 기절할지도 모른다고 짐작했던 모양이야."

엄마는 '그게' 어떤 상태인지 알고 싶어서 다리 위쪽의 버팀목을 덮은 침대 시트를 조금 걷었다. 붕대로 감은 다리 그루터기가 보였다. 그루터기는 아직 너무 민감해서 침대의 얇은 면 시트조차 견디지 못할 정도였다. 엄마는 그저 울기만 했다. 침대 다른 쪽 옆에 서 있던 간호사가 다 이해한다는 듯이 고개를 끄덕였다.

"아드님을 만져도 됩니다."

간호사의 말에 엄마는 내 이마에 조심스럽게 입을 맞추었다.

간호사는 의자를 침대 옆으로 가져와 엄마가 앉을 수 있도록

했다. 엄마는 내 손을 조심스럽게 잡고, 산소마스크를 쓴 내 얼굴을 살폈다. 아버지는 엄마 옆에 서서 침대를 에워싸고 있는 기구들을 훑어봤다. 심박수와 산소포화도 측정기, 내 몸에 지속적으로 진통제를 넣어주는 약물 주입 펌프 등이 늘어서 있었다.

"아드님이 어서 자가 호흡을 할 수 있기를 바랍니다."

담당 의사가 거의 소리도 없이 집중치료실로 들어와 아버지 옆에 서서 말했다. 그는 여전히 초록색 수술복 차림으로 한 손에 마스크를 들고 있었다. 그를 본 아버지가 악수를 청했다.

"저는 브란트 박사입니다. 제가 아드님을 수술했지요."

침대 옆 의자에 앉아 있던 엄마는 의사에게는 신경 쓰지 않고, 고르게 오르내리는 내 흉곽만 지켜봤다. 나는 계속 눈을 감고 있었다.

"애석한 사건이었습니다."

의사가 말했다.

"어쨌든 다리를 최대한 남기려고 노력했습니다."

아버지는 아무 대답도 하지 않고, 내 다리 그루터기를 덮고 있는 하얀 침대 시트만 내려다보았다. 엄마와 달리 아버지는 침대 시트를 들춰볼 엄두가 나지 않았다.

"오른쪽 팔을 수술하고 팔꿈치에 철판을 넣었습니다. 아래팔이 부러져서 깁스를 했고요."

"팔을 다시 사용할 수 있을까요?"

아버지의 질문에 의사는 고개를 끄덕였다.

"나중에는 다시 정상적으로 쓸 수 있을 겁니다."

잠시 침묵이 찾아들었다. 기구들이 내는 소음만 들렸다. 의사가 말했다.

"그런데 폐에 물이 차지 않는다는 보장은 지금 할 수 없습니다. 솔직하게 말씀드리자면, 앞으로 24시간이 위기예요."

엄마는 놀라서 낮게 비명을 질렀고, 아버지는 고개를 저었다.

"그건 걱정하지 않습니다……."

아버지의 목소리는 조금 전보다 또렷하고 확신에 차 있었다.

"아들은 잘해낼 겁니다. 아주 강해서 여기서 죽을 리가 없어요."

아버지는 이렇게 말하고는 흘러내리는 눈물을 얼른 닦아냈다.

엄마는 몸을 돌려 눈물에 젖은 눈으로 의사를 바라보았다.

"아직 악수를 청하지 않았군요. 죄송합니다."

의사의 말에 엄마는 괜찮다는 표시로 고개를 저었다. 그런 상황에 격식이 들어설 자리 같은 건 없었다.

"우리 아들을 왜 살렸나요?"

엄마가 물었다.

그 말에 의사는 먼저 나를 내려다보고, 적당한 대답을 찾는 표정으로 엄마에게 고개를 돌렸다.

"저는 선서를 한 의사입니다. 달리 어쩔 수 없었어요."

"우리 아들이 이런 삶에서 뭘 바랄 게 있겠어요?"

"달리 어쩔 수 없었어요."

의사는 같은 말을 반복했다.

그때 다른 의사가 들어왔다. 두 의사는 서로 고개를 끄덕한 뒤 바쁘게 대화를 주고받았다. 새로 들어온 의사가 부모님에게 악수를 청하고 말했다.

"아드님이 이곳에 도착한 직후에 엑스레이를 서른 장쯤 찍었습니다. 뇌 스캔도 했어요. 이상은 없었습니다."

그도 상황을 나아지게 할 수 없다는 사실 때문에 미안해하는 듯했다. 장애를 없앨 가능성을 찾으려 했지만 유감스럽게도 성공하지 못했다는 듯이.

거기 와 있던 여경이 시내에 있는 우리 집으로 가겠다면서 나와 우리 부모님을 위해 자기가 할 일은 없는지 물었다. 낮에 이미 경찰이 우리 집에 다녀갔다. 암스테르담 라이 역 철로에서 나를 꺼낸 뒤에 신원을 확인하려던 경찰이 내 주소를 발견했다. 엄마는 대뜸 그 여경에게 곰 인형을 가져다달라고 했다.

"침대 옆 바닥에 앉아 있을 거예요."

그렇게 해서 '곰'이라는 이름의 곰 인형과 '봅Bob'이라는 봉제곰이 이른 아침에 병원으로 오게 됐다. 봅은 내가 어릴 때 직접 산 인형이다. 여경은 엄마가 어떤 곰을 말하는지 몰라서 확실하게 하려고 인형 두 개를 모두 가지고 왔다. 엄마는 곰과 봅을 모두 감사하게 받으며, 덕분에 내가 무척 기뻐할 거라고 말했다.

"아들이 지금 직접 말할 수는 없지만 아주 기뻐하리라는 건 확실해요."

곰은 나보다 나이가 몇 달 더 많고, 내가 태어나기 전부터 이미 나를 기다리고 있었다. 곰은 내가 부모님 집을 떠나 계속 이사를 할 때도 언제나 나와 함께였다. 곰은 내 것이었다. 내가 겪은 일은 뭐든지 함께 겪었다.

미니버스가 출발하자 나는 깜짝 놀라 추억에서 깨어났다. 테이스의 전화번호가 적힌 쪽지를 여전히 손에 쥐고 있었다. 엄마가 전화로 했던 말이 떠올랐다. 무슨 일이 벌어졌는지 테이스에게 아주 자세하게 알려줬다고 했다. 테이스는 엄마 이야기를 다 듣고도 아무 반응이 없다가, 이 일에 대해 곰곰이 생각해본 뒤에 나에게 전화하겠다고 했다. 나는 그 말을 이해할 수 없었다. 생각할 시간이 필요하다고? 어떻게 나에게 일어난 일에 대해 생각할 시간이 필요하단 말인가? 내가 시간이 필요한지 물은 사람은 아무도 없었다.

병원에서는 의식을 찾고 일주일이 채 지나기도 전에 물리치료를 시작하라고 했다. 잠에서 깬 직후인 아침 여덟 시에. 그걸 그들은 재활이라고 불렀다. 내 경우에 그 단어는 침대에서 내려와 휠체어에 앉는다는 뜻에 불과했다.

나에게 살기를 바라는지 아무도 묻지 않았다. 어떤 외과 의사가 내 목숨을 구하겠다고 고집을 부렸단 말인가? 구할 필요가 뭐가 있다고? 어떤 독선가가 자신의 의학적 업적을 빛내려고 나를 이용해도 된다고 생각했나? 내가 의학 분야에서 흥미로운 경우였을까? 나는 의학 덕분에 깨어났다. 꿰맨 다리 그루터기 두 개와 사용하지 못하는 오른쪽 팔을 지닌 채. 다리는 물론이고, 팔을 언젠가 다시 쓸 수 있을지는 아무도 모른다. 내가 아직 살아 있다는 것, 숨을 쉰다는 것, 내 핏줄에 피가 흐른다는 게 중요한 모양이었다. 수술은 '성공적'이었지만, 나는 내가 어떤 상태인지 잘 알고 있었다.

미니버스 유리창으로 도로 표면이 내 아래로 스쳐 지나가는 듯한 모습을 바라보며, 두 발로 달릴 때 도로가 거의 지금처럼 발 밑을 지나가던 장면을 떠올렸다. 마지막으로 달린 게 언제였더라? 투신하기 전날이나 전전날은 아니다. 월요일에 운동화를 마지막으로 신은 게 분명하다. 그러니까 투신 며칠 전에도 달리기를 했다. 그 월요일 아침에 얼마나 유연하고 느긋하게 달렸는지 불현듯 떠올랐다. 이상하지만 사실이다. 달리기 중에 최고였다. 그게 마지막이 될 수도 있다는 사실을 무의식적으로 예감했던 건가? 마지막 몇 백 미터를 완전히 지쳐서 겨우 달린 게 아니라,

작별 선물을 받듯 보이지 않는 손에 의해 앞으로 밀려간 거였나?

피트니스센터에 마지막으로 간 것도 같은 주였다. 마지막 달리기를 하고서 기껏해야 하루나 이틀 지난 뒤였다. 하지만 아무리 애를 써도 마지막으로 수영장에 간 건 언제인지 기억나지 않는다. 어쩌면 마지막 달리기보다 24시간 전이었는지도 모른다. 그 생각을 하니 오슬오슬 추워졌다.

나는 지금 미래로 향하는 중이다. 그 미래가 오래 지속되지 않기를 기대했다. 아니, 그래야 했다. 세상에, 다리 없이 몸이 접힌 채 휠체어에 앉아서 도대체 어떻게 살 수 있단 말인가? 나는 이 고통에서 최대한 빨리 해방될 것이다. 오래 생각할 것도 없다. 이번에는 실패하지 말아야 한다. 지인과 동료, 친구와 친척들이 나를 찾아와서 그 사건에 대해 이야기하는 일은 없어야 한다.

'새로운 무의미'의 시대가 열렸다. 나는 현재를 그렇게 부르기로 했다. 투신하기 전 '무의미'의 시대에 이어서 온 다른 시대다. 달리기나 수영은 이제 할 수 없고, 자든 안 자든 어차피 하루 종일 누워 있어야 한다. 할 수 있는 일이라고는 생각과 감정을 마비시키는 것뿐이다.

견딜 수 없는 분노

재활병원은 내가 상상한 것과는 완전히 달랐다. 내 상상은 사실 이곳에 단기간이든 장기간이든 입원했던 몇몇 환자들의 이야기를 조합한 거였다. 그들의 이야기에서 나는 이곳이 자유로우며 모든 것이 독자적이고, 그런 식으로 집에 돌아갈 준비를 한다는 결론을 얻었다. 나는 이제 집으로 돌아갈 수 없다는 걸 잘 안다. 다른 선택의 여지가 없기는 했지만, 어쨌든 더 많은 자유와 독립은 내가 있던 종합병원의 상황과 비교하면 나은 거라고 해석했다. 재활병원 이후에 어떻게 해야 할지는 전혀 생각하지 않았다.

스힐데르만스 부인과 같은 병실을 쓰던 환경이 물론 완벽하지는 않았다. 하지만 여기 와서 보니 그곳은 거의 천국이었다. 재활병원의 내 병실은 조명이 침침하고, 한쪽 벽을 따라 침대가 세 개씩 놓인 6인실이었다. 침대가 너무 좁아서 몸을 돌리기만 해도 떨어질 것 같았다. 게다가 내가 있던 종합병원과는 냄새가 아주 달랐다. 너무 오래 입은 잠옷, 여기서 제공되는 음식, 싸구려

비누 냄새를 풍기는 젖은 샤워부스가 모두 섞인 것 같은 냄새였다. 바닥에서 뭔가 집으려고 엎드려서 침대 모서리로 몸을 숙이면 아플 정도로 코를 찌르는 오래된 양탄자 냄새도 났다. 음울함에 냄새가 있다면 이게 바로 그 냄새일 것이다. 내가 원하든 원하지 않든, 이곳에서 희망의 향기를 맡게 될 거라고 기대했는데.

이곳 간병인들이 내 이야기를 아는지 모르는지 궁금했다. 예전 병원에서는 모두들 알고 있었다. 나는 이곳에 허벅지 양쪽을 절단해서 종합병원에 입원했다가 재활을 위해 옮겨온 환자의 신분으로 들어왔다. 정신과 의사나 심리치료사와의 상담은 일정에 없었다. 참 이상한 일이다.

조심스럽게 옆으로 몸을 돌리고, 나이트테이블에 놓인 알람시계를 흘낏 보았다. 새벽 1시다. 잠을 잔 기억이 없다. 옆 침대 사람은 액션 영화를 보고 있었다. 나는 내 침대 옆에 늘어져 있을 끈을 찾았다. 스위치를 누르자 내 머리 위에서 작은 전등이 켜졌다. 비행기 안과 똑같았다.

마리온은 몇 분 지나서야 나타났다. 그녀는 땅딸막하고 약간 신경질적으로 보이는 서른 살가량의 여성이다. '신경질적'이라는 말은 마리온이 늘 불만스러운 표정이고 뭐가 됐든 마치 엄청나게 어려운 과제를 수행한다는 듯이 보이기 때문이다. 그녀와 이야기를 몇 번 나눈 적이 있는데, 그때마다 처음에는 상당히 냉담한 인상이었지만 몇 분 지나면 약간 누그러지는 것 같았다. 첫

날 저녁에 마리온과 나눈 기분 나쁜 대화가 좋은 결말로 끝났을 때 마음이 얼마나 가벼웠던지!

한번은 침대에서 몸을 일으켜, 차 한 잔을 부탁하려고 간호사실로 갔다. 당시만 해도 '휴게실'이라는 공간에 티백과 뜨거운 물이 담긴 카트가 24시간 있다는 걸 몰랐다. 마리온은 동료와 함께 클린트 이스트우드 주연의 〈트루 크라임True Crime〉 디브이디를 보던 중이었다. 나는 음악을 듣고 그 영화인 줄 알아챘다. 내 부탁을 들은 마리온은 또렷하게 들릴 정도로 크게 한숨을 내쉬고는 티백과 커피 카트가 있는 방을 가르쳐주려고 디브이디 중지 단추를 눌렀다.

어쨌든 마리온이 들어왔다.

"빅토르, 무슨 일이에요?"

그녀가 물으면서 스튜어디스처럼 내 침대 위의 전등을 껐다.

"다리 통증 때문에 잠을 잘 수가 없어요."

정확하게 말하자면 거짓말은 아니지만, 내가 원하는 것과는 좀 다른 말이었다. 내가 정말로 하고 싶은 말은 모르핀을 달라는 것이었다. 하지만 다리에 통증을 느낀다고 말하면 내가 마치 모르핀 말고 다른 가능성도 있다고 생각하는 것처럼 들린다. 그런 가능성은 없다는 걸 이미 알고 있다. 다른 진통제는 받아본 적이 없기 때문이다.

"모르핀을 받기에는 적당하지 않은 시간이네요. 의사 선생님이 방금 집에 가셨으니까."

마리온은 굳은 얼굴로 나를 바라보았다.

"뭐 다른 거 드릴까요?"

나는 어깨만 으쓱했다. 내게 뭘 줄 수 있을까? 모르핀만 한 약효를 보이는 건 아무것도 없는데.

"정말 도저히 못 견디겠어요?"

나는 고개를 끄덕이고는 최대한 고통스러운 표정을 지었다.

"아주 아픕니다."

그건 사실이었다.

"그래서 잘 수 없어요. 못 자면 내일은 상태가 더 나빠지고, 난 완전히 지쳐버릴 겁니다."

환상통은 일반적으로 아주 심각한 통증 가운데 하나라고 간주되기에 사지가 절단된 환자들은 모르핀처럼 강력한 진통제로 통증과 싸운다.

마리온은 고개를 끄덕이고 한숨을 내쉬며 대답했다.

"흠, 의사 선생님과 통화가 되는지 한번 볼게요."

나는 마음이 무척 가벼워졌다. 물론 좀 기다려야 한다는 건 안다. 일단 그 액체를 따뜻하게 해야 하므로 몇 분은 족히 걸린다. 곧 나아지리라는 희망이 보이니 생각이 꼬리를 물고 이어지기 시작했다. 대부분은 마리온이 진통제를 달라는 내 부탁에 어떻게 반응했는지에 관한 생각이었다. 분노가 치솟았다. 일어난 일에 비해서 터무니없이 심한 분노다. 이렇게 흥분해서는 안 된다는 걸 나 스스로 잘 알고 있다. 마리온이 의사에게 전화를 걸어야 하든 말든 내가 왜 신경을 쓴단 말인가? 그런데 그녀는 좀 전까지만 해도 그 의사와 커피를 마셨는데, 이런 일 정도는 위임받을 수 있는 거 아닌가? 야간 근무 때 환자가 최대한 잘 지내게 돌보는 게 그녀의 업무다. 담당 의사도 전화가 걸려오면 그렇게 해야 하는 거 아닌가? 의사는 왜 처음부터 마리온더러 나에게 모르핀을 주라고 말해두지 않았나? 그 사람들은 모르핀이 나를 죽이기라도 한다고 생각하나? 그러기만 한다면 얼마나 좋으랴마는!

터져 나오는 분노는 내 속에 쌓인 불만의 일부일까? 분노가 바깥으로 나오는 것 자체는 어쩌면 좋을지도 모른다. 그런데 얼마나 많은 분노가 내 속에 있는 건가?

시간이 좀 지난 뒤에 마리온이 주사기를 들고 들어왔다. 그녀는 이불을 옆으로 당기고 주사를 놓았다. 지금 겪고 있는 고통에 가려서 주사의 아픔은 느껴지지도 않았다. 마리온이 다시 이불을 덮어주고 잘 자라고 인사를 건넸다.

"귀찮게 해서 죄송합니다."

내가 중얼거리자 그녀는 괜찮다고 대답했다. 목소리를 들으니 진심인 것 같았다.

"안녕히 주무세요."

마리온은 전등을 끈 뒤에 신발을 질질 끌고 병실을 나가면서 복도로 통하는 문을 약간 열어놓았다. 나는 오른쪽으로 누워 이불을 반듯하게 펴서 덮었다. 마리온이 화를 내지 않아서 기뻤다. 하지만 계속 그런 생각을 한다는 게 화가 나서 내 머리를 쥐어박고 싶기도 했다. 철저하게 습관이 된 소망, 모든 사람에게 사랑받고 싶다는 이 강박이 사라지지 않는다. 그런 사건을 겪은, 내가 '그' 시도를 한 후인 지금까지도 말이다. 사실 전혀 신경을 쓰지 말아야 정상인데도. 나는 눈을 감고, 꿈속에서는 다시 걸을 수 있기를 바랐다.

죽음의 차가운 물에서

오후다. 두 칸 건너 침대에 누운 사람이 책을 읽고 있다. 나는 휠체어를 타고 복도로 막 나가는 길이었다. 그의 침대 앞에 서서, 책 제목을 읽으려고 고개를 옆으로 살짝 기울였다. 프레데리크 반 에덴이 쓴《죽음의 차가운 물에서》라는 책이다.

죽음의 차가운 물에서라니. 이 환자는 50세가량으로, 이름은 디디르다. 그가 여기 처음 입원한 게 아니라는 말을 다른 환자에게서 들었다. 그는 정신분열증의 한 종류를 앓고 있고, 그래서 이미 여러 번 발코니에서 뛰어내렸다. 머릿속의 목소리들이 지시했기 때문이라고 한다. 이렇게 극단적으로 그를 몰아치는 목소리 때문에 어떤 때는 그 목소리에 따를 수밖에 없다는 거였다. 그게 발코니에서 뛰어내리라는 명령이라고 해도.

프레데리크 반 에덴의 소설을 보니 학창 시절이 떠올랐다. 학생들은 네덜란드어 수업 시간에 일련의 고전 작품을 읽었다. 그때 그 책을 읽었는데도 나중에 영화화된 작품의 장면들이 더 많이 생각난다. 디디르가 고개를 들었다. 자기에게, 아니 정확하게 말하자면 자기가 읽는 책에 쏟아진 예상치 못한 관심에 놀란 눈치다. 내가 그 책을 처음 읽느냐고 묻자 그는 아니라고 대답했다. 그래서 나는 김나지움 시절 네덜란드어 수업 시간에 그 작가의 작품뿐 아니라 그의 인생 배경도 분석해서 발표한 적이 있다고 이야기했다. 반 에덴은 시대를 앞선 정신과 의사로, 정신분석의 영향력을 믿은 사람이었다.

"학교에서 그렇게 위대한 작품을 억지로 읽어야 하는 게 유감이에요. 대부분 그 나이 때는 조금밖에 이해하지 못하거나 전혀 이해하지 못하는데 말이지요."

"하지만 학교에서 읽지 않으면 평생 못 읽을 수도 있지요."

디디르는 내 말에 반박했다.

"어쨌든 저는 15년이 지난 지금, 그 소설을 훨씬 더 잘 이해합니다."

내가 그에게 동의하며 대답했다. 이제 나는 소설 주인공이 왜 완전히 돌아서 상황을 도무지 개선하지 못하는지 이해한다. 주인공의 마음속에는 모든 것을 악화시키는 자기파괴 충동이 일렁인다. 희망은 결말에 있다. 저자에 따르면 강박을 극복하고 이런 강박의 원인을 스스로 인식하는 것은 가능하다. 그러면 차분하고 느긋하고 조화로운 삶이 찾아온다.

내가 한 일의 이유를 설명하면 디디르는 이해할 것 같았다. 불안과 그 불안의 부담감, 그것이 내 삶을 어떻게 지배하는지 그리고 내가 두려워하는, 눈에 보이지 않는 적에 대해서도.

디디르는 책의 한 부분을 읽어주었다.

"그러나 그녀 생각에 죽음은 여전히 훨씬 더 바람직하고 더 나아 보였다. 죽음은 시편에서 추종자들에게 약속된 평온일 테니까. 쉴 만한 물가로, 크고 서늘한 호수로 인도된다는 뜻이고 위로일 것이다. 엄마의 위로처럼."

그의 목소리를 들으니 마음이 편안했다.

한편으로는 이 글에 내 생각이 그대로 담긴 듯해서 얼굴이 붉어졌다.

"이 제목은 시편 23편을 암시하지요."

디디르가 이렇게 말하고는 성경을 암송했다.

"여호와는 나의 목자시니 내게 부족함이 없으리로다. 그가 나를 푸른 풀밭에 누이시며 쉴 만한 물가로 인도하시는도다. 내가 사막의 음침한 골짜기로 다닐지라도 해를 두려워하지 않을 것은 주께서 나와 함께 하심이라."

내가 이렇게 완전히 잊어버리다니. 원래는 기억이 나야 하는 거 아닌가! 모르핀이 내 뇌를 공격한 건가? 나는 눈을 감고 이 생각을 멈추려고 애썼다.

디디르는 지적이고 전문적으로 표현했다. 나는 이 병실의 동료들을 살펴보며 '지능'과 '광기'가 아주 밀접하다고 간주될 때가 많다는 사실을 떠올렸다. 탁월한 지능과 완전한 광기 사이에는 가느다란 선이 있을 뿐이다. 하지만 발코니에서 떨어지라고 강요하는 머릿속의 목소리에 대해서 말한다고 해도 디디르는 전혀 미친 사람처럼 보이지 않았다. 나는 그의 말에 주의 깊게 귀를 기울였다.

"나는 오랫동안 잘 지내기도 하지요. 책을 읽을 수도, 일을 할 수도 있고 하려는 일은 뭐든 집중해서 할 수 있어요. 음악도 듣고 외출도 합니다. 그러다가 불쑥 그게 시작되지요. 그들이 시작하는 소리가 들려요."

"머릿속에서 시작되는 소리를 듣는다고요?"

디디르가 고개를 끄덕였다.

"좀 바보 같은 질문일 테지만, 그 소리가 시끄러운가요? 고함을 지르나요?"

디디르가 다시 고개를 끄덕였다. 나를 바라보는 그에게서 일종의 안도감이 보이는 것 같았다. 우리가 나누는 대화를 기뻐하는 듯했다. 어쩌면 내가 그와 진지하게 이야기하기 때문인지도 모른다.

"나를 완전히 미치게 할 정도로 시끄럽게 소리를 지르지요."

'미치게 할 정도로'라고 말할 때 그는 슬쩍 웃었다.

"그러니까 뭐랄까, 그것보다 더 큰 소리를 낼 수는 없나요? 예를 들어 시끄러운 음악이나 텔레비전을 크게 틀어서……."

디디르는 고개를 저었다.

"이상하게 들린다는 거 알지만, 나는 아무것도 할 수 없어요. 그저 견디려고 애쓸 뿐. 그래도 한동안은 꽤 잘 지냅니다. 듣지 않으려고 노력하면서 다른 일을 해요. 하지만 그러다가 더는 버티지 못하고, 그 목소리가 시키는 대로 하게 되지요."

창백하고 약간 부은 그의 얼굴은 진지해 보였다. 그는 모래색깔 잠옷을 입고 침대에 걸터앉아, 검은 실내화를 신은 발을 흔들었다. 나는 잠깐 망설였지만 연대감 덕분에 계속 물어볼 용기가 났다.

"그러니까…… 예전에 무슨 일이 벌어졌는지 다 알고서도 한단 말이지요? 음…… 여기 처음 오신 게 아니라는 말을 들었거든요."

디디르는 고개를 끄덕였다. 솔직한 눈빛을 보아 하니, 내가 이 문제를 언급해도 괜찮은 눈치다.

"그래요. 두 번은 발생하지 말아야 한다고 생각하기 쉽지요. 하지만……."

그는 문장을 끝내지 않고 화제를 돌렸다.

"여기선 내 책과 음악이 그립답니다."

"지금 책 읽는 중이잖아요?"

나는 웃으며 대꾸했다.

"그래요. 이 책은 친구가 우리 집에서 가져다준 것이지요. 하지만 다른 책도 읽고 음악도 듣고 싶어요."

그러고는 불쑥 물었다.

"무슨 일을 당했는지 물어봐도 될까요?"

그에게는 사실대로 말해도 아무 문제없다는 느낌이 들었다. 모르는 수많은 사람들에게 교통사고라는 핑계를 대던 상황과는 아주 달랐다.

"예, 이야기하지요."

나는 도움닫기가 필요하다는 듯이 천천히 이야기를 시작했다.

"달려오는 기차에 몸을 던졌습니다."

상당히 차분하게, 그리고 수치심 없이 말했다. 이게 특히 중요하다. 그런데 디디르가 갑자기 양손으로 얼굴을 가리더니 크게 "아이고!" 소리를 질렀다. 그의 반응에 나는 깜짝 놀랐다. 눈물이 그의 얼굴로 흘러내렸다. 내가 혹시 그를 불안하게 만든 건가? 아니, 혹시 내 고백이 그의 머릿속에서 목소리들을 깨웠나? 그건 더 나쁜 상황이다.

"아, 정말 끔찍한……."

그가 거의 들리지 않을 정도로 나지막하게 더듬으며 말했다.

나는 괜찮다는 듯이 별 거 아니라는 손짓을 하고는 그의 충격이 좀 가라앉기를 기다렸다. 내 운명을 조금 과소평가하는 건 아무렇지도 않다.

"사실 제일 큰 문제는 다리 통증이에요."

나는 그의 관심을 다른 데로 돌리고 싶었다.

"휠체어에서 지내야 하는 건 그럭저럭 괜찮아요. 어쨌든 다 움직일 수 있으니까요. 아직 모든 게 작동한답니다."

나는 손으로 허리선 아래를 가리켰다. 그러자 디디르는 긴장을 풀고 히죽 웃기까지 했다.

"하지만 다리 통증은 정말 끔찍합니다. 이따금 잠도 못 잘 정도지요. 종합병원 의사들 말로는 모르핀이나 그 외에 아편 성분이 든 진통제를 먹는 것 말고는 다른 방법이 없다더군요."

디디르는 내 다리의 남은 부분을 진지한 표정으로 몇 초가량 바라보았다.

"다리 그루터기라고 한다지요?"

나는 고개를 끄덕였다. 그의 목소리로 미루어보아 '그루터기'라는 용어가 지닌 평가절하의 의미를 나처럼 싫어하는 듯했다.

"하지만 이건 내 다리입니다! 앞으로도 그럴 거고요!"

"물론이지요. 당신 다리가 맞아요! 절단되고 없는 다리지요. 지금 어디 있나요?"

"아마 없앴겠지요."

"그래요, 없어요. 지금은 무덤에 있지요."

내 생각에 내 다리는 (또는 남은 부분은) 파괴되어 사라졌다. 디디르의 말대로 어딘가에 묻힌 게 아니다. 그건 확실하다.

"당신 다리는 어딘가 무덤에 누워 있어요. 거기서 몸의 나머지 부분이 오기를 기다리고 있지요. 다리가 당신 몸을, 당신에게 아직 달려 있는 다리의 일부를 부르고 있어요."

나는 그의 이야기에 사로잡혔다.

"다시 모든 게 완벽해지면 통증이 멎을 겁니다."

의사와 나

침대 옆에서 계속 울리는 전화벨 소리에 결국 잠이 깼다. 몇 시인지 모르겠다. 나는 약이 가져다준 인공적인 잠에 취해 있었다. 도대체 지금 누가 전화를 하는 걸까? 수화기를 들어 힘겹게 귀에 가져다 대고 대답했다.

시계를 보니 낮 11시 반이다. 수화기 너머에서 약간 당황한 듯한 여자 목소리가 들렸다.

"빅토르, 헤르다예요."

헤르다는 물리치료사다. 그러고 보니 오늘 아침 일찍 예약이 되어 있었다.

"헤르다, 죄송해요. 까맣게 잊어버렸어요. 어젯밤에 거의 못 잤거든요. 치료를 미룰 수 있을까요?"

눈을 뜰 수가 없을 지경이었다. 감고 있으면 오히려 집중이 더 잘 될 것 같았다.

"내가 낮잠을 어떻게 생각하는지 잘 아시지요?"

헤르다가 말했다. 단호하고 분명한 목소리다.

헤르다와 나는 이제 겨우 두세 번 만났다. 그때 밤에 다리 통증 때문에 자주 깨서 낮에 좀 덜 아플 때 한두 시간 잠을 보충한다고 말한 적이 있다. 하지만 헤르다는 낮잠에 강력하게 반대한다. 그녀는 인생에는 다른 중요한 일들도 있기 때문에 시간제 근무를 한다고 했다. 그사이에 나는 헤르다가 자기 집 정원 일을 무척 좋아하고, 그림도 그린다는 사실을 알게 됐다. 삶에 대한 내 반감은 헤르다가 보여주는 엄청난 에너지와는 아주 거리가 멀다는 걸 나도 안다. 그녀는 낮잠을 거의 죄라고 여긴다. 나는 처음 30분 동안 물리치료를 받은 뒤에, 우리가 절대 좋은 친구가 될 수 없을 거라는 결론을 냈다.

"당신을 슈왈제네거로 만들어드리지요."

처음 만났을 때 헤르다가 한 말이다. 휠체어를 아주 잘 사용할 만큼 건강한 육체를 만들어주겠다는 뜻이었다. 하지만 사실 휠체어에 날렵하게 타고 내리고, 팔로 몇 미터만 굴리는 정도면 충분하지 않은가. 나는 그녀의 말에 경악했다. 헤르다의 의욕은 물론 높게 평가하지만, 내가 원하는 것과는 전혀 맞지 않았다. 나는 아무것도 원하지 않았으니까. 게다가 나는 슈왈제네거가 되고 싶은 야망도 없었다. 헤르다는 내가 매일 해야 할 훈련 계획을 세웠다.

그녀는 예약을 다음 날로 옮겨도 괜찮다고 했다.

"잊어버린 거, 다시 한 번 사과드려요."

거짓말이 술술 나온다. 나는 아침에 수면제를 먹어서 늦잠을 잤다고 말했다. 오후 4시에 보자는 헤르다의 말에, 나는 이번에는 약속을 잊지 않겠다고 대답했다.

재활병원은 조용하다. 예전의 분주했던 종합병원이 그리웠다. 식사를 하러 휴게실에 두 번 간 적이 있는데 음식이 미지근하고 맛이 없었다. 맛없는 음식뿐 아니라 삭막하고 우울한 분위기도 불쾌했다. 반면 병원 식당은 좋은 대안이었다. 나는 그곳에서 아침 식사를 했다. 점심때도 저렴한 가격으로 제대로 된 따뜻한 음식을 먹을 수 있었다. 나는 저녁에도 바나나 몇 개와 샌드위치 한두 개, 단 군것질거리를 병실에 두었다. 그러니 휴게실에는 이따금 차를 가지러 가기만 하면 되었다. 눈에 안 띄게 금방 해낼 수 있는 일이다. 병원 식당에서 식사를 하면 부수적으로 돈이 더 들지만 상관없었다. 나는 먹을 만한 음식에는 기꺼이 돈을 썼다. 이제 극장표와 피트니스센터 비용, 디스코텍 음료 값이 들어가지 않으니 지금이 돈이 더 적게 든다. 엊그제 근무하던 간호사는 나더러 왜 함께 식사를 하지 않았는지 물었다. 나는 최대한 차분한 목소리로, 구석에서 해결했다고 대답했다.

내 다리 상처를 치료해주는 의사에게 혹시 심리치료사나 정신과 의사와 예약을 할 수 있는지 물어보았다. 의사는 병원 서류를 통해 내 이야기를 알고 있을 텐데도 이상하다는 듯이, 아니 충격을 받았다는 듯이 나를 바라보았다. 아직 그 일을 극복하지 못했느냐는 그의 반문에 나는 대답할 엄두를 내지 못했다. 그러다가 망설이며 대답했다.

"흠, 물론 극복이야 했지요. 그래도…… 이야기를 좀 한다고 나쁠 건 없지 않을까요?"

나는 의사와 환자의 관계를 진지하게 맺고 싶었다. 그러나 며칠 후에 정신과 의사가 동료에게 하는 말을 들었을 때, 그런 희망은 깡그리 사라졌다.

"아닙니다! 빅토르는 아주 정상적으로 나이프와 포크를 사용할 수 있어요. 위험하지 않습니다."

그런 것조차 문제가 된다면 이 병원은 나를 전혀 이해하지 못했다는 뜻이니까.

같은 공간, 다른 세상

재활병원에서 일주일을 보내고 난 뒤에, 다음 주말은 다른 곳에서 지내기로 결심했다. 병원에서 오베르톰을 오가는 차들과 폰덜 공원에서 조깅하는 사람들을 보고 있으면, 예전에 암스테르담 거리를 자전거로 달리거나 전철에 앉아 있거나 공원에서 달리던 생각이 계속 떠오르니까. 이런 상황을 매일 마주하고 싶지는 않았다. 또 나에게 무슨 일이 일어났는지 아무도 모르는 곳에서 지내고 싶다는 마음이 굴뚝같았다.

휠체어에 방해가 되는 객실 문턱이 없고 인터넷도 연결되는 좋은 호텔을 하나 찾았다. 이렇게 오랜만에 다시 돌아다니고, 10분도 안 걸리기는 하지만 혼자 택시에 타니 기분이 이상했다. 특수하게 제작된 미니버스도 아니고, 동행하는 사람도 없고, 짐이라고는 이틀 밤을 보낼 작은 배낭 하나뿐이었다.

금요일 오후, 투숙 절차를 밟을 때였다. 접수처 여성 직원의 친절에 어떻게 반응해야 할지 알 수 없었다. 그거야 물론 직업적인 태도고 내가 그런 친절한 대우를 받은 게 처음도 아니지만 이번에는 좀 다르게 느껴졌다. 모두들 나를 두 다리가 있는 지극히 정상적인 사람처럼 대했다. 숙박 서류에 서명할 때는 사소한 문제가 하나 나타나기도 했다. 접수대가 나에게는 너무 높아서 서류를 일단 무릎에 내려놓아야 한다는 것이다. 살짝 굴욕감이 들었다. '루저'가 된 것 같은 느낌도 좀 들었다. 가련하게 휠체어에 앉아 주변을 계속 올려다봐야 하는 사람. 그때 내 감정은 불안이라는 단어와 꼭 맞지는 않지만 그래도 상당히 많이 비슷했다. 내 주변 사람들은 모두 스스로를 굳게 믿는 듯했다. 특히 일을 할 때 지녀야 하는 자신감을 이제 나는 완전히 잃은 것 같았다.

아는 사람 몇 명에게 주말에 호텔에 머물 거라고 말하긴 했지만 들러달라는 부탁은 아무에게도 하지 않았다. 그날 저녁은 혼자 있고 싶었다. '일하던 때' 수많은 여행과 호텔 숙박을 했는데도 마치 처음 혼자 여행하는 것 같았다. 그래서 어떻게 될지 알아낼 시간을 갖고 싶었다. 휠체어에 앉아 혼자 돌아다닌다는 게 어떤 상황인지 알고 싶었다는 뜻이다. 물론 걸림돌이 있으리라 각오는 했다. 예를 들어 화장실에 전혀 갈 수 없다거나 휠체어가 문간에 걸려 움직이지 못할지도 모른다. 익숙하면서도 새로운 세상에서 이방인이 된 느낌이었다. 넓은 유리창으로 내다본 시내 풍경은 탁 트여 있었다. 10층에서 내려다보는 광경은 꽤나 인상적이었다.

저녁에 침대에서 텔레비전을 보았다. 자정이 조금 지나자 마감 뉴스가 끝났다. 휠체어를 밀고 두툼한 양탄자를 지나 텔레비전 아래에 있는 미니바로 향했다. 양탄자가 부드러워서 휠체어 바퀴를 움직이기가 어려웠다. 부드러운 양탄자에 닿던 예전의 내 발을 생각하니 위스키를 마시고 싶은 마음이 간절해졌다. 하지만 나는 스스로를 통제할 줄 안다. 아래에 있는 컴퓨터로 먼저 가서 이메일을 보내고 인터넷 검색을 할까 고민했다. 이른 저녁 시간에 테이스에게 이메일을 보냈는데, 그가 답장을 보냈을지 궁금했다. 뉴욕에서는 아무 소식이 없었다. 브라이언이 마지막으로 이메일을 보낸 건 11월 말이었다. 내가 새로 보낸 이메일에는 아직 답장이 없었다.

로비는 조용했다. 금요일 밤이라 관광객들이 모두 시내로 나간 듯했다. 불현듯 혼자라는 생각이 들었다. 이 넓은 로비가 호텔 객실보다 더 외롭게 느껴졌다. 새로 들어온 소식은 없었다. 테이스는 주말마다 대개 그렇듯이 음악을 하러 갔을 것이다. 브라이언은 왜 아직 답장을 보내지 않는지 모르겠다. 이메일 프로그램을 닫고 모니터 시계를 흘낏 보았다. 새벽 1시 15분 전인데도 정신이 말똥말똥했다. 주변을 좀 둘러보았다. 접수처에 20대 중반의 젊은 여성 두 명이 서 있었다. 내가 둘을 바라보고 있는데, 그 중 한 명이 무의식적으로 나와 눈이 마주쳤다. 나는 고개를 약간 숙이며 미소를 지었다. 그녀는 미소로 답하며 손까지 살짝 흔들었다. 나는 얼굴이 붉어져서 모니터로 몸을 다시 돌리고 인터넷 브라우저를 클릭했다. 주말 날씨 예보를 본 뒤에, 시간이 늦기는 했지만 누군가에게 전화를 해볼까 잠시 고민했다. 하지만 무슨 말을 하랴? 왜 전화를 걸지? 할 말이 뭐가 있나? 지금 호텔에 있는데 할 일이 없다고, 병원에서 의식을 찾은 이후로 이렇게 혼자라고 느낀 적은 처음이라고 말을 하고 싶은 건가?

혼자라는 느낌은 어쩌면 몇 주씩이나 주변에 사람들이 늘 있었기 때문인지도 모른다. 병원에 입원한 처음 며칠 동안만 1인실을 썼을 뿐 그 후에는 밤에 혼자 잔 적이 없는데, 이제 불쑥 내가 원래 있던 세상으로 돌아왔다. 내가 처한 이 상황을 가만 생각하다가 웃음이 터질 뻔했다. 선물 받은 책이 수없이 많은데, 한 권 가지고 왔더라면 얼마나 좋았을까! 호텔 매점은 이미 문을 닫았다.

그때 등 뒤에서 목소리가 들려서 깜짝 놀랐다.

"바 문을 닫기 전에 뭔가 주문하시겠습니까?"

마음을 들킨 기분으로 쳐다보았다. 호텔 바에서 일하는 젊은 남자가 옆에 서 있었다. 바는 1시까지 문을 연다고 했다.

"위스키 한 잔이랑 녹차 작은 주전자 하나 주시겠어요?"

바텐더는 주문을 메모하면서 이마를 찡그렸다. 명찰을 보니 이름이 카를로스였다.

"위스키 한 잔과 녹차 작은 주전자로 하나."

카를로스가 주문을 확인하고 물었다.

"따로 드려야겠지요?"

나는 무슨 말인지 몰라 그를 올려다보았다.

"아니면 둘을 섞어 드릴까요?"

나는 웃음을 터뜨리고는 위스키와 차를 따로 마시고 싶다고 대답했다. 카를로스는 주문 수첩을 셔츠 윗주머니에 넣은 뒤에 옆 탁자에 놓인 빈 칵테일 잔 두 개를 치웠다.

"저는 온갖 종류의 칵테일을 만들어봤습니다. 그러니 차와 위스키를 섞기를 원하신다면……."

카를로스는 미소를 지으며 말하고는 몸을 돌려 걸어갔다. 그는 위스키와 녹차의 조합을 이상하게 생각할지도 모른다. 그러나 나는 위스키를 차에 섞는 것이지 차를 위스키에 섞는 게 아니라고 생각한다. 술은 육체적, 정신적 불편함을 이겨내려고 어쩔 수 없이 마시기 시작했으니까.

카를로스의 뒷모습을 바라보다가, 내가 호텔 컴퓨터 앞에 앉아 방금 무언가 주문을 했다는 걸 불현듯 깨달았다. 세상에서 가장 평범한 일처럼 보이지만, 자살 시도 이후의 이 첫 주문은 예전과는 달리 기억할 만한 가치가 있다.

차와 위스키를 기다리면서, 지금까지 통증에 저항하기 위해 사용한 모르핀 이외에 다른 진통제를 발견하기를 기대하며 '환상통'이라는 검색어를 입력했다. 모르핀을 맞는 게 힘들지는 않지만 언젠가는 내가 결정을 내려야 할 순간이 오리라는 걸 안다.

아마도 나중에는 습관이 되어서 용량을 점점 더 늘려야 할 것이다. 그 진통제는 나를 무척 피곤하게 만들기에, 남아 있는 날들 동안 조금 더 에너지를 느끼려면 대안을 찾으려 노력해야 한다. 다행스럽게도 당장 결정해야 하는 건 아니다. 아직 시간이 많다. 나는 지금 30대 초반인데, 지금까지 마약과는 완벽하게 거리가 먼 삶을 살았다. 이 '독한 마약'을 두어 달 동안 사용한 건 그다지 해가 되지 않을 것이다.

카를로스가 위스키와 차를 가지고 왔다. 위스키가 정량보다 훨씬 더 많아서 만족스러웠다. 고맙다고 인사를 하고는 그가 돌아간 뒤에 인터넷 검색을 계속했다. 환상통을 줄일 대안은 별로 없다. 아주 심할 때는 가만히 앉아 있지도 못할 만큼 끔찍하다. 다리에 '전류'가 너무나 강력하게 흘러서 숨이 막힐 정도다. 더 짧은 오른쪽 다리 그루터기 통증이 더 심하다. 종합병원 의사는 그루터기가 짧을수록 통증이 심하다고 했다.

온수 목욕이나 '환상 사지'를 움직이는 게 도움이 된다는 글을 읽었다. 약초 목록도 길게 있었지만 그다지 기대는 하지 않았다. 마사지가 도움이 된다는 건 이미 알고 있었다. 통증이 시작되는 것 같은 부위를 누르거나 남아 있는 허벅지를 마사지하면 통증이 많이 줄어든다. 그러나 마사지를 그만두면 통증이 곧장 시작된다.

바지 주머니에서 작은 암갈색 병에 든 바로론을 꺼냈다. 병에는 내 이름과 하루 4번, 20방울이라는 용량이 쓰여 있다. 조심스럽게 마개를 돌리고 병을 뒤집어 위스키 잔 위로 들었다. 내용물이 한 방울, 한 방울씩 똑똑 떨어졌다. 소리를 내며 세다가 정확하게 20방울이 떨어지고 나서 병을 바로 세웠다. 액체가 위스키와 섞이는 게 보였다. 잠깐 생각해보다가 병을 다시 한 번 잔 위로 들고는 열까지 세고 얼른 똑바로 세웠다. 그다음 마개를 덮고 병을 바지 주머니에 넣었다.

위스키를 한 모금 마실 때마다 뜨거운 차를 마셔 헹궈냈다. 고통을 마비시키는 따뜻한 혼합물이 내 몸에 흘러넘치는 게 느껴졌다.

몇 모금 마시고 나서 다시 컴퓨터를 보며, 익숙한 뉴스그룹을 클릭해보기로 마음먹었다. 병원에서 의식을 찾은 후에는 alt.suicide.holiday 토론방에 새 글을 올릴 생각을 하지 않았다. 그러다가 거기서 치사량의 약물을 찾아야겠다는 아이디어가 얼마 전에 떠올랐다. 지금이 나에게 무슨 일이 일어났는지 클럽 회원들에게 알릴 기회인 것 같았다. 나는 지난 3년 동안 정기적으로 포스팅하거나 글을 쓰는 몇 안 되는 회원들 가운데 한 명이었으니, 실패한 자살 시도에 대해 그들에게 알리는 건 지극히 당연한 게 아닐까? 제목은 이렇게 써야지. "자살에 실패하다" 나는 텍스트창을 열고 바로론이 섞인 위스키를 한 모금 마시고는 글을 쓰기 시작했다.

자살에 실패하다

여러분 가운데 많은 사람들이 나를 아직도 기억할 겁니다. 몇 달 전에 이곳에 자살할 결심을 여러 번 밝혔지요. 자, 정말 했습니다. 달리는 기차에 뛰어들었다는 뜻입니다. 지금은 휠체어에 앉아 있습니다. 당연한 말이지만 실패로 끝나서 이렇게 된 거지요. 기차가 치고 지나가서 두 다리가 잘렸습니다. 통증 때문에 야위어가지만 한 가지는 변하지 않았습니다. 지금도 여전히 죽고 싶습니다. 그 생각이 예전보다 더 심해졌어요.

이 빌어먹을 상황에서, 이 비참함에서, 그리고 무엇보다도 이 통증에서 벗어나고 싶습니다. 휠체어를 타고 기차에 몸을 던지는 건 좋은 아이디어가 아닐뿐더러, 병원에서 또 깨어나는 일은 싫습니다. 그래서 도움이 될 약물을 찾고 있어요. 돈을 지불할 용의도 있습니다. 여러분이 내 글을 진지하게 받아들여주기를 바랍니다. 고맙습니다!

윌리안

보내기를 누르고 뉴스그룹 창을 닫았다. 내가 방금 무슨 결심을 한 건지 다시 한 번 생각해보았다. 여기서, 이 호텔에서 약물과다복용을 할 작정이다. 손에 넣는 대로 즉시. 나는 관에 들어가 여기를 떠날 것이다. '이곳'을. 몸을 돌려보았다. 접수처 여직원 중 한 명이 다른 직원과 인사를 하고 헤어진다. 그녀가 내 쪽으로 몸을 돌리다가 나와 시선이 마주쳤다. 나는 인사처럼 위스키 잔을 공중으로 들어올렸다. 그녀가 나에게 미소를 지으며 외쳤다.

"편안한 밤 보내세요!"

"예, 당신도요!"

나는 그렇게 대답하고는 눈을 감고 위스키 혼합물을 단숨에 들이켰다. 마지막으로 이메일을 다시 한 번 확인했는데 테이스에게서 온 이메일이 눈에 띄었다. 답장을 받은 건 기분이 좋았지만 글이 아주 짧아서 좋은 기분이 오래가지는 않았다. 지금은 시간이 없다고, 주말에 자세히 쓰겠단다. 예상했듯이 테이스는 자기 밴드의 공연에 갔다. 마지막 문장이 약간 의아했는데, 몇 번을 읽고 나니 그의 말뜻이 제대로 이해되는 것 같았다. "빅토르, 솔직하게 말하자면 네가 아직 살아 있는 걸 기뻐해야 할지 그렇지 않은지 잘 모르겠다."

나는 이메일 창을 닫은 다음, 엘리베이터를 타고 위로 올라갔다. 잠자리에 들기 전에 저녁에 행해야 할 의식을 치러야 한다. 왼쪽 다리 그루터기 상처 치료가 그것이다. 벌어진 자리는 아물 기미가 안 보였다. 지금까지는 간호사와 간병인들이 치료해주었지만 오늘 밤은 처음으로 나 혼자 해야 한다. 욕실에서 휠체어에 앉아 의자 모서리로 다리를 조금 움직이는 게 너무 서툴게 느껴졌다. 샤워기 물을 다리 그루터기에 대고, 그 물이 바로 하수구로 흘러가게 했다. 전등을 끄려다가 보니, 휠체어 바퀴가 낸 지저분한 흔적이 바닥에 남아 있었다. 상처를 씻다가 바닥에 떨어진 물에 바퀴가 낸 흔적이다. 초보 장애인을 위한 입문서 같은 거라도 있어야 할 게 아닌가. 수건으로 바닥을 닦을까 생각하다가 그냥 두기로 했다. 휠체어에 앉아 있으니 욕실 바닥에 바퀴 자국을 남겨도 할 수 없지 어쩌랴.

잠자리에 들기 전에 커튼을 쳤다. 모든 일을 혼자 다 알아서 하고 있다는 사실이 이번에도 머리를 스쳤다! 그렇지만 자랑스럽다는 생각은 들지 않았다. 어쩌면 나는 스스로에게 승리감을 주지 않으려는 걸까? 침대에 누워 이불을 덮었다. 이렇게 좋은 침대에 누운 건 무척 오랜만이다. 조심스럽게 옆으로 누워보았다. 여기서는 떨어질까 걱정하지 않아도 된다. 베개 두 개를 머리 밑에 받치고 에어컨이 내는 나지막한 소리에 귀를 기울였다. 위스키와 진통제 때문에 꽤 마비된 상태이긴 해도, 몇 달 만에 처음으로 상당히 기분이 좋았다. 그 때문에 죽으려는 계획이 변하지는 않겠지만 어쨌든 지금 이 순간은 안전하다는 느낌이 들었다. 서늘하고 깨끗한 방에서 편안한 이불을 덮고, 베개를 베고, 팔을 앞으로 쭉 편 채 느끼는 안정감. 그게 비록 일시적인 감정이라고 해도.

익히 아는 영역

눈을 뜨니 오후 1시 조금 전이다. 아침을 먹기에는 너무 늦은 시각이다. 늦잠 때문에 아침을 방으로 보내달라고 부탁하기에도 좀 늦었다. 지금은 따뜻한 점심식사가 제공되겠지만 별로 먹고 싶은 생각은 없다. 다시 한 번 몸을 돌려봐도 잠이 오지 않는다. 다리에서 서서히 통증이 시작되고 점점 더 심해지는 게 느껴졌다. 그냥 하루 종일, 아니 주말 내내 침대에 있을까? 누구와도 약속이 없으니 그러지 말라는 법도 없다.

하지만 뭔가 하고 싶다. 아래로 가서 커피와 케이크 한 조각을 사올까? 어쩌면 요거트 한 컵과 사과를 가져다줄지도 모르지. 작은 가게에서 신문이나 잡지를 살 수도 있을 테지만 그것만으로는 하루 종일 시간을 죽일 수 없다. 이메일을 다시 확인하고 인터넷을 좀 볼 수도 있을 테지만 딱히 그럴 마음은 없다. 아니면…… 나가서 아침을 먹을 수도 있다. 주말에 오후 4시까지 아침 식사를 제공하는 곳을 알고 있다. 친구와 한 번, 그리고 나 혼자 여러 번 그곳에 간 적이 있다. 계단도 없고 공간이 널찍한 곳이다. 그래, 거기서 아침을 먹어야겠군.

샤워할 때는 접는 의자를 사용한다. 알고 보니 욕실에서 혼자 움직이는 건 놀랄 만큼 간단했다. 옷을 입은 다음 아래로 내려갔다. 나는 호텔 수위에게 휠체어가 트렁크에 들어가니 앞쪽 조수석에 앉을 수 있다고, 장애인 택시는 필요하지 않다고 단호하게 일렀다. 수위는 다가온 택시 운전사에게 내가 한 말을 그대로 전했다. 운전사는 나에게 오면서 고개를 끄덕였다. 나는 넓은 턱에 머리를 완전히 밀고, 건장하면서도 어딘지 모르게 거친 느낌을 주는 운전사에게 인사를 건넸다. 그는 내가 휠체어에서 조수석으로 옮겨 앉아 휠체어를 접는 게 낯선 모양이다.

"됐네요."

그가 휠체어를 들고 뒤로 가서 트렁크에 넣었다. 그러고는 운전석에 타기 전에 내 목적지가 어디인지 수위에게 물었다. 내가 장애가 너무 심해서 대답할 수도 없다고 생각하는 건가? 올라탄 운전사에게 내가 말했다.

"다리는 없지만 말은 아직 할 수 있답니다."

나는 시내에서 살았고 공식적으로는 아직도 주소가 거기라고, 하지만 이제 더는 집에 들어갈 수 없다고 이야기할까 잠깐 고민했다. 하지만 그냥 입을 다물자고 마음먹었다. 출발한 뒤에 그에게 라디오를 켜달라고 부탁했다. 운전사는 이번에도 나를 바라보지 않은 채 말없이 라디오를 켰다. 나는 창밖을 내다보며, 우리 집이 있는 거리로 잠깐 돌아가자고 할까 고민했다. 아주 조금만 돌면 되고 특별히 시간이 많이 걸리지도 않을 테지. 하지만 내 감정이 어떻게 반응할지 알 수 없었다. 아주 사소한 일도 감정적으로는 무척 힘들다.

10분쯤 지났을까, 택시 운전사가 내 다리를 몇 번 곁눈질하다가 물었다.

"의족을 왜 안 했소?"

나는 깜짝 놀랐지만, 그의 말이 완벽한 암스테르담 억양이라서 놀라움보다는 우습다는 느낌이 더 많이 들었다. 사실대로 대답했다.

"없으니까요."

"왜 없소?"

운전사는 나를 보지 않고 도로에 시선을 고정한 채 말했다. 내 눈길을 왜 피하는지 이상했다. 교통 상황이 복잡한 것도 아닌데. 그는 체격만 보면 클럽이나 디스코텍에서 안전 요원을 해도 될 정도로 아주 건장했는데, 다른 한편으로는 이상할 만큼 불안정해 보였다. 내 대답을 기다리지 않고 그가 말을 이었다.

"아는 동료의 친구도 다리가 없는데, 벌써 20년 이상 의족을 하고 돌아다닌다오."

그러고는 나를 슬쩍 보더니 동료의 친구 이야기를 계속했다.

뚱뚱한 술고래인데, 걸음걸이는 작은 새 같다고 한다.

"내 말은, 당신은 젊고 운동도 많이 한 것 같으니 의족을 하고 잘 다닐 수 있을 거란 뜻이오."

나는 물리치료사의 말대로라면 나중에 의족을 만들 거라고, 얼마 전에 다리를 잃었기 때문에 지금은 너무 이르다고 대답했다. 의사들 말로는 다리 그루터기가 형태를 확실하게 갖추는 데는 반년쯤 걸린다고, 수분이 사라져서 그루터기가 작고 가늘어진다고, 의족 크기가 금방 달라지는 걸 피하려면 이렇게 기다리는 게 낫다고 설명했다.

"게다가 나는 무릎이 없습니다. 그래서 의족을 하고 걷기가 무척 힘들 거라던데요."

헤르다는 내가 의족을 할 수는 있지만 몇 걸음 걷지 못할 거라고, 집처럼 안전한 장소에서 사용하는 게 좋고 목발 두 개도 같이 써야 한다고 말했다. 의족을 장기간 안정적으로 사용하려면 최소한 무릎 관절 하나는 제대로 작동하는 게 필수 조건이라고 했다. 내 경우처럼 허벅지까지 오는 의족 두 개로는 균형을 잡기가 무척 힘들 거라면서.

택시 운전사가 고개를 끄덕이고 다시 물었다.

"그러니까 잃은 지 얼마 안 됐구먼."

"네, 두 달쯤 전이지요."

이미 오래전에 날짜 세기를 그만두었다는 걸 나는 그제야 깨달았다. 정확히 얼마나 되었는지 잠시 계산해봐야 할 정도였다.

"무슨 일로 그랬소?"

"사고였죠."

나는 차분한 목소리로 대답했다. 잠깐 말을 멈추고 앞을 노려보았다. 자동차와 행인을, 내가 잘 아는 이 거리의 집들을. 운전사에게 진실을 이야기할까 잠시 고민했다. 에두르지 않고 묻고 말하는 그의 방식에 그런 유혹을 느꼈지만, 결국은 쉽게 소화할 수 있는 핑계를 대기로 결정했다.

"차에 치였어요."

완전히 거짓말은 아니었다. 기차가 정말로 나를 치고 지나갔으니까.

"범인은 잡았소?"

운전사가 다시 물었다.

이마에 서서히 땀방울이 맺히기 시작하는 게 확실하게 느껴졌다. 익히 아는 불안이다. 이제 더는 편안하지 않다. 어서 목적지에 도착하기를 바라며 이렇게 대답했다.

"네, 다행스럽게도. 하지만 아버지가 모든 걸 알아서 처리하는 중입니다. 나는 신경 쓰고 싶지 않아요."

운전사가 내 대답에 만족하고 더는 묻지 않으면 좋겠는데.

"미친 듯이 운전하는 사람들이 많지."

그가 고개를 끄덕이며 말했다.

나는 택시 타기와 같은 이런 간단한 일도 최선을 다해 준비했다. 자전거를 타거나 걸어서 자주 지나던 거리와 골목을 보게 되리라는 건 이미 알고 있었다. 어쩌면 내 물건이 아직 그대로 있는 우리 집 건물을 보게 되리라는 것도. 모두들 마치 내가 언제든 다시 발을 들여놓을 수 있을 것처럼 그대로일 테지. 하지만 택시 운전사의 질문은 미처 예상하지 못했다. 다행히 얼마 지나지 않아 레스토랑에 도착했다.

"젊은이, 그 놈이 당신에게 저지른 일에 죗값을 치르길 바라오."

운전사가 핸드브레이크를 당기며 말했다. 그는 문을 열고 내리더니 나에게 묻지도 않고 휠체어를 꺼내러 갔다. 나는 아무 말도 하지는 않았지만 기분이 너무 안 좋아서 바로 호텔로 돌아갈까 고민했다. 그러나 이 택시로 돌아가면 더 많은 질문을 받을 게 아닌가. 일단 내려서 택시가 시야에서 사라지기를 기다리는 게 낫다. 나는 잠시 눈을 감고 평정심을 다시 찾으려고 애썼다. 그 순간 기사가 조수석 문을 여는 바람에 거리 소음이 밀려들었다. 덕분에 부정적인 생각이 순식간에 끊겼고, 운전사가 휠체어를 좀 미숙하게 펴는 바람에 웃음까지 슬쩍 나왔다. 그는 과장되게 예의 바른 몸짓을 하며 휠체어를 인도에 놓았다.

"주인님, 내리십쇼!"

그의 유머에 내 불안은 금방 잠잠해졌다. 시원한 공기도 한몫

했다. 차가운 바람이 얼굴로 불어와 남은 불안을 몰아냈다. 주변을 둘러보니 내가 살던 세상으로 돌아온 게 확실했다. 거리, 자전거 타는 사람들, 전철과 자동차, 행인들. 나는 돌아왔다. 이건 현실이다. 택시비를 지불하자 운전사가 악수를 청했다. 그는 내 손을 꽉 움켜쥐었다.

"환상적으로 살 수 있게 노력하시오!"

그의 말에 놀라서 나는 그저 "고맙습니다"라고만 중얼거렸다. 그가 들었는지는 모르겠다. 이미 택시를 빙 돌아가 운전석에 앉았으니까. 그러고는 멋지게 출발해 떠났다. 나는 재킷 지퍼를 올리고 휠체어를 조심스럽게 돌렸다. 인도 포석 몇 개가 헐겁다. 레스토랑 입구에는 문턱이 있다. 거기 문턱이 있다는 건 알았지만 내 기억에는 좀 낮았는데……. 문턱을 내려다보며 어떻게 넘어갈까 궁리했다. 휠체어를 약간 뒤로 젖히면 될까. 뒤로 넘어가지 않게 물론 조심해야 한다. 그렇게 하기로 마음먹은 순간, 지나가던 어떤 여성이 도와줄까 물었다. 젊은 여성이 싹싹한 얼굴로 나를 마주보았다.

"이렇게 하면 아주 쉽게……."

그녀는 장바구니를 내려놓았다.

"제가 뒤에 서고, 당신이 잠깐 휠체어를 꽉 잡는다면 간단하게 넘을 수 있을 것 같아요."

"휠체어에 앉은 지 얼마 되지 않아서, 솔직히 말하면 어떻게 하는 게 제일 좋은 방법인지 전혀 모른답니다."

그녀는 휠체어를 뒤로 약간 젖히고 후진해서 문턱을 넘었다. 그런 다음 바로 세웠다. 나는 자발적인 그녀의 도움에 감사하며 악수를 청했다.

"고맙긴요. 별말씀을."

그녀는 웃으며 대답하고는 장바구니를 들고 가던 길을 갔다. 나는 심호흡을 하고 휠체어를 굴려 레스토랑으로 들어갔다. 새로운 세상으로 첫발을 내디딘 것이다.

비밀 거래

카를로스는 녹차가 담긴 작은 찻주전자, 잔과 받침 접시, 위스키 한 잔, 그리고 땅콩과 올리브 한 접시를 테이블 위에 내려놓았다.

"어제는 스낵을 안 줬잖아요!"

나는 웃으며 항의했다.

"어제는 어제고, 오늘은 새 날이지요."

카를로스는 미소를 지으며 대답하고는 몸을 돌려 발걸음을 옮겼다. 그의 말에 동의할 수밖에 없었다. 오늘은 새 날이다. 테이스에게 이메일을 계속 쓰기 전에 일단 차를 한 잔 따랐다. 아침식사를 위한 모험에 대해 그에게 이야기했다. 택시를 타고 가던 상황과 운전사, 내가 레스토랑에 들어갈 수 있게 도와준 친절한 여성에 대해서. 모두 동정심을 보이고 금방 달려와 도와준다고 쓰고 그 옆에 스마일 표시를 세 개 덧붙였다. 실패했다는 말은 쓰지 않았다. 레스토랑에서 뭔가 주문한 뒤에 이번에도 문자 그대로 폭삭 망했다. 식은땀이 솟아서 식사도 하지 못한 채 호텔로 되

돌아올 수밖에 없었다.

보내기를 누르는 순간 이메일이 들어왔다. 브라이언인가? 아니다. 어제 내가 토론방에 올린 글에 대한 댓글이다. 심장이 목까지 올라오는 느낌이다. 남은 위스키를 단숨에 비우기에 충분한 이유가 된다. 아주 크게 꿀꺽 마시는 바람에 액체가 식도를 태울 것 같아서 숨을 멈추었다. 떨리는 손으로 '읽기'를 눌렀다.

> 안녕하세요? 글을 읽었습니다. 진지하게 하는 말인지 궁금하네요. 정확하게 어떤 걸 원하는지요? 안녕히!
>
> 케이스

'진지하게 하는 말인지 궁금하다'는 말 때문에 답장을 곧장 클릭해서 글을 쓰기 시작했다.

> 케이스 씨, 안녕하세요? 댓글 써줘서 고맙습니다! 정말 진지하게 한 말입니다. 저는 작년에 기차에 뛰어든 뒤로 휠체어에 앉아 있습니다. 죽으려고 했는데 다리를 잃었어요. 평생 휠체어에 묶여 지내면서 만성적인 통증에 시달려야 합니다. 탈출하고 싶어요! 3,000휠던쯤 지불할 수 있습니다. 날 위해 뭔가 해줄 수 있다면 답장 주세요. 당연히 비밀은 보장됩니다! 고맙습니다!
>
> 윌리안

집중하기 어려웠지만 최소한 세 번은 읽고 난 뒤에 보내기를 눌렀다. 그러자 지금껏 한 번도 느껴본 적이 없는 평온이 찾아들었다. 심장도 어느 정도 차분해졌다. 알코올과 바로론 덕분인가? 아니다. 그것과는 종류가 다른 평온함이다. 내가 오랫동안 찾던 것을 발견했기 때문이다!

케이스에게서 도움을 얻지 못해도 상관없다. 분명 다른 누군가가 연락할 테니까. 하지만 케이스가 (본명은 아마 케이스가 아닐 테지만) 도움을 주지 못할 이유가 뭔가? 그의 조심스러운 태도야 나도 물론 이해한다. 난 지금 완전히 불법적인 일을 부탁하고 있으니까! 그가 당장 "당신 주소를 줘. 내가 내일 그리로 갈 테니까." 이렇게 말할 수 없는 건 당연하다. 이런 일에는 물론 시간이 필요하지만, 그리 오래 걸리지 않으리라는 것도 자명하다.

평온한 기분은 도취감으로 바뀌었다. 이거 축하할 일이야! 나는 양손을 의자 팔걸이에 대고 몸을 똑바로 일으켰다가 약간 옆으로 돌렸다. 이렇게 하면 컴퓨터를 지나서 바가 곧장 눈에 들어온다. 카를로스가 빈 쟁반을 들고 내 쪽으로 왔다. 나는 나지막하게 그를 불렀다. 사실은 지붕에 올라가 고함이라도 질러야 할 정도로 기뻤지만, 내 기분을 너무 드러내고 싶지는 않았다.

카를로스가 내 소리를 듣고 이쪽을 건너다보았다.

"위스키 한 잔 더 주시겠어요?"

시간을 빌리다

나는 그다음 주말도 호텔에서 지냈다. 온라인이긴 하지만 어쨌든 케이스를 만난 뒤로 나는 이제 더는 오래 걸리지 않는다는 사실을 알고 있었다. 이 사실을 아는 데서 오는 평온함과 느긋함은 케이스에게서 아직 답신이 오지 않았어도 계속 유지되었다.

이번에는 옛 동료 마르크와 시내 중심가에 있는 레스토랑에서 약속을 잡았다. 하지만 얼마 지나지 않아 땀방울이 솟기 시작했다. 이번에도 실패다. 마르크는 이해했지만 내 기분은 아주 엉망이었다. 나는 술을 빨리 마시면 차분해질지도 모른다고 생각해서 와인 두 잔을 연거푸 마셨다. 그래서 나머지 저녁 시간은 좀 취한 채 보냈다.

택시를 타고 호텔로 돌아왔다. 객실에 도착해서는 잘 정돈된 침대에 재킷과 셔츠를 벗어던졌다. 그런 다음 도시 야경을 보려고 커튼을 옆으로 젖혔다. 미니바에서 맥주 한 캔을 꺼내고는 재활병원에서 가지고 온 노트북을 켰다. 10분쯤 뒤에 유명한 콜보이 중개소 전화번호를 알아내 깊이 생각할 것도 없이 전화를 걸었다. 시원한 맥주를 한 모금 마시고, 전화기를 머리와 어깨 사이에 끼운 채 상대방이 수화기를 들기를 기다렸다. 수화기 저편에서 목소리가 들렸다. 나는 내 이름과 용건을 말했다. 얼마 전에 오토바이 사고로 두 다리를 잃었다고, 이제 퇴원했는데 긴장을 풀 수 있게 등을 마사지해줄 사람이 필요하다고 했다. 그것뿐이지 다른 건 필요하지 않다고 덧붙였다. 전화를 받은 남자는 다시 전화를 주겠다고 말하고는 전화를 끊었다. 1분도 채 지나지 않아 전화가 울렸다. 콜보이 중개소 남자가 직원 둘에게 전화를 걸려고 하는데 20분 정도 걸릴 거라고 알려주기에 나는 급하지 않다고 대답했다.

기다리면서 이를 닦다가 거울을 보았다. 예전에는 이보다는 나은 외모였다. 하기야 지금 완벽해 보이기를 바랄 수 없다는 거야 당연하지 않은가. 내 몸은 수많은 진통제와 각종 약물들로 뒤범벅일 뿐 아니라 상당히 힘든 수술도 겪었다. 게다가 나는 일종의 무인지경으로 밀려왔고 내 삶은 지금 완벽하게 남의 손에 달려 있다. 이유는 모르겠지만 나는 죽지 않고 이렇게 살아 있다. 빅토르, 너 뭐 하니? 도대체 뭐 해? 나는 거울 속의 나에게 속삭였다.

바로 그 순간 전화벨이 울렸다. 나가서 전화를 받았다. 콜보이 중개소였다.

"아주 적당한 사람이 있었습니다. 그런데 그 사람은 당신이 다리가 없다니까 꺼리더군요. 이렇게 솔직하게 말하는 걸 나쁘게 생각하지 마시기 바랍니다. 다른 사람을 찾았어요. 그 사람은 괜찮다고 하더군요. 이름은 데니스입니다. 아주 싹싹한 남자예요."

한 시간 뒤에 노크 소리가 들렸다. 나는 심호흡을 하고 무거운 객실 문을 활짝 열었다. 금발 곱슬머리에 인상이 좋은 젊은 남자가 친근해 보이는 눈으로 활짝 웃으며 문 앞에 서 있었다. 어깨에 배낭을 멨는데, 재킷 지퍼는 이미 열려 있었다. 그가 손을 내밀며 말했다.

"안녕하세요? 빅토르 씨죠? 데니스입니다."

나는 고개를 끄덕이고 악수에 응했다.

"네, 빅토르입니다."

너무 긴장된 내 목소리에 나 자신도 놀랐다. 하지만 신경 쓰지 않으려고 애썼다. 데니스는 나를 지나 방으로 먼저 들어갔다. 나는 문을 닫고 손을 휠체어 바퀴에 얹었다. 두툼한 양탄자를 지나 그를 따라가야 하니까. 데니스는 가볍게 움직여 가더니 묻지도 않고 곧장 침대 가장자리에 앉았다. 그에게 뭘 마시고 싶은지 물었다.

"콜라 주세요."

미니바에서 콜라를 꺼내고, 내가 마실 맥주도 하나 꺼냈다. 맥주를 보자 데니스가 자기도 같은 걸 마시겠다고 해서 콜라를 집어넣고 맥주 한 캔을 그에게 건넸다. 데니스는 미남인데다 친근해 보였다. 나보다 몇 살 정도 위인 것 같았다. 나는 휠체어에 앉은 채 맥주 캔을 따서는 건배하자고 공중으로 치켜들었다.

"와줘서 고맙습니다."

데니스도 캔을 치켜들었다.

"뭘요, 난 괜찮습니다."

"내가 이렇게 앉아 있는 게 문제가 되지 않기를 바랍니다."

나는 맥주 캔을 옆 탁자에 내려놓았다.

"휠체어 말인가요?"

그렇다, 바로 그거다. 내 휠체어. 하지만 그가 그 말을 하자 예상치 못하게 마음이 많이 아팠다.

"그래요."

나는 거의 장엄하다시피 한 목소리로 대답하고 내 다리 그루터기를 내려다보았다.

"아, 그렇군요."

데니스가 대꾸했다.

"오토바이 사고를 당했어요. 한 달 반쯤 됐지요."

나는 또 거짓말을 하며 그에게 그루터기 상처를 보여주려고 바짓단을 차례로 걷어올렸다. 왼쪽은 아물지 않은 상처에 붕대가 여전히 감겨 있었다.

"이건 일단 아물어야 할 상처예요."

'일단'이 무슨 뜻인지 모르면서도 이렇게 설명했다. 상처가 아문 뒤에는 무슨 일이 생길지 나도 모른다. 나는 걷어 올린 바짓단을 그대로 둔 채 지갑이 들어 있는 운동 가방으로 휠체어를 움직여 갔다. 그러고는 지갑을 꺼내서, 돈 문제부터 먼저 해결하겠느냐고 물었다. 우리가 어떤 일로 여기 함께 있는지 나 스스로 잘 알고 있다는 걸 내비치고 싶었다.

"예, 그래도 됩니다. 하지만 급하지 않아요."

데니스가 재킷을 벗어 침대 옆 의자에 걸치며 대답했다.

"아뇨, 바로 계산하지요. 그러면 그 문제는 해결되니까."

내가 재촉하자 그가 말했다.

"좋습니다. 그런데 정확하게 뭘 원하시나요? 한 시간 머물까요? 아니면 두 시간? 아니면 나중에 보고 결정하실래요?"

나는 깊이 생각하지 않고 밤새 있는 게 어떠냐고 물었다.

"다른 건 요구하지 않을 겁니다. 밤새 있어야 시간의 압박을 느끼지 않고 수다를 좀 떨 수 있을 테니까요. 책을 읽으셔도 좋고요. 그저 이따금 뭔가 이야기만 해도 기분이 좋아질 것 같네요."

나는 데니스가 이런 말을 자주 듣지는 못할 거라고 생각하며 웃음을 터뜨렸다.

지갑을 여전히 든 채, 밤새 있는 돈을 지불하겠다고 데니스에게 제안했다. 그에게 돈을 건네는 순간, 작전타임을 사는 듯한 느낌이 들었다. 내가 지금 겪는 지속적인 혼란 상태를 끊고 아주 명료하게 볼 수 있는 짤막한 작전타임. 그에게 돈을 줌으로써 최소한 다음 날 아침까지는 시간이 멎었다는 느낌이 들었다. 데니스에게서 작전타임을 산 덕분에 병원에 입원한 이후 처음으로 짧으나마 내 인생의 운영권을 다시 내 손에 쥐게 되었다. 시간 제약이 있기는 하지만 이 시간만큼은 다시 나 스스로에게 책임이 있다. 데니스와의 시간은 '빌린' 시간이다.

아프게, 나를 직면하기

병원 식당에서 차를 마시는 중이다. 며칠 전에 케이스에게 답장이 와서 기분이 좋다. 토요일 저녁 이후로 시간이 아주 길게 느껴졌지만, 이메일함에서 그의 메일을 발견한 순간 기다림의 스트레스와 짜증은 봄눈 녹듯 사라졌다. 마치 있지도 않았던 눈처럼. 다음 주말에 그가 호텔로 찾아오기로 약속했다. 이제 끝이 보인다는 희망에, 병원에서 공짜로 주는 미지근한 음료 대신 맛있는 차 한 잔을 주문했다. 〈엠파이어Empire〉 최신호도 샀다. 병원 식당은 방해받지 않고 차분하게 뭔가 읽기에 아주 좋은 장소다.

눈앞에 미힐이 불쑥 나타났다.

"여기서 뭐 해?"

나는 깜짝 놀라 물으며 잡지를 덮었다. 미힐은 비옷을 입고 있는데도 흠뻑 젖었다. 물이 옷에서 바닥으로 뚝뚝 떨어졌다.

"아, 네가 또 값비싼 음식을 먹느라 한 재산 덜어내는 건 아닌가 한번 보려고 들렀지!"

미힐은 재킷을 벗으면서 특유의 냉소적이면서도 재치 있는 어투로 말했다. 그러고는 〈엠파이어〉를 보고 이렇게 덧붙였다.

"아니면 너무 비싼 잡지에 돈을 퍼붓거나!"

나는 미소를 지으며 걱정해줘서 고맙다고 답했다. 재활병원에 입원한 첫 주에 이미 그에게 휴게실의 질 나쁜 음식과 어두침침한 분위기에 대해 이야기했다. 나는 또다시 푸념을 늘어놓았다.

"빅토르."

그가 신발을 신은 채 번거롭게 비옷 바지를 벗으며 말했다.

"여긴 재활병원이지 호텔이 아니야! 네가 먹는 건 모두 세금으로 충당한다고."

그러고는 자리를 잡고 앉아 물방울이 뚝뚝 떨어지는 비옷을 옆에 놓인 의자 팔걸이에 걸쳤다. 나는 종합병원 음식이 여기보다 훨씬 더 좋았다고, 이 작은 병원도 같은 수준을 분명히 유지할 수 있을 거라고 항변했다.

"그리고 세금이 아니라 보험사에서 부담한다고."

"그래, 그러니 다행이지."

그의 말에 따르면 일본에서는 기차에 몸을 던져서 발생한 손해도 본인이 직접 부담해야 한다. 깨끗이 치우고 청소하는 데 드는 비용, 기차 연착 때문에 발생하는 손해 등 사회에 끼친 모든 손해 비용을 지불해야 한다는 것이다. 그런 이야기는 처음 들었다. 이런 말에는 어떻게 반응해야 하나? 나를 공격하려는 말인지 아니면 그저 멍청하게 내뱉는 말인지 알 수가 없었다.

"그건 정말 몰랐어."

그래서 사실대로 고백했다.

"플랫폼에 있던 사람들이 얼마나 끔찍했을지 모른다는 뜻은 아니야. 나를 본 역무원도 마찬가지고. 하지만 난 어쩔 수 없었어……."

"기관사 말이지?"

미힐이 무뚝뚝하게 내 말을 고쳤다.

"예, 높으신 선생님. 기관사 말입니다요."

나는 약간 당황해서 대꾸하고는 불편하다는 기색을 제대로 드러내 보이려고 퉁명스러운 눈길로 쏘아보았다.

"수면제를 먹고 머리에 비닐봉지를 뒤집어썼어도 됐잖아."

미힐은 이렇게 말하고는 곧장 덧붙였다.

"차를 한잔 마셔야겠다. 너도 마실래?"

당황스러웠다. 이건 지금 도가 지나친 농담인가, 아니면 진지한 말인가.

"아니면 뭐 다른 거 마실래?"

침묵이 찾아들었다. 나는 그를 바라보며 그가 말한 모든 게 진심일까 생각해보았다.

"차…… 차를 마실게."

나는 그렇게 중얼거렸다.

종합병원 정신과 의사는 주변 사람들의 반응을 어떻게 생각하는지 나에게 물은 적이 있다. 나는 기관사 이야기를 했다. 기관사에게 미안하다고, 개인적인 감정이 있어서가 아니라 그때는 달리 어떻게 할 수 없었다고 짤막한 편지를 썼지만 그는 나와 연결되기를 싫어했다. 주변 사람들이 내 자살 시도 방식에 대해 거의 아무 반응도 보이지 않았다는 말도 했다. 그러자 정신과 의사는 나중에 달라질 수도 있다고 대답했다. 초기의 충격이 사라지면 더 많은 반응이 나타날 수도 있다는 거였다.

그때 의사가 말했던 게 혹시 이건가? 내가 좋은 친구라고 생각하는 미힐이 기차에 투신한 내 행위에 이제야 반응을 보이고, 일본에서라면 내가 일으킨 손해를 나 스스로 배상해야 한다고 말했다. 그러니까 이게 의사가 말한 '나중에'로군. 초기의 충격은 이제 지나간 것이다.

미힐이 돌아와 찻잔을 내 앞에 내려놓았다. 나는 그를 그냥 내버려두고 돌아설까 고민하다가, '뭐 그럴 필요까지야'라고 마음먹었다. 케이스를 생각하니 그대로 있을 여유가 생겼다.

"어차피 건강해질 생각이 없는데, 왜 여기에 계속 입원해 있지?"

나는 미소를 지었다. 또 이런 질문이군.

"선택의 여지가 없잖아. 집으로는 돌아갈 수 없고."

"네 재활에 쏟아붓는 엄청난 돈이 아까워."

그는 입가에 미소를 띠고 나를 바라보았다. 그 미소의 목적이 그가 한 말에서 예리함을 좀 덜어내려는 것인지는 몰라도 나는 그렇게 느껴지지 않았다. 엄청난 실망감이 내 속에서 퍼졌다. 나는 할 말을 준비하느라 몇 번 헛기침을 했다.

"미힐, 네 생각에는 내가 뭘 어떻게 해야 하지? 내일 대형 쓰레기 분리 배출할 때 나를 내다 버려달라고 할까? 목숨을 끊을 합법적인 방법이 있다면 난 이미 오래전에 그렇게 했을 거야. 그건 너도 알 거다. 주치의에게도 물어봤는데, 안락사 재단에 연결해 주더군. 거기서는 절망적인 통증에 시달리는 사람들만 도와줄 수 있다고 했어."

자기변명처럼 들릴지 몰라도 나는 변명할 생각은 없었다. 상황이 어떤지 그저 알려주고 싶을 뿐이었다.

"주치의가 도와줄 수 없다고 했다고?"

나는 고개를 끄덕였다.

"그래, 없대. 불법이라서 안 된다고."

주치의가 이렇게 되어 정말 유감이라고, 이런 결과가 아니었더라면 더 좋았을 거라는 말을 덧붙였다는 건 말하지 않았다. 하지만 나는 그녀의 말을 잊지는 않았다.

"흠."

미힐이 퉁명스럽게 입을 뗐다.

"그럼 법을 바꿔야지. 네가 법에 동의하지 않는다면 말이야. 정치가가 되라!"

그의 말은 몇 분 전과는 달리 나에게 심한 상처를 주지는 않았다. 차단하는 데 성공한 모양이다. 미힐이 나쁜 뜻으로 하는 말이 아니라는 걸 안다. 아마 나를 나 자신과 직면시킴으로써 도와주려는 것 같다. 하지만 그가 시기를 잘못 골랐다는 걸 모른다는 게 참 이상했다. 그래서 지금 우리들의 대화를 '난 적어도 너한테 솔직했어'와 같은 종류의 대화라고 생각하기로 마음먹었다.

자살을 위한 옷차림

새벽 1시가 조금 지났다. 위스키를 마저 비우고 카를로스에게 좋은 밤 보내라고 인사를 건넸다. 내일 아침 늦잠을 자서 케이스와 약속을 어기는 일이 생기지 않게 이번에는 좀 더 일찍 객실로 돌아갔다. 지금 진통제를 먹지 않으면 케이스와 이야기가 끝난 뒤에 용량을 두 배로 할 수 있다.

잠이 오지 않는다. 눈앞으로 다가온 케이스와의 만남 때문인 것 같다. 기회는 이번 한 번뿐일 거라는 생각이 계속 떠올랐다. 뉴스그룹에 올린 글에 케이스 말고도 댓글이 세 개 더 달렸다. 한 회원은 나를 '트롤Troll'이라고 했다. 트롤은 자기 정체를 숨기고 다른 사람인 척 하는 사람을 뜻하는 인터넷 용어다. 댓글을 단 그 회원은 기차에 투신한 사람이 살아남았다는 말을 믿을 수 없다고 했다. 그 사람은 내가 아마도 마지막 순간에 죽음을 원하지 않았거나 뛰어들 용기가 없었을 거라는 결론을 내렸다.

나는 처음에 그 글에 흥분했을 뿐 아니라 정말로 분노했다. 내가 도대체 왜 거짓말을 하겠느냐고, 나는 트롤이 아니며 지금 휠체어에 앉아 있다고 곧장 몇 마디를 달았다. 다리뿐 아니라 온몸이 엄청난 통증에 시달린다고, 정말로 인생을 끝내고 싶다고, 마지막 순간에 도망치지도 않았고 투신하지 않은 것도 아니라고, 11월의 어느 금요일 오후에 철로로 뛰어들기로 결정했다고, 살아남은 게 내 잘못은 아니라고 썼다. 현장 목격자가 많다고, 그 사람들은 내가 어설프게 뛰어들었다거나 전혀 뛰어들지 않은 게 아니라는 걸 잘 안다고……. 그러다가 쓰는 걸 중단했다. 내가 지금 뭘 하고 있나, 그런 생각이 불쑥 들었다.

다른 두 개의 댓글은 이런 질문들이었다. 그러고 싶은 게 정말 확실한가요? 진짜로 죽고 싶어요? 나는 그렇다고, 지금은 예전보다 죽고 싶은 생각이 더 간절하다고 썼다. 그러다가 마지막 문장이 어쩌면 내 논거를 약화시킬지도 모른다는 생각이 들었다. 그 사건이 있던 날 오후, 인터시티가 지나가기 직전에 플랫폼에서 있던 나는 죽고 싶다는 생각이 확고했다. 그런데 지금 갑자기 그 생각이 어떻게 더 간절할 수 있을까? 하지만 이상하게도 그렇게 느껴졌다. 이 느낌은 그 금요일 오후와는 달리, 이제는 정말로 다른 해결책이 없다는 차이 때문인지도 모른다. 하지만 사실 그때 플랫폼에 도착했을 때도 돌아간다는 건 불가능해 보였다. 그 과정을 또 한 번 곰곰이 생각하고 싶지 않았다. 온갖 문제와 불안과 대결하려고 머릿속으로 이미 너무 많은 길을 걸었지만 해결책은 없었다. 몸을 돌려 계단을 내려가 집으로 다시 돌아간다는 건 무의미했다. 과거와 똑같은 상황이 되기는 정말 싫었고, 제3의 선택은 없었다. 돌아가는 건 유예일 뿐 해결책은 아니었다.

눈앞에 그때의 윤곽이 다시 선명하게 나타났다. 이제 때가 되었다는 느낌이 들었을 때는 3시 무렵이었다. 별다른 일, 예를 들어 공황상태에 빠질 일 같은 건 없었다. 그 순간은 불현듯 찾아왔다. 나는 놀라지 않았다. 오히려 그 순간을 기다린 듯한 느낌이었다. 그 전날 밤 11시쯤, 자전거를 타고 역에 갔다. 총연습을 하듯이 플랫폼으로 이어지는 계단을 올랐다. 그날 밤에 감행하자는 생각이 얼핏 스치고 지나갔지만 무슨 이유에선지 느낌이 좋지 않았다. 나는 그냥 서서 빠르게 지나가는 기차들을 바라봤다.

그 일은 탁 소리를 내며 갑자기 닫히는 책이나 상영 중에 끊기고 장면이 사라지는 영화 같을 거라고 상상했다. 그 사이에는 1초도 없을 것이다. 아니, 투신해서 기차에 부딪힐 때까지는 기껏해야 1초나 2초쯤 걸리겠지. 그러면 남는 거라고는 완전히 닫혀서 다시는 열리지 못하는 책뿐이다. 또는 영사기 바퀴에서 계속 돌아가는 끊어진 필름 스풀이거나. 필름 끝이 기구를 계속 때리고 있겠지. 탁…… 탁…… 탁…….

그때 반대쪽 플랫폼에 기차 한 대가 들어왔다. 근거리 기차였다. 나는 몸을 돌려 기차를 바라보았다. 기차를 기다리는 승객들 사이에 있기 싫어서 플랫폼 끝 방향으로 나가서 서 있었으므로 기관사가 앉아 있는 모습이 보였다. 아주 자세히 보이지는 않고 플랫폼을 내다보는 상체만 눈에 들어왔다. 우리 둘의 눈길이 마주쳤다. 나는 그의 눈을 똑바로 보았고 그도 내 눈을 보았다. 그 순간에는 다음 날 바로 이 플랫폼에서 실행에 옮기려는 투신만 생각하려고 했다. 나는 완전히 무표정하게 기차를 기다리는 승객 같은 태도로 기관사를 바라보았다. 그 기관사가 다음 날 동료에게서 젊은 남자가 기차에 뛰어들었다는 말을 들으면 나를 기억할지 궁금했다.

이불을 옆으로 젖히고 침대 가장자리에 앉았다가 휠체어로 옮겨 앉았다. 두툼한 양탄자를 지나 책상으로 가서, 그 아래에서 반쯤 비어 있는 운동 가방을 들어 지퍼를 열고 바지를 꺼냈다. 주머니를 뒤져 3,000휠던을 찾았다. 지폐를 손에 들고 잠시 그대로 있다가 바지 주머니에 다시 넣었다. 바지를 운동 가방에 넣고, 원래 있던 책상 아래에 두었다. 그런 다음 창가로 가서 닫힌 커튼을 옆으로 젖혔다. 도시가 저 아래에 놓여 있었다. 불빛과 자동차와 버스를 내려다보았다. 저 멀리 검은 밤하늘에 비행기 불빛이 반짝였다. 유리창은 바닥에서 천장까지 닿아 있었고, 아래를 바로 내려다보면 바의 바깥 테라스에서 새어 나오는 흐릿한 불빛이 보였다.

내 다리 그루터기가 유리창에 닿을 정도로, 간신히 떨어지지 않을 정도로 휠체어 가장자리까지 몸을 내밀었다. 그런 다음 약간 앞으로 몸을 숙여 양손바닥으로 유리창을 짚었다. 이 창문이 우리 집 유리처럼 얇다면 나는 그대로 튕겨나가 10층에서 수직으로 떨어질까? 테라스 옆 바닥으로 곧장 떨어지거나 아니면 물속으로? 그런 상상을 하니 불안해서 내 안에서 경보체제가 울린 모양이다. 나는 깜짝 놀라 유리창에서 물러났다. 위험에서 멀어져야 한다. 유리가 아주 두꺼워서 뚫고 나가는 일은 절대 없을 거라고 스스로에게 합리적으로 설명하며 불현듯 나타난 불안을 잠재우려고 애썼다. 하지만 그와 동시에 그렇게 떨어져도 괜찮겠다는 생각도 들었다.

느긋하게 마음먹고 침착하게 심호흡을 계속해야 한다. 그러면 기다리는 시간은 저절로 지나갈 테니까. 눈을 감았다. 세게 힘을 주어 꼭 감았다. 호텔 방에서 몸을 앞으로 내밀고 앉아 양손으로 유리창을 누르는 이 순간은 내 상황을 상징적으로 나타내는 것 같았다. 새장에 갇힌 나는 이곳을 탈출하고 싶었다.

다시 침대에 누워 잠을 청했다.

전화가 울렸다. 얼마나 잤는지 모르겠다.

"깨우고 싶지는 않았는데, 아직 자니? 안 일어났어?"

엄마가 물었다. 엄마 목소리는 평소보다 나지막했다. 엄마는 내 계획을 모른다. 독일 뉴스에서 암스테르담 날씨가 좋지 않다는 말을 들었다고 했다. 그래서 내가 아직 잠자리에 있다고, 아마 막 깼나 보다고 추측했다.

"아뇨, 일어났어요. 아래에 내려가서 아침도 먹었는걸요."

나는 거짓말을 했다.

엄마 목소리가 무척 밝아졌다.

"그 말을 들으니 기쁘구나. 맛은 있었니? 사람들이 잘 도와줬고?"

나는 입술을 깨물고는 비가 유리창에 남긴 물방울을 바라보았다. 뭐라고 말해야 할지 모르겠다. 그러다가 편안한 길을 택하자고, 계속 거짓말을 하자고 마음먹었다.

"네, 맛있었어요."

"뭐 먹었니?"

나는 천천히 심호흡을 하고, 지금 막 아래로 내려가던 길이라고 말했다.

"미힐이 커피를 마시러 오기로 했거든요."

엄마 목소리에서 조심스러운 기쁨이 또 묻어났다. 엄마는 미힐을 알고 있다. 그가 병문안 오는 게 기쁘다고 했다.

"인사 꼭 전해주렴!"

"네, 그럴게요."

나는 엄마에게 약속하고 나중에 다시 전화하겠다고 덧붙였다.

"뉴스에서 날씨가 갠다는구나!"

막 끊으려는데 엄마가 외쳤다.

"점심 무렵에는 비가 그치고 해가 난대."

"잘됐네요."

나는 무뚝뚝하게 대꾸했다.

"점심때 둘이 나가렴."

"나가라니요?"

엄마 말이 무슨 뜻인지 모르겠다.

"미힐하고 둘이 잠시 바깥으로 나가란 말이야!"

엄마의 목소리에서 묻어나는 관심에 나는 감동했다. 그러나 그런 감정을 허용해서는 안 된다. 지금은 강해야 한다. 그게 중요하다.

"알았어요. 이제 내려가야 해요."

엄마는 다시 한 번 즐거운 시간을 보내라고 말했다. 나는 전화를 끊고 나이트테이블에 있는 시계를 보았다. 점심때가 다 됐다. 초조하게 이리저리 몇 번 뒹굴었다. 그러고는 엎드려서 머리를 옆으로 돌렸다. 다리를 완전히 펼 수 있는 유일한 자세다. 시계를 다시 보니, 케이스가 오려면 아직 한 시간이나 남았다. 내 시선이

다시 유리창을 향했다. 음산한 잿빛 구름이 보인다. 거기서 떨어지는 비는 유리창에 쉴 새 없이 가느다란 물줄기를 만들었다. 이런 날씨가 이제 곧 달라지고 햇빛이 비치리라고는 도저히 상상이 안 된다.

침대에서 휠체어로 옮겨 앉은 다음, 전날과 같은 옷을 입었다. 그러고는 나이트테이블 위에 놓인 지갑을 집어 들었다. 오래 생각할 것도 없이 책상으로 가서 운동 가방을 들고 바지를 다시 꺼냈다. 거기서 돈을 꺼내 거의 텅 비어 있는 지갑에 넣고는 지갑을 셔츠 아래 뒤쪽 바지 허리춤에 집어넣었다. 거울에 비친 티셔츠를 흘낏 보았다. 어두운 청색이고, 앞쪽에는 노란 모래 색 돛단배가 그려져 있다. 긴팔이라 걷어 올렸다. 이게 적당한 티셔츠일까? 웃음이 나왔다. 내가 뭘 입는지가 중요한가? 자살하려고 옷을 잘 차려입어야 하나? 그 생각은 그만하자고 마음먹고 열쇠를 들고 아래로 내려갔다.

두 번째 자살

그는 자기 본명이 케이스라고 했다. 나라면 불법 마약 거래를 하면서 내 본명을 사용할까? 성은 밝히지 않는다고 해도 말이다. 그런데 케이스가 지금 하는 행동이 '자살 도와주기'가 맞나? 상황에 관계없이 이런 행위는 모두 처벌해야 할 범죄일까? 어쨌거나 상관없다. 케이스는 약품이든 마약이든 아무것도 가지고 오지 않았으니까. 이메일에서 케이스가 뭔가 가지고 오겠다고 약속하지는 않았지만 나는 그가 가지고 올 거라고, 그래서 곧장 거래가 이루어질 거라고 예상했다. 내가 병원으로 다시 갈 일은 없을 거라고, 부모님에게 다시 전화를 해야 할 일도 없을 거라고 생각했다.

케이스는 마흔 살 정도로 보였다. 건장한 체격에 검은 머리카락을 짧게 잘랐다. 눈 아래는 다크서클이 있었고 표정이 음산했다. 활발하고 또렷하게 말했지만 그러면서도 피곤해 보였다. 나는 약속대로 그보다 먼저 호텔 라운지에 와 있었다. 나를 알아보기는 쉽다. 케이스는 당연히 나를 금방 알아봤다. 그는 잠시 아무 말도 없이 내 앞에 서 있었다. 그러다가 우리는 동시에 손을 내밀었다.

"당신을 여기서 정말로 보게 되리라고는 생각하지 못했어요."

우리가 악수를 한 뒤에 그가 처음 한 말이다.

나는 그가 내 고객이기라도 하듯이, 그에게 뭔가 팔 게 있다는 듯이 여전히 미소를 짓고 있었다. 도대체 뭘? 내 영혼을? 내 삶을? 대화에 집중함으로써 머릿속을 요란하게 돌아다니는 이런 바보 같은 생각을 몰아내려고 애썼다.

케이스는 재킷을 벗고 자리에 앉았다. 그때 바에서 나온 종업원이 싹싹한 미소를 지으며 우리에게 다가와 뭘 마시겠는지 물었다. 나는 차를, 케이스는 커피를 주문했다. 정중한 그의 말투가 놀라웠다. 나는 아마 좀 다른 유형을 예상했던 것 같다. 어떤 유형을? 숨을 헐떡이고 기침을 하거나 시끄럽게 고함을 지르는 난폭한 마약 거래범을 상상했던가? 도대체 내 생각은 왜 이렇게 엉뚱해졌을까?

"내가 왜 여기 나타나지 않을 거라고 생각하셨죠?"

잠시도 가만히 앉아 있지 못하고 낮은 소파에서 이리저리 움직이는 케이스에게 물었다. 그는 인터넷에 올린 내 요청이 정말인지 확신이 서지 않았다고 대답했다.

나는 고개를 끄덕이며 무슨 뜻인지 안다고, 사람들이 내 말을 믿어주지 않는 게 아마 제일 큰 문제인 것 같다고 대꾸했다.

케이스는 심각한 표정으로 나를 바라보았다.

"게다가 물론 위험하기도 하고요."

"위험하다고요?"

내가 한없이 순진한 걸까, 아니면 멍청한 걸까. 둘 다에 해당하는지도 모르지. 케이스는 내가 부탁하는 건 당연히 불법이라고 말했다. 종업원이 뜨거운 물 한 주전자와 빈 찻잔, 커피를 가지고 오자 그는 입을 다물었다.

"나는 여기서 멀지 않은 재활병원에 있어요."

나는 뜨거운 물 주전자에 티백을 담그며 이야기했다.

"주말에 이따금 나올 수 있는데, 그럴 때면 여기로 오지요. 이제 집에는 갈 수 없으니까요."

케이스는 고개를 끄덕였다.

"또 여기서는 할인을 받을 수 있기도 하고요."

그가 나를 부잣집 자식으로 볼까 봐 덧붙였다.

불안하지는 않았다. 내가 케이스와 나눌 대화는 눈에 보이지 않는 적 앞에서 운명에 완벽하게 순응한 가운데 이루어질 테니까. 그 상상 속의 적은 몇 좌석 떨어진 곳에서 의자에 느긋하게 몸을 기댄 채 만족스러운 표정으로 나를 바라보고 있다. 승리는 그의 것이다. 나는 패배를 인정하고, 이제는 그저 기품 있는 종말만 원한다.

케이스는 내가 어쩌면 글에서 말하는 사람과는 다른 인물일지 모른다는 생각도 했다고 한다. 인터넷을 통해 치사량의 약품을 구하는 게 가능한지 알아내려고 자살 의도가 있는 척 접근하는 기자일지도 모른다고.

"내가 진짜가 아니라 기자였으면 어떻게 하셨을 건가요?"

하지만 그가 내 요청에 뭔가 다른 게 숨어 있다고 조금이라도 의심하면 안 되므로 얼른 이렇게 덧붙였다.

"하기야 나랑은 전혀 상관없죠. 그런 문제가 아니니까."

"이럴 거라고는 예상하지 못했어요."

나는 무슨 말이냐는 표정으로 케이스를 바라보았다.

"뭘 예상하지 못했다는 말인가요?"

그는 어깨를 으쓱하고는 갑자기 목소리를 낮추어 대답했다.

"당신이 이런 분위기라는 거요. 슬픈 인상일 거라고 상상했어요. 어딘지 모르게 우울한."

거의 공황발작 같은 불안이 솟구쳐 올랐다. 내가 그를 납득시켜야 한다는 뜻인가?

"하지만 당신을 보니, 인터넷에 올린 글이 진짜라는 걸 알겠어요. 당신은 자신이 뭘 원하는지 알고 있다는 생각이 들어요."

"그럼요. 진짜입니다."

내 목소리가 좀 불안하게 들리는 것 같다. 왜 이러지? 뭐라고 표현해야 할지 모르겠다. 아주 조금이긴 해도 나는 아직 머뭇거리고 있는 건가? 뭘 원하는지 나 스스로 정말 알고 있나? 나는 나 자신을 납득시키기 위해 방금 한 말을 되풀이했다. 케이스는 코데인을 구할 수 있다고 했다. 특정한 양을 이야기하는데, 내가 그 약에 대해 잘 알지 못해서 그게 충분한 양인지는 모르겠다. 케이스는 정상적인 상황에서는 충분한 양이라고 말했다. 제대로 작동하지 않을 수도 있다는 가능성을 열어두는 말이었다. 마음에 들지는 않지만 나는 그 제안을 그저 듣고 있을 수밖에 없었다. 그는 어쩌면 다음 주에 구할지도 모른다고 했다. 내가 오늘 낮과 저녁, 그리고 주말 한 번, 거기에 최소한 일주일은 더 버텨야 한다는 뜻이다. 나는 일부러 돈 이야기를 꺼내면서 실망을 감추려고 했다.

"원하시면 일부는 지금 드릴게요."

나는 이렇게 제안하며 허리춤에 있는 지갑을 만졌다.

케이스는 손을 내저으며 거절했다.

"아닙니다. 받지 않겠어요. 돈은 원하는 걸 준 다음에나 받아야지요. 하지만 사실 안 받아도 됩니다."

그게 무슨 말일까? 우린 이미 돈 이야기를 하지 않았나.

케이스는 그렇기는 하지만 내가 돈을 꼭 줄 필요는 없다고 했다. 왠지 모르게 마음이 놓였다. 공짜로 받게 되어서가 아니라, 그가 나를 정말 진지하게 받아들인다는 뜻이니까. 돈을 안 주는 건 말도 안 된다고 대답하자 그는 고개를 끄덕이며, 중독을 치료하는 데 그 돈을 쓰겠다고 말했다. 오래전부터 마약을 해왔고 지금은 메타돈 치환요법을 쓰고 있는데 별로 도움이 되지는 않는다고, 최면요법으로 중독을 벗어날 가망이 있다는 글을 어디선가 읽었다고 했다.

"최면요법은 보험이 안 되는데 상당히 비싸요. 당신이 돈을 주면 아마 거기에 쓸 수 있겠지요."

상상이 잘 안 되는 거래다. 내 삶의 종말이 그에게 계속 살아갈 수 있는 가능성을 주다니. 나는 그가 어려운 처지에 있는 나를 버리지 않기만을 바란다고 말했다. 케이스는 고개를 끄덕이며 약물과 용법 및 용량을 최대한 빨리 알려주겠다고 약속했다.

"주말 내내 여기 있을 건가요?"

나는 하룻밤만 더 머물고 다음 날 병원으로 돌아가야 한다고 대답했다. 사실은 이번 주말에 죽을 수 있을 거라 예상했다는 말은 하지 못했다.

"혼자 있어요?"

"친구 두어 명이 들른다고 했어요."

거짓말이었다. 아무런 약속도 없었다. 내일 저녁에는 죽을 거라고 예상했으니까.

"내가 이 근처에 올 때 우리 둘이 함께 뭔가 해도 될 텐데요. 당신이 원한다면 말이지요."

케이스가 불쑥 내민 제안에 나는 깜짝 놀랐다.

"스히담에 사시잖아요?"

케이스는 일 때문에 정기적으로 암스테르담에 온다고, 그러면 자기가 호텔이든 병원이든 들를 수 있다고 대답했다. 오베르톰 병원에 있느냐는 그의 질문에 나는 비밀을 들킨 기분이 들어 얼굴이 빨개졌다. 내가 어느 병원에 입원해 있는지 그가 알고 있다니! 하지만 암스테르담에서 제일 잘 알려진 재활병원에 내가 있을 거라고 추측하기란 얼마나 쉬운가.

"같이 영화관에 갈 수도 있죠."

나는 그의 제안이 고맙다는 듯이 공손하게 미소를 지었지만 그 제안에 응할 일은 없을 것이다. 영화관에? 거기 갈 생각은 전혀 없다. 케이스가 지금 나를 자살 생각에서 벗어나게 하려는 건가? 아니, 그건 아니겠지.

"고맙습니다."

나는 진심을 담아 대답했다.

"하지만 지금은 영화관에 갈 생각이 별로 없어요."

케이스는 이해한다고 말하고는 일어나려고 했다.

"내가 온갖 이야기를 하고 갖은 설명을 할 수도 있겠지만, 그러지 않아도 당신은 나를 이해할 것 같네요."

나는 이렇게 말하고는 또 덧붙였다.

"어쨌든 그러기를 바랍니다."

케이스는 고개를 끄덕이고 자리에서 일어나서 재킷을 입었다.

나는 그에게 이메일을 기다리겠다고 말하고, 도와줘서 고맙다며 악수를 청했다.

"나도 고맙습니다."

케이스가 대답하고는 로비를 가로질러 갔다. 바깥으로 나가기 전에 나를 한 번 돌아볼까? 그는 정말 돌아보았다. 케이스는 나를 흘낏 보며 손을 아주 살짝 들어 올려 인사했다. 나도 고개를 끄덕여 짤막하게 인사했다.

그날 케이스는 나에게 이메일을 보냈다. 미안하지만 도저히 도와줄 수 없다고…….

#3 끝없이 슬픈 인생과 작별하기

절망하지 말라. 비록 그대의 모든 형편이 절망할 수밖에 없다 하더라도 절망하지 말라.
이미 일이 끝장난 듯싶어도 결국은 또다시 새로운 힘이 생기게 된다.

_프란츠 카프카

정확한 진단

3월 초다. 몇 주 전 나는 부모님 댁으로 거처를 옮겼다. 아직도 겨울 같은 날씨가 내 기분과 잘 어울렸다. 의기소침하고, 예전과 마찬가지로 죽을 만큼 피곤하며, 생각을 도무지 통제할 수가 없었다. 나는 주로 텔레비전을 보거나 인터넷 서핑을 하면서 시간을 보냈다.

부모님은 1월 말에 오베르톰 재활병원에서 퇴원하는 게 어떻겠느냐고 나에게 물었다. 부모님도 나처럼 그곳 환경이 전혀 매력적이지 않다고 생각한 것이다. 부모님은 그 병원의 심리상담은 물론이고 물리치료에도 만족하지 못했다. 게다가 엄마는 병원에서 마약 거래가 이루어지고 환자들이 매춘부를 부른다는 소문도 들었다. 내 상태가 좋아지지 않는다는 거야 나 스스로도 느끼고 있었기에, 한동안 부모님 집에서 머물 수 있게 되어 기뻤다. 독일에 있는 부모님 집은 수많은 기억과 연결된 암스테르담과 아주 멀다. 암스테르담에는 기억이 너무 많아서 모든 것과 거리를 두기에는 적당하지 않았다. 부모님 집은 휠체어를 탄 사람에게는 최적의 조건을 갖추었다. 나는 1층에 있는 화장실 딸린 침실을 썼다. 드디어 다시 혼자서 방을 쓸 수 있게 된 것이다.

이곳에 와서 얼마 지나지 않아, 예전에 부모님 집에 왔을 때부터 알고 지내던 레스토랑에 가게 됐다. 내가 겪은 일을 주인 부부가 이미 알고 있는데도 나는 레스토랑에 들어서면서 긴장했다. 그 사건 이후로 그 두 사람이 나를 보는 건 처음이었다. 나를 어떻게 생각할까? 나중에 보니 쓸데없는 불안이었다. 둘은 양팔을 벌리고 환하게 미소를 지으며 다가와 나를 얼싸안고 입을 맞추었다. 두 사람의 이런 반응에 나는 정말로 마음이 가벼워졌다!

며칠 뒤에는 엄마와 장을 보러 갔다. 슈퍼마켓에서 선반 사이 통로를 걷지 않고 휠체어로 움직이는 건 완전히 새로운 경험이었다. 게다가 상당히 빠른 속도로 달렸다! 휠체어의 장점을 금방 알아챈 엄마가 내 무릎에 온갖 물건들을 올려놓는 바람에, 나는 내가 쇼핑 카트냐고 항의했다. 다행스럽게도 우리 둘은 웃음을 터뜨렸다. 약간 쑥스럽긴 했지만 엄마와 내 장애에 대해 말하며 웃기는 처음이었다.

돌아오는 길에 신호등 앞에서 멈춰 섰다. 맞은편에는 젊은 엄마가 잠든 아이가 앉아 있는 유모차와 함께 있었다. 엄마는 신호등이 초록색으로 바뀌자마자 나를 밀고 횡단보도로 들어섰다. 횡단보도 중간에서 우리는 유모차를 밀고 가는 젊은 엄마와 스쳐 지나갔다. 나중에 엄마는 그 순간이 무척 힘들었다고 했다. 유모차를 미는 엄마와 장성한 아들의 휠체어를 미는 엄마라는 상황이.

내가 이곳에 오래 머물지 않으리라는 건 우리 세 사람 모두 알고 있다. 나는 전문적인 도움이 필요하고, 어떤 식으로든 다시 '내 다리로' 서야 한다. 어떻게 살아갈지는 그런 다음에 생각해도 된다. 나는 대안을 찾는 일을 아버지에게 맡겼다. 어디서부터 시작해야 할지 모르기 때문이기도 했다. 아버지는 내 주치의와 여러 번 연락했다. 주치의는 내가 재활병원을 떠난 걸 마음에 들지 않아 하면서도 다른 대안을 제시하지는 못했다. 결국 우리가 직접 재활센터를 찾기 시작했다. 인근에서 구하는 게 제일 좋을 것 같았다.

얼마 후에 우리는 네이메헌에 있는 성 마르턴스 병원을 찾아갔다. 거리가 가까워서 무척 편리했고 병원 인상도 좋았다. 우리는 그곳에서 의사와 이야기를 나누었다. 의사는 모든 사실이 기재된 서류를 앞에 두고 있으면서도 내가 정말로 마약 중독은 아닌지, 담배는 피우지 않는지, 암스테르담 종합병원이나 재활병원에서 폭력을 쓰거나 어떤 문제를 일으키지는 않았는지 다시 한 번 물었다. 나는 그런 적이 없다고 사실대로 대답했다.

나도 질문이 있었다.

"제가 다시 수영을 할 수 있을까요?"

의사는 대답을 하지 않고 곰곰이 생각하는 표정으로 인상을 찌푸렸다. 한참 뒤에 그가 말했다.

"그건 정말 불가능하다고 생각합니다."

나는 실망을 드러내지 않으려고 애썼다. 그 무엇에도 흥미가 없기는 했지만, 다시는 수영을 할 수 없다고 생각하자 너무나 실망스러웠다. 며칠 후에 그 의사는 아버지에게 전화해서, 회의 결과 내가 병원에 입원할 수 없다는 결정이 났다고 알렸다. 내가 재활에 100퍼센트 힘을 쏟아부으리라는 확신이 들지 않았다고 했다. 내가 기쁨에 넘치는 표정으로 그곳에 갔다는 말은 하지 못하겠다. 병원에 깊은 감동을 받은 인상도 아니었으리라는 건 나 스스로도 인정한다. 하지만 그게 이상한가? 나는 함께 노력할 준비가 되어 있다고 말했다. 하지만 어쩌면 그들 말이 옳은지도 모른다. 나는 재활에 그다지 관심이 없었으니까.

아물지 않은 왼쪽 다리 상처의 치료는 매일 저녁 부엌에서 치러지는 의식이다. 엄마와 나는 마주보고 앉는다. 엄마는 따뜻한 물이 담긴 작은 대야를 들고 있고, 나는 왼쪽 다리 붕대를 걷어낸다. 그런 다음 엄마가 물을 한 컵 떠서 상처를 깨끗하게 헹궈내고, 마지막으로 둘이 함께 상처에 새 붕대를 감는다.

"물이 너무 뜨겁지 않니?"

엄마가 자주 묻는다. 하루 중 이때는 명상을 하는 것처럼 느껴진다. 명상은 아주 조용하게 치러진다. 내 다리를 헹구고 대야로 떨어지는 물소리가 유일한 소음이다.

오늘 저녁도 9시쯤 되자 엄마가 "다리를 닦아낼까?"라고 물었다. 엄마는 상처를 씻은 뒤에 아물지 않은 자리의 크기를 자세히 살펴보았다. 상처가 좀 아물었는지 알고 싶으니까. 나는 사실 별 관심이 없지만, 혹시 변한 게 있는지 확인하려고 상처를 정기적으로 들여다본다. 희망은 그다지 크지 않지만 저녁마다 이렇게 의식을 치르는 동안 평화로운 안정감이 밀려온다. 엄마가 매일 나를 도와준다는 것, 우리가 함께 있다는 사실이 치유 효과를 지닌 것 같다.

나는 저녁 나머지 시간을 거실에서 노트북을 하며 지낸다. 그날은 10시 무렵에 아버지가 신문을 들고 서재에서 나와 나에게 젊은 환자들이 많은 어떤 시설에 관한 기사를 보여주었다. 오스트리아 국경에서 멀지 않은, 바이에른 알고이 지방에 있는 엔첸스베르크 병원이다. 아버지는 사지가 절단된 환자들을 훤히 아는 그곳 정형외과 담당자와 이미 통화했다고 했다. 전문 대형병원인 그곳에는 수영장 여러 개, 시설을 완벽하게 갖춘 피트니스센터 하나, 레스토랑과 카페가 하나씩 있다. 나는 거기서 아침 일찍부터 저녁 늦게까지 물리치료뿐 아니라 아주 다양한 형태의 치료요법에 참가할 수 있다. 수영도 다시 배우고, 피트니스센터에서 나에게 맞게 짜준 훈련 프로그램도 참여할 수 있단다. 나는 다시 수영을 배울 수 있다는 말에 놀랐다. 네이메헌에 있는 의사는 불가능하다고 했는데. 내 심리 상태를 돌볼 심리상담사도 있다고 했다.

아버지의 묘사에 따르면 그곳은 병원이라기보다는 휴가를 보내는 리조트 같았다. 나는 무기력하긴 해도 호기심이 일었다. 다음 날에도 호기심이 사라지지 않아서 아버지에게 그 시설을 한번 구경해보는 게 어떨까 물어보았다. 우리 셋은 한 주 뒤에 부담 없이 한번 가보자고 일정을 잡았다. '부담 없이'라는 말이 마음에 들었다. 가능성이 모두 열려 있다는 뜻이니까.

바이에른으로 가는 여행은 순조롭긴 했지만 아무런 감정 변화도 없었던 건 아니다. 나는 가는 도중에 저항하고, 돌아가지 않으면 자동차 문을 열어버리겠다고 협박했다. 고국을 떠나 낯선 병원에서 내 상황을 통제하지 못할지도 모른다는 불안이 얼마나 큰지 또렷하게 느껴졌다. 그곳에는 아는 사람이 한 명도 없었고, 나는 독일어를 잘하지도 못했다. 수영장과 건초욕과 피트니스센터가 훌륭한 것 같고 안내 소책자도 멋있기는 하지만, 거의 1천 킬로미터나 떨어져 혼자 있게 될 장소로 향하다 보니 내가 이걸 정말로 원하는지 의문이 생겼다. 하지만 아버지는 최소한 그 병원을 구경이라도 하자고 설득했다.

다음 날 나는 혼란스러운 심정으로 병원 직원의 환대를 받았다. 직원들이 무척 친절하게 환영했지만 나는 아주 불편했다. 처음 유치원에 가야 하는 어린아이처럼 불안했다. 아버지는 나를 타이르며 뭔가 해야 한다고, 계속 집에 남는 건 정말 어렵다고 말했다. 나는 이해는 하지만 모든 것에서 이렇게 멀리 떨어진 이 병원에서 잘 지낼 수 있을 것 같지 않다고 대꾸했다. 아버지는 정말로 힘들면 전화하라고, 그러면 다시 데리러 오겠다고 대답했다.

"며칠 동안 만이라도 시도해보렴."

아버지는 내 어깨를 힘차게 잡으며 말을 이었다.

"네가 자랑스럽구나. 나중에는 이곳이 분명 마음에 들 거야!"

며칠 동안 나는 건초욕과 물리치료, 따뜻한 물 수영장에서의 첫 시간을 모두 거쳤다. 아버지가 나에게 말한 온갖 가능성은 모두 사실이었다. 하지만 우울감이 온 힘을 다해 방해하기 때문에 여전히 혼란스러운 상태였다. '아하 경험'을 잠깐씩 하기는 했지만 늘 혼란스러웠다. 아하, 집에서 멀리 떨어진 병원에서도 혼자 잘 지낼 수 있구나. 아하, 수영 날개나 수영판 같은 보조기구가 필요하긴 하지만 어쨌든 수영을 할 수는 있구나…….

나는 자기 전에만 강력한 진통제를 먹기로 의사들과 합의를 보았다. 8시 좀 넘으면 잠자리에 드니까 초저녁에 먹는 셈이다. 완전히 지쳐서 순식간에 잠이 들고 다음 날 아침 7시 반쯤에 아침 식탁에 나타났다. 같은 병실을 쓰는 환자가 심하게 코를 고는데도 깨지 않았다.

아침 식사는 중앙에 있는 레스토랑에서 하는데 좌석은 대략 500개다. 환자들은 이곳에서 점심과 저녁도 먹는다. 암스테르담 재활병원 휴게실과 비교하면 이곳은 별 세 개짜리 레스토랑처럼 보인다. 함께 식사를 하는 동안 다른 환자들도 만나게 된다. 환자들 나이는 18세에서 80세까지 다양하다. 휠체어에 앉은 환자도 몇몇 있지만, 환자들 대부분은 걸을 수 있다. 다른 사람들보다 상태가 훨씬 좋지 않은 환자도 많다. 원인을 알 수 없는 허리 통증에 시달리는 환자도 있고 완전히 마비된 환자도 있다. 나는 얼마 지나지 않아 내 상태가 제일 나쁜 건 아니라는 사실을 깨달았다.

처음 며칠 동안 내 태도는 소극적이었다. 치료요법을 받을 때뿐 아니라 특히 식탁에서 더 그랬다. 누군가 질문을 해야만 말을 했다. 하지만 주변에서 무슨 일이 일어나는지 자세히 관찰하고, 무슨 말을 하는지 이해하려고 애썼다. 김나지움 시절에 꽤 잘했던 독일어 덕분에 말을 이해하는 건 그리 어렵지 않았다. 같은 식탁에서 식사를 하는 사람들은 외국인 억양을 금방 알아채고 내게 어디서 왔는지 물었다. 네덜란드 암스테르담이라고 말하면 대화를 피할 수 없게 된다. 무슨 일이 벌어졌는지, 왜 엔첸스베르크로 왔는지 등등. 그게 내가 더듬거리며 최선을 다해 독일어로 대답한 첫 질문이었다. 얼마 지나지 않아 사방에서 나를 '네덜란드 사람'이라고 부르기 시작했다. 그러다가 휠체어를 타고 복도를 빠르게 달리는 속도 때문에 얼마 지나지 않아 '날아다니는 네덜란드 사람'이라고 불렀다.

직원들 대부분은 오래전부터 이곳에서 일해왔는데, 모두에게 잘해주려고 무척 애썼다. 나는 그들이 다른 환자들보다 나에게 조금 더 관심을 보인다는 느낌을 지울 수 없었다. 직원들은 미소를 짓고 늘 내 이름을 부르며 말을 걸고 건강 상태는 어떤지 물었다. 내가 아주 멀리서 왔기 때문일까? 처음에 나는 레스토랑 직원들이 새로 온 모든 환자의 배경을 알고 있는 건 아닌지 의심했는데, 의사들은 그렇지 않다며 나를 안심시켰다. 낯선 손님을 환대하는 그들의 친절함은 무척 소중했다.

이곳은 신체적인 재활을 위한 병원이라서 정신과 의사는 없었다. 물론 환자들의 정신적인 건강도 돌보지만, 정신과 의사가 상주해야 할 만큼은 아니었다. 그러나 심리상담사는 있어서 나는 그녀와 면담을 하기로 했다. 첫 면담은 장애물처럼 느껴졌다.

무슨 일이 벌어졌는지 어떻게 설명해야 하나? 특히 왜 기차에 몸을 던졌는지 말해야 하는데, 그것도 외국어로 해야 한다! 이런 저런 치료를 받으며 얼마 되지 않는 틈새 시간에 사전을 찾아서 중요한 용어 몇 개를 적었다. 심리상담사에게 설명할 때 이 커닝 페이퍼를 사용하면 된다.

> 자살—Suizid, 실패함—gescheitert, 우울—Depression, 선입견—Vorurteil, 기차—Zug, 납득하다—verstehen 등등

병원 상담실 문 앞에 있는 것만으로도 꽤 긴장이 되었다. 대기실은 비어 있었다. 나는 휠체어를 밀고 벽에 나란히 줄지어 있는 의자들 사이로 들어갔다. 중요한 단어를 적은 종이는 운동복 바지 주머니에 얌전히 들어 있었다.

심리상담사가 나왔다.

"안녕하세요? 스타우트 씨죠?"

체격이 작고, 머리는 중간 길이의 금발이다. 30대 중반 정도로 보였다. 눈빛이 친근했다. 심리상담사는 들어오라고 말하며 동시에 다른 의자 하나를 옆으로 치워서, 내 휠체어가 들어갈 자리를 만들어주었다. 그러고는 내 뒤를 따라 들어와서 문을 닫았다. 좁은 공간에 들어오니 불현듯 옥죄는 느낌이 강하게 들었다. 나는 어깨를 풀면서 긴장을 늦추려고 애썼다. 그러다가 지금 불안이 나타나는 게 어쩌면 좋을지도 모른다고 생각했다. 그러면 내 문제가 뭔지 상담사가 바로 볼 수 있을 테니까. 그런데 나는 왜 예전과 달리, 여기서 내 문제의 해결책을 찾을 수 있다고 믿는 걸까? 지금까지 나를 도운 의사는 없었다. 긴장감이 약간 완화되었다.

나는 일단 기차에 몸을 던진 이유를 제대로 설명할 수 있을 만큼 내 독일어 실력이 좋지 않다고 말했다. 또 무슨 일이 벌어졌는지 자세하게 알기 전에는 어떤 판단도 내리지 말기를 부탁했다. 심리상담사는 나더러 독일어를 잘한다고, 그리고 걱정하지 말라고 일러주었다. 자기는 내가 무슨 말을 하는지 들으려고 여기 있는 것이지 판단을 내리려고 있는 게 아니라고 했다.

"결과를 걱정하지 않고 자유롭게 말해도 됩니까?"

"결과? 무슨 결과 말인가요?"

"예를 들어 살고 싶다거나 살기 싫다는 의지를 밝히면, 선생님이 나를 정신과 병동에 입원시킨다든가 그런 거 말입니다."

나는 최대한 평온한 말투로 물었다. 어떤 종합병원 의사가 지나가는 말처럼 자살 위험이 있는 환자는 정신과 병동에 입원하는 게 낫다고 했기 때문이다.

"아, 무슨 뜻인지 알겠어요."

심리상담사는 내가 그것 때문에 걱정하는 게 재미있다는 듯이 웃었다.

"그렇지 않아요. 당신이 다른 사람들에게 위험하다거나 여기 병원 안에서 자해를 하는 경우에는 물론 그렇게 하지요."

이제 마음이 놓여서 편하게 말해도 되겠다는 생각이 들었다. 이야기를 하면서 나는 기차에 투신하던 그때와 그 후에 겪은 사건들, 그리고 현재 사이에 그동안 어느 정도 거리가 생겼다는 사실을 깨달았다. 예나 지금이나 잘 지내는 건 아니지만, 그래도 독자성을 꽤 많이 되찾았다. 암스테르담 집에서 멀리 떨어진 곳, 친척도 지인도 없는 외국의 재활병원에 입원해 있지만 여기서는 하루 종일 침대에 누워 있지도 않고, 아프다고 하지도 않으며, 예약을 취소하지도 않았다. 방에서 나와서 다른 사람들과 함께했다. 이런 일은 나도 거의 깨닫지 못하는 사이에 일어났다.

내가 거의 지속적으로 남의 도움을 받고 누군가 나와 계속 함께 있다는 건 나도 인정한다. 수많은 치료요법 때문에라도 혼자 있을 시간이 별로 많지 않다. 하지만 타인이 밤낮으로 나를 돌봐준다고 해도 뭐랄까, 나는 혼자 돌아다닌다. 종합병원에 있던 시기를 돌아보면, 그때는 주변 사람들에게 의존하기만 했다. 여기서는 똑바로 앉아 있다. 문자 그대로 똑바로. 약간 불쾌하긴 하지만 어쨌든 등을 똑바로 펴고.

내 이야기를 어느 정도 들은 심리상담사는 한 가지가 아니라 두 가지 의학적 문제가 있다고 진단했다. 우울증과 지속적인 장애. 두 문제는 각각 따로 치료해야 한다고 말했다. 또 우울증은 몸이 개선되는 걸 방해할 수도 있다고 했다. 논리적으로 들리긴 하는데, 나는 그동안 한 번도 그런 생각을 하지 않았다. 우리는 면담 시간을 또 정했다. 돌아가다가 보니 커닝 페이퍼는 내내 바지 주머니에 들어 있었다. 나는 카페로 향했다. '커피와 케이크'라는 독일식 휴식시간을 보낼 만한 일을 충분히 해냈다는 생각이 들었다.

갑작스러운 세례식

일요일이었다. 같은 식탁에서 식사를 하는 환자들이 같이 소풍을 가겠느냐고 물었다. 일요일에는 치료가 없어서 주말에 집에 가지 않거나 갈 수 없는 환자들은 정기적으로 뭔가를 함께한다. 여전히 낯선 주변이 불안해서 거절하고 싶었지만 그럴 듯한 핑계가 떠오르지 않았다. 한 시간도 채 지나지 않아 우리는 자동차 여러 대를 나눠 타고 달렸다. 얼마나 멀리 가는지, 언제 돌아올지 나는 모른다. 이렇게 준비 없이 어디론가 훌쩍 떠난 적은 거의 없다. 그래서 이 일이 갑자기 굉장한 모험처럼 느껴졌다.

참가하는 환자는 모두 10명이었다. 환자의 파트너도 두 명이 있었는데, 이들이 차로 우리를 데리러 왔다. 우리 중 가장 젊은 사람은 19세쯤이었고, 제일 나이 많은 사람은 나보다 몇 살 많은 30대 초반이었다. 아직 봄이 시작되지는 않았지만 햇살이 무척 따사롭게 내리쬐었다. 라디오가 켜져 있었다. 나는 자동차 안의 대화와 라디오에서 흘러나오는 말을 번갈아가며 들었다. 얼마간

달린 후에 우리는 운행 중인 체어리프트 근처에 있는 식당 옆에 차를 세웠다. 어디로 소풍을 간다는 걸까? 차를 운전하던 남자가 걱정스러운 내 눈빛을 봤는지 웃음을 터뜨리고는 내가 어떻게 올라갈지 이미 생각해두었다고 말했다. 올라간다고? 나는 깜짝 놀랐지만 눈치채지 못하게 입을 다물고 있었다. 말을 하면 걱정이 묻어날지도 모르니까. 나는 알았다고, 괜찮다는 표시로 미소를 지으며 고개를 끄덕였다. 나는 늘 모든 걸 직접 계획하지만, 이번에는 운명에 맡기는 수밖에 없었다. 운전사가 내렸다. 두 사람이 내 휠체어를 펴는 모습이 뒷거울로 보였다. 잠시 후에 나는 힘들이지 않고 자동차에서 휠체어로 옮겨 앉아 다른 사람들 틈에 끼어 체어리프트 쪽으로 갔다.

사람들이 나를 위해 어떤 일을 생각해두었는지 곧 드러났다. 리프트가 잠시 멈추면 나는 휠체어에서 리프트로 갈아탈 수 있다. 그러면 누군가 휠체어를 내 앞 좌석에 단단하게 고정할 것이다. 휠체어가 나보다 먼저 도착해야 하니까. 내가 동의하지 않을 가능성은 전혀 없다는 듯이 모든 일은 착착 진행되었고, 나는 어찌어찌하다 보니 이미 체어리프트에 앉아 있었다. 내 옆에는 뮌헨에서 온 대학생 클라라가 있었다. 클라라는 20대 중반으로, 추간판 수술을 한 뒤에 이곳 병원에 입원했다. 우리가 대화를 좀 나누는 동안에도 내 시선은 줄곧 휠체어를 향해 있었다. 휠체어가 이 높이에서 체어리프트 바깥으로 떨어지는 상상을 하니 아래를 내려다볼 엄두가 나지 않았다. 위에 도착해서 안전하게 휠체어에 자리를 잡고 앉자 마치 승리를 거둔 듯한 기분이 들었다. 클라라도 다시 내 옆에 섰다.

"자세히 보면 왼쪽 산비탈에 있는 병원이 눈에 들어올 거예요."

클라라가 내 얼굴 바로 옆으로 팔을 뻗어 그쪽을 가리켰다. 팔이 가볍게 내 뺨을 스치자 부드러운 그녀의 피부가 느껴졌다.

"어, 미안해요!"

클라라가 깜짝 놀라 외치는 말에 나는 웃으며 괜찮다고 대답했다. 누군가 우리 이름을 불러서 돌아보니 소풍 준비가 모두 끝난 상태였다. 풀밭에 담요가 펼쳐져 있고, 그 위에 바구니 두 개와 접시, 컵과 보온병이 놓여 있었다. 클라라와 나는 사람들 사이로 끼어들었다. 풀밭은 병원의 합판 바닥에서 움직이는 것보다 좀 더 힘겨웠다. 나는 휠체어에서 풀밭으로 조심스럽게 옮겨 앉았다.

소풍이 끝나자 짐을 모두 챙겨 (나는 다른 사람들이 바삐 움직이는 모습을 보기만 했다) 다시 리프트를 타고 아래로 내려왔다. 한없이 높은 공중에 다시 한 번 둥둥 떠 있는 기분이었다. 안전벨트 아래로 비집고 나와 계곡으로 추락하면 어떨까, 하는 생각을 아주 잠깐 했다. 그러나 그럴 수 없었다. 아니, 그러기 싫었다. 그런 일에는 준비가 필요하다. 체어리프트가 서서히 안전하게 땅에 닿는 동안 어떤 의심이 찾아들었다. 내가 뛰어내리지 않은 게 준비되지 않았다는 이유뿐이었을까? 높이 때문은 아닌 게 분명했다. 달려드는 인터시티도 사실 그 높이 못지않게 무서우니까. 아니면 이날 오후의 소풍이 아주 잠깐이긴 해도 나를 삶에 묶어 두었나? 충격적인 생각이라서 얼른 떨쳐버렸다.

우리는 귀갓길 중간쯤에서 다시 한 번 차를 멈추었다. 운전사가 '잠깐 뛰어들 사람'이 있느냐고 묻자, 차 안은 흥분으로 가득 찼다. 주차하는 동안 뒤에서 (타고 내리기 편해서 나는 조수석에 앉아 있었다) 안전벨트를 풀고 문을 여는 소리가 들렸다. 나는 운전사에게 지금 내가 이해한 게 맞느냐고, 어디론가 수영하러 가는 거냐고 물었다. 그는 고개를 끄덕이며 이곳에 저수지가 있는데 초봄에야 물이 채워진다고, 지금은 저수지가 거의 말라서 물이 얼마 없다고 대답했다. 물이 차갑긴 하지만 저수지가 다시 가득 차기 전에 얼마 안 되는 이 물에 최소한 한 번 몸을 담그는 게 전통이라고, 이른 초봄에 하는 일종의 새해맞이 수영이라고 했다.

하지만 나는 수영복을 가지고 오지 않았다. 빌릴 수도 없었다. 그보다 더 중요한 건 균형을 잡을 수 있게 다리 사이에 끼우는 가벼운 플라스틱 제품 '풀부이'가 지금 없다는 점이다. 용감한 환자들이 얼음처럼 차가운 물에 뛰어들고, 나는 그 모습을 그저 구경만 한다고 상상하니 좀 실망스러웠다.

내 휠체어가 다시 펼쳐졌다. 얼마 후에 나는 물에 들어가지 않으려는 사람들 틈에 끼어 저수지에서 몇 미터 떨어진 곳에 앉아 있었다. 젊은 세 남자와 두 여자가 물에 들어갈 준비를 하는 모습이 보였다. 차가운 물에 들어가라고 서로 질러대는 즐거운 고함 소리가 울려 퍼졌다. 나는 클라라 옆에 앉아, 수영 팀이 야단법석을 치며 저수지로 뛰어드는 모습을 바라보았다. 클라라는 물이 너무 차갑다고 했고, 나도 들어갈 생각은 전혀 없다고 대답했다.

"빅토르, 거짓말 말아요. 보통은 제일 먼저 들어가겠지요. 안 그래요?"

"흠, 모르겠어요. 다리가 있었다면 아마도 제일 먼저 뛰어들었을 거예요."

내 말에 클라라는 아무 말 없이 일어나, 몸을 떨며 물에서 막 나오는 젊은 남자에게 다가갔다. 그러고는 나를 가리키며 그 남자와 몇 마디 나누었다. 설마……? 두 사람은 나에게 다가와, 차가운 물에 뛰어드는 게 어떠냐고 제안했다. 게다가 바지를 적시면 안 되니 발가벗고 뛰어들라고! 남자 두 명이 나를 일단 물가로 데려갔고, 나는 거기서 셔츠와 바지를 벗었다. 그런 다음 둘이 나를 단단히 잡고 천천히 물속으로 들어갔다. 다리를 잃고 난 뒤에 야외에서 수영한 적이 없었고, 게다가 풀부이도 없으니 사고가 나지 않게 천천히 들어가야 했다. 몇 분밖에 걸리지 않은 이 순간을 나는 절대 잊지 못할 것이다. 이상하게도 전혀 창피하지 않았고 다른 사람들도 부끄러워하지 않았다. 바깥에 있는 사람들이 요란하게 박수갈채를 보내는 가운데 나는 세례를 받은 사람처럼 물 바깥으로 들려 나왔다. 물가에서 바지에 몸을 넣는 동안 용감한 내 행동에 칭찬이 쏟아졌다. 물의 냉기는 전혀 모르겠고, 햇살은 아까보다 더 따뜻하게 느껴졌다. 나도 모르게 얼굴에 큰 웃음이 번졌다.

더 많은 추억이 필요해

“특별한 날이었어요. 아니, 경사스러운 날이었다고 말하고 싶습니다. 어쨌든 나에게는 그래요.”

내가 한 말을 심리상담사가 제대로 이해했는지 모르겠다.

“무슨 뜻인지 이해하셨나요?”

젊은 상담사가 고개를 끄덕이고 양손으로 손짓을 하는 걸로 미루어, 내가 한 말을 다 알아들은 모양이다.

“솔직히 말해서 체어리프트와 차가운 물 중에 어느 게 더 흥미진진했는지 모르겠어요.”

그 말은 내가 마음먹은 것보다 더 멋있게 들렸다. 체어리프트에서 골짜기로 투신하고 싶었다는 생각은 상담사에게 말하지 않았다. 그날 얼마나 즐거웠는지 나 스스로 생각해도 놀랍다는 말만 했다. 오랫동안 겪지 못한 경험이었다. 기차에 뛰어들기 전도 포함해서 말이다.

“생일을 맞은 아이처럼 즐거웠습니다. 소풍에 따라갔다는 사실만으로도……. 거절하고 그냥 여기 머물 수도 있었거든요."

심리상담사는 뭔가 메모를 했다. 그러더니 내가 여기 남았더라면 뭘 했을지 물었다. 나는 어깨를 으쓱하고는 잠깐 생각에 잠겼다.

"아마 아무것도 안 했을 겁니다."

그러고는 그날 저녁, 아래 카페에서 함께 모노폴리 게임을 했다고 바로 덧붙여 말했다.

"누가 이겼어요?"

"네? 왜 그런 질문을……."

솔직하게 대답하지 않을 이유가 뭔가.

"아, 뭐 별로 중요하진 않아요."

그녀의 말에 나는 자랑스럽게 외쳤다.

"물론 나지요!"

심리상담사는 웃으며 그럴 줄 알았다고 말했다.

칭찬인지 모르겠지만 물어볼 용기는 없었다.

"다시 한 번 말하지요. 솔직하게 말해서 그렇게 멋진 날은 아주 오랜만이었어요. 몇몇 사람들과 바깥으로 나가고, 저녁에는 함께 모노폴리 게임을 하는 것 말이지요. 지난 몇 년 동안 여행도 많이 다니고 외출도 자주 하고 온갖 것을 경험했지만, 이건 정말 너무나 멋진……."

나는 잠깐 말을 멈추었다.

"이 느낌을 오랫동안 간직할 수 없다는 게 유감스럽습니다."

"무슨 뜻인가요?"

"저녁에 병실에 있으면 낮에 경험한 좋은 느낌이 모두 사라지는 것 같습니다. 그러면 다시 완벽하게 혼자라는 생각이 들지요."

나는 내 솔직함에 한순간 스스로 놀랐다. 그래서 이런 말을 덧붙이며 내가 한 말을 약간 가라앉히려 했다.

"아, 물론 정말로 혼자가 아니라는 건 나도 압니다."

잘못된 동정심을 불러일으키지 않으려고 자동적으로 그렇게 말했지만, 사실이기도 했다. 나는 완전히 혼자는 아니다. 나와 뭔가를 함께하려 하고, 대화를 나누거나 커피를 마시려는 사람들은 많다. 하지만 그런 뒤에는 모든 것이 지나간다. 마치 있지도 않았던 일처럼.

"슬프군요."

심리상담사가 말했다.

"살면서 그런 순간이 사람에게 에너지와 힘을 줄 수 있고, 그래서 기쁘게 뒤돌아봐야 하는데 그렇지 않다니 슬프다는 거예요."

나는 그럴 수 없다고 대답했다. 뒤돌아봐도 이미 지나갔기 때문에 슬픈 추억이다. 그래서 고독한 감정을 불러일으킨다.

"매번 더 많은 게 필요하다는 생각이 들어요. 더 많은 추억이 필요하다는 느낌이지요. 무게로 표현하자면 처음에는 1그램이 면 되는데, 나중에는 같은 감정을 느끼려면 1킬로그램의 경험이 필요하다는 겁니다."

심리상담사는 시계를 본 뒤에 말했다.

"좀 다른 이야기를 하지요. 시간이 다 되기 전에 물어볼 게 있어요. 지난 일요일에 불안발작은 없었나요?"

없었던가? 잠깐 생각을 해봐야 한다. 바깥은 꽤 서늘했고 시원한 바람이 불었다. 차가운 바람이 내 얼굴의 땀을 식혀줄 테니 모든 게 괜찮을 거라는 생각을 했다. 말하자면 바람이 땀을 불어낼 테니까. 또 물은 어차피 차가우니 문제될 게 없었다. 어쩌면 나는 또 극단적인 행동으로 불안을 제압했는지도 모른다. 그러지 않고서는 누가 다리도 없이 체어리프트에 앉을 수 있을까?

그럴듯한 거짓말

"병원에 있는 환자는 권리가 없다"는 말을 어떤 연극에서 들은 적이 있다. 그동안 내가 겪은 경험에 의하면 대충 맞는 말이다. 기차에 뛰어든 뒤로 종합병원과 재활병원에서의 내 삶은 다른 사람들에 의해 결정됐다. 언제 잠자리에 들고 언제 일어날지 다른 사람들이 정한다. 하루 일과를 타인이 정하는 것이다. 내가 할 일과 하면 안 되는 모든 일이 정해져 있다. 나는 공식적인 취침 시간인 11시 이후에도 병원에 들어올 수는 있지만, 먼저 의사의 동의서를 얻어 수위에게 제출해야 한다. 이 서류가 없어도 다시 들어올 수는 있지만 어쨌든 담당 의사는 알아야 한다. 그러지 않으면 강제 퇴원 당할 수도 있다는 말을 들었다.

하지만 토요일 아침은 예외다. 그날 아침은 오로지 내 것이다. 같은 병실을 쓰는 환자도, 의사나 간병인도 이 사실을 바꾸지 못한다. 그날도 아침에 일어나 무얼 할지 고민하던 중이었다. 카페에서 커피를 마시고 노점에서 신문을 살까? 아니면 그냥 주변을 구경할까? 〈트윈 픽스Twin peaks〉 사운드트랙 시디를 플레이어에 넣으려는데 전화가 울렸다.

나는 부모님이나 마르크를 먼저 떠올렸다.

"빅토르, 나 데니스야."

시디가 손에서 미끄러졌다. 데니스와 만났던 기억이 머릿속을 휘젓고 다녔다. 몇 달 전에 마지막으로 대화를 나눈 것 같은데……. 호텔에서 만나고 2주쯤 지난 뒤에 다시 한 번 만나서 커피를 마셨다. 그날 우리는 암스털 강변을 따라 산책했다. 내가 대학생 때 노 젓는 배를 타던 곳이다. 그곳에서 그는 우리가 친구가 되면 좋겠다고 했다. 나는 전화가 없었기 때문에 우리 부모님 전화번호를 주었다.

"어이, 데니스. 잘 있었어?"

나는 놀라서 물었다.

"어떻게 지내?"

그다음 말은 처음보다 부자연스러웠다.

"빅토르, 난 잘 지내."

데니스 목소리는 차분하고 싸늘했다. 내 이름을 강조해서 부르는 게 낯설게 들렸다.

"네가 어떻게 지내는지 물어보려고 전화한 거야."

그가 말했다.

"잘 지내."

나는 모범답안처럼 대답하고 여기 병원이 마음에 든다고, 이제 곧 의족을 끼고 연습을 시작할 수 있을 거라고 얼른 덧붙였다. 크기는 벌써 쟀고, 얼마 후에 완성될 거라면서.

"그렇게 잘 지낸다니, 도무지 상상이 안 되는군."

데니스가 대꾸했다.

그의 목소리에서 싸늘한 거리감이 또 느껴졌다. 그가 무슨 말을 하려는지 알 수 없어서 나는 감정이 섞이지 않은 말투로 대답했다. 물론 언제나 간단하지는 않다고, 하지만 이런 오토바이 사고를 겪은 사람이라면 누구나 그럴 거라고, 어쨌든 전체적으로 볼 때 잘 지낸다고.

데니스가 주절거리는 내 말을 잘랐다.

"빅토르, 이제 거짓말 좀 그만해. 방금 네 아버지에게 전화했어. 무슨 일이 있었는지 다 안다고."

숨이 턱 막혔다. 그 순간 바깥 창틀에 새 한 마리가 내려앉더니 나를 들여다보았다. 무슨 말을 해야 할지 모르겠다. 초조했다. 아버지 때문에 화도 났다. 도대체 왜 그 이야기를 데니스에게 했을까? 하필이면 거의 낯선 사람이나 다름없는 데니스에게. 나라면 그에게 그런 사적이고 은밀한 말은 절대 하지 않았을 텐데! 다행스럽게도 그는 여기서 거의 1,000킬로미터나 떨어진 곳에 있다. 그 순간 문에서 노크 소리가 들렸다. 전화를 끊을 기회다.

"어, 미안해. 그 이야기는 나중에 다시 하자. 누가 문을 두드려서 이제 끊어야 해. 같은 방을 쓰는 환자가 지금 어디 가서 내가 열어야 해."

데니스는 주말에 꼭 전화해달라고 말했다. 나는 약속을 하긴 했지만, 연락하지 않을 것이다. 예상치 못한 전화 때문에 여전히 어리벙벙한 채로 문 쪽으로 갔다. 청소하는 사람이 병실 청소를 할지 물었다. 나는 나중에 다시 오는 게 좋겠다고 대답했다. 내가 무슨 일을 했는지 데니스가 안다고 생각하니 기습 공격을 당한 느낌이 들었다. 바닥에서 시디를 집어 플레이어에 넣었다. 그러고 창밖을 내다보았다. 아까 본 작은 새는 여전히 창틀에 앉아 있었다. 새를 놀라게 하지 않으려고 나는 미동도 없이 지켜보기만 했다. 혼자라는 생각이 들지 않게 새가 좀 더 머물러 있으면 좋겠다. 하지만 새는 갑자기 날아갔다. 나는 전화를 노려보며 아버지에게 전화를 걸고 싶다는 욕구를 강하게 느꼈지만, 몸을 돌려 병실을 떠나 복도로 나갔다.

언젠가는 지어낸 오토바이 사고 이야기를 해명해야 할 때가 올거라고 생각은 했다. 예상하지 못한 건 아니다. 하지만 누가 나를 비난할 수 있으랴? 나는 나뿐 아니라 타인을 보호하려는 거였다. 오토바이 사고라고 상상하면 자살 미수보다는 더 편하게 살 수 있지 않은가! 하지만 그게 생각처럼 간단하지 않다는 사실이 오늘 드러났다. 데니스는 내가 자기를 속였다고 간주했다. '그동안 내내'라는 말도 덧붙였다. 그가 이 정도로 반응한다면 나를 더 오랫동안 알던 사람들은 어떨까? 데니스에게 오토바이 사고였다고 말했다는 걸 아버지에게 미리 알렸어야 했나?

구름 뒤에서 계속 숨바꼭질을 하던 해가 이제 나와서 복도를 따뜻한 햇살로 채웠다. 나는 유리벽 너머로 햇살이 키 큰 전나무를 비추는 모습을 바라보았다. 시디플레이어를 무릎에 올려놓은 채 정처 없이 병원을 돌아다니다가, 이걸 왜 가지고 왔나 싶었다. 음악을 들을 마음이 전혀 들지 않았다. 긴장을 좀 풀려고 몇 번 심호흡을 하자 깊은 슬픔이 밀려왔다.

투신

병원은 4층짜리 건물 세 채로 이루어져 있다. 이 건물들 사이에는 전면이 유리인 실내 체육관이 있다. 체육관에서 내다보면 주변 나무들이 무척 잘 보인다. 여기서 운동을 하면 숲 속에 있다는 착각을 하게 된다. 나는 〈트윈 픽스〉 음악을 들으며 체육관을 돌아다녔다. 물리치료사가 곧장 나에게 다가왔다. 나는 그녀의 얼굴만 아는 정도다.

"운동하시려는 건가요? 제가 도와드릴까요?"

치료사가 싹싹하게 물었다.

"예, 신神을 찾고 있는 중이랍니다!"

솔직하게 말하자면 이렇게 대답해야 했다. 그러나 나는 아무 말도 하지 않고 주변을 둘러보았다. 뭔가 찾는 시선 때문에 물리치료사는 내가 아직 결정을 하지 못했다고 생각했는지, 도움이 필요한지 다시 한 번 물었다. 낮고 넓은 탁자와 그 위에 놓인 두툼한 플라스틱 베개가 눈에 들어왔다. 다리를 뻗을 수 있게 그 탁자에 올라가도 되는지 치료사에게 물었다. 괜찮다는 대답을 듣고 탁자에 올라가 등을 대고 팔다리를 뻗었다. 주위에서 사람들이 훈련을 하며 내는 소리가 들렸다. 보호자와 함께인 환자도 있고 그렇지 않은 환자도 있었다.

보살피거나 말을 거는 사람은 없었지만, 나는 일단 몇 초 동안 눈을 감고 긴장을 푸는 게 좋겠다고 생각했다. 심장이 평소보다 빨리 뛰는 이유는 데니스의 전화 때문에 스트레스를 받아서다. 나는 눈을 감고 주변 소음에 집중하려고 애썼다. 학교 다닐 때 쉬는 시간에 소음들 틈새에 귀를 기울이라고 배운 기억이 불현듯 떠올랐다. 벌써 15년도 더 지난 이야기다. 처음에는 이상하게 들리고 불가능하게 생각됐지만, 어쨌든 선생님이 설명한 말을 그대로 따랐다. 나는 눈을 감고 짧은 정적의 순간을 인식하려고 노력했다.

나는 열한 살쯤부터 말을 더듬기 시작했다. 아버지는 신에게 기도를 하는 게 좋을 거라고 했다. 말더듬기에서 벗어나는 데 도움이 될 거라는 뜻이었다. 나는 개신교 세례를 받긴 했지만 교회나 성경에 대한 지식은 별로 없었다. 하지만 아버지가 그렇게 조언한 이후로 나는 매일 기도하며 신의 도움을 바랐다. 나는 신이 준 선물에 감사했다. 신에게 배은망덕하게 보이거나 뭔가 바라기만 하면 안 될 것 같았다. 거의 복종하다시피 겸손하고, 신이 당연히 돕도록 나 스스로를 최대한 작게 만들고 싶었다. 그래도 말더듬는 문제는 전혀 나아지지 않았다.

이 문제는 달라진 게 하나도 없었지만 신과 나 사이에는 어떤 연결점이 생겼다. 거기서 힘과 에너지를 얻을 수 있다는 희망 때문에 눈에 보이는 결과가 없음에도 매일 기도를 계속한 것이다. 신을 향한 기도는 언젠가는 모든 게 나아지리라는 희망에 지속적으로 힘을 불어넣었다. 신이 도와주리라는 기대는 기차에 투신하기로 작정하기 얼마 전에야 접었다. 기도하던 시절에 마지막으로 한 기도가 뭔지는 이상하게도 기억나지 않는다. 그때도 속으로는 신과 이미 작별했던 것 같다.

나는 그날 오후에 삶이 끝나리라는 걸 알고 있었다. 재킷을 입고 열쇠를 막 집어 드는데 전화가 울렸다. 액정화면에 부모님 댁 전화번호가 떴다. 엄마일 터였다. 엄마와 말하고 싶지 않았다. 아무와도 대화를 나누기 싫었다. 이제 드디어 모든 것에 정말로 마침표를 찍을 준비가 되었는데, 누군가 또는 뭔가에 의해 저지되는 위험에 처하기는 싫었다.

집을 나왔다. 현관문에 쪽지를 붙여두었다. 그날 저녁에 여럿이 모여 외식을 하고 영화관에 가기로 약속이 되어 있었다. 미힐이 들러 함께 가기로 했다. 레스토랑은 우리 집 근처였다. 나는 잠긴 문 앞에서 그가 기다리는 게 싫었다. 6시 무렵이면 나는 이미 죽었을 테니 미힐이 나를 기다리지 않게 미리 알려야 한다고 생각했다. 쪽지에 대문자로 '미힐'이라고 크게 썼다. 못 볼 리가 없을 만큼 큰 글씨였다. 안쪽에는 "네가 이걸 읽을 때면 내 삶은 다른 모습으로 변해 있을 거야"라고 썼다.

자전거를 타고 가면서 돌아서면 절대로 안 된다고 스스로에게 일렀다. 몇 년 전에 이미 '마지막 자전거'를 탄 적이 있지만 중간에 돌아섰다. 이번에는 끝까지 가야 했다. 마지막 순간에 겁먹는 걸 피하려고 주류 상점에 들러 보드카 한 병을 샀다. 당시는 술을 그다지 마시지 않을 때라서 한 병이면 하얀 선을 넘는 마지막 발걸음을 내디딜 용기를 얻기에 충분할 것 같았다. 계산대에 서 있는 이 남자는 내가 보드카를 사서 인터시티에 몸을 던지려고 역으로 갔다는 말을 나중에 전해 듣게 될까? 돈을 내면서 그게 궁금했다.

늘 그렇듯이 자전거대에 자전거를 세웠지만 이번에는 안장을 그대로 두었다. 자전거를 잠그고 열쇠는 바지 주머니에 넣었다. 자전거를 살짝 쓰다듬으며 작별한 뒤에 몸을 돌려 바지 주머니에 손을 넣은 채 플랫폼으로 향했다. 차표는 사지 않았다.

위에 올라가 시계를 보니 다음번 인터시티는 3분 후에 이곳을 통과할 예정이었다. 시간이 너무 촉박해서 그 기차는 그냥 보내기로 마음먹었다. 뒤이어 오는 다른 기차들이 충분히 많을 테니까. 기다리는 승객들에게서 약간 떨어져, 전날 저녁에 다른 쪽 방향으로 들어오는 기관사를 뚫어지게 바라보았던 플랫폼 끝까지 걸어갔다.

그곳에 가서야 보드카를 한 모금 마셨다. 다른 사람들이 내가 술을 마시는 걸 보고 역무원에게 알리는 일이라도 벌어지면 안 되니까. 병째 꿀꺽꿀꺽 마시자 속이 메슥거렸다. 구역질이 날 것 같았다. 보드카가 내 안으로 들어가며 불이 붙는 듯한 느낌이 들었지만 눈을 꽉 감고 마셨다. 플랫폼에 토하지 않으려고 차분하게 숨 쉬려고 애썼다. 토했다가는 누군가 분명히 나를 눈여겨 볼 터였다. 이제 남은 보드카는 한 모금씩 마셔서 병을 비우기로 마음먹었다.

건너편 플랫폼으로 인터시티가 지나갔다. 나는 그곳에서 철로에 뛰어든다는 생각은 한 번도 하지 않았다는 걸 깨달았다. 지난 몇 년 동안 출근할 때 늘 이쪽 플랫폼에서 기차를 기다렸기 때문이다. 건너편은 퇴근할 때 내리는 곳이었다. 이쪽이 내 플랫폼이었다. 철로에 뛰어들 수 있는 곳은 당연히 여기뿐이었다.

보드카가 효력을 발휘하기 시작했다. 나는 차츰 시간 감각을 잃었다. 내가 서 있는 쪽으로도 점점 더 많은 인터시티가 지나갔고, 나는 그 기차들을 모두 '놓쳤다.' 마지막 인터시티가 자정 무렵에 여길 통과한다는 건 이미 알고 있었지만 그렇게 오래 기다릴 수는 없었다. 미힐이 현관문에 붙은 쪽지를 볼 테니까 저녁 여섯 시 전에 투신해야 했다. 불안은 전혀 느끼지 못했다. 오히려 내가 그동안 내내 느꼈던 감정을 확인하기만 했다. 지금이 그때라는 걸, 나는 이제 준비가 됐다는 사실을.

자리에서 일어나니 걷기 힘들었다. 기차를 기다리는 승객들을 흘낏 보다가, 내가 힘겹게 플랫폼 한쪽 끝에서 다른 쪽 끝까지 오가는 걸 누군가 알아차릴지 궁금해졌다. 플랫폼에 있는 공중전화기에 눈길이 가닿았다. 부모님에게 전화해서 지금 내가 뭘 하려는지 말할까 잠깐 고민했지만 전혀 의미 없는 행동이라고 결론 내렸다. 쓸데없이 공황발작만 불러일으키겠지. 그러니 하지 않는 게 나았다.

시계를 보고, 다음 인터시티가 역에서 멀지 않은 곳까지 왔다는 걸 깨달았다. 눈을 감고 심호흡을 한 뒤에 다시 떴다. 시간이 다 되면 천천히 조심스럽게 앞으로 나가서, 기차가 몇 미터 앞으로 올 때까지 기다릴 것이다. 그러고는 앞으로 그냥 쓰러져 철로에 몸을 납작하게 엎드리면 된다. 그런 다음에는 한순간에 모든 것이 끝날 때까지, 아무것도 듣지 못하고 아무것도 보지 못하고 느끼지 못하게 귀가 먹먹해질 만큼 고함을 지를 것이다. 순식간에 끝나겠지.

인터시티가 다가왔다. 기차 주둥이가 멀리서 다가오는 게 보여서 몸을 일으켰다. 또 앉으면 안 된다. 그건 또 한 번의 지체를 의미할 뿐이다. 이번은 확실했다. 기차가 가까이 다가오고 역으로 들어오는 게 보이자 나는 앞으로 나갔다. 일단 하얀 선으로, 그다음에는 그 선을 넘어 플랫폼 가장자리까지 나갔다. 옆이나 뒤를 돌아보지 않고, 눈을 감고 앞으로 몸을 던질 순간이 오기만을 기다렸다. 물에 뛰어드는 것과 같을 거라고 상상했다.

몸을 던졌다.

떨어지며 철로에 세게 부딪혔다. 머리를 들어 옆으로 돌려서 눈앞에 있는 기차를 보니 아무런 통증도 느껴지지 않았다. 나는 눈을 꽉 감고 목청껏 비명을 지르며 기차가 나를 치기를 기다렸다. 기차가 내 위를 지나가고 그 충격이 술에 취했던 나를 뒤흔들어 깨우자 나는 비명을 멈추었다. 내가 아직 죽지 않았다는 사실을 번뜩 깨달았다. 뜨겁게 단 금속 냄새가 났다. 내 위로 지나가는 기차가 보였다. 기차 아래에 끼이려면 머리를 들어야 한다는 생각이 들 만큼은 정신이 있었다. 그러려고 했지만 용기가 나지 않았다. 브레이크를 거는 게 느껴졌다. 기차가 멈추기까지 얼마나 걸렸는지는 모른다. 귀에서 윙윙거리는 소리가 나서 몸을 일으키려고 했지만 허리께에서 느껴지는 통증을 견딜 수 없었다. 생전 겪어본 적이 없는 통증이었다. 입술을 움직이려고 했지만 잘 안 되어 그저 중얼거리기만 했다. “도와줘…… 도와줘요…….” 통증이 갑자기 멎고, 평생 느껴본 적이 없는 온기가 밀려왔다. 열 사람의 팔이 나를 동시에 잡는 듯한 온기였다. 나는 이제 곧 내가 죽으리라는 걸 알았다. 마음이 가벼워지는 느낌이 들어 눈을 감았다.

이제 끝났다. 마침내 다 지나갔다. 얼마나 다행인가!

나는 체육관 탁자에 누워 있다. 주변 사람들 목소리가 불현듯 다시 들린다. 나는 정신을 집중하고 소음들 틈새의 정적을 찾으려고 한다. 웃음소리가 산발적으로 들리고 내 모국어가 아닌 언어도 들린다. 타는 듯한 다리 통증과 이루 말할 수 없는 슬픔이 나를 에워싼다. 이 모든 감정들 틈에서도 나는 정적을 찾으려 애쓴다. 내가 계속 살아갈 수 있는 평온과 에너지를 줄 정적을. 찾기 힘들지만 노력한다. 지금 찾지 못한다면…… 다음에는 아마 찾을 수 있겠지.

기적의 치료사

파트리치아는 쉰 살쯤 된 이혼 여성이다. 식당에서 저녁 식사를 한 뒤 나에게 왔다. 그녀도 대부분의 다른 환자들처럼 이 인근 출신이다. 이 병원에 온 게 처음은 아니다. 허리에 문제가 있다고 했는데, 자세한 얘기는 나도 모른다. 파트리치아는 나와 같은 식탁을 쓰는 산드라와 한 병실에 입원해 있다. 둘은 이런저런 대화를 나누다가 나에 대해 이야기했다. 산드라는 내 왼쪽 다리에 문제가 있다고, 상처가 아물지 않는다고 파트리치아에게 말했다고 한다. 아물기는커녕 내가 종합병원에서 퇴원할 때 지름이 5센티미터였던 상처는 이제 거의 10센티미터가 되었다. 그동안 온갖 종류의 치료를 다 해봤지만 딱히 효과를 보인 건 없었다.

나는 직원들이 다음 날 아침 식탁을 준비하는 걸 보면서 파트리치아가 하는 말을 들었다. 그녀는 나지막하게 거의 속삭이듯이 말했다.

"아주 이상한 이야기를 해줄게요."

파트리치아가 이렇게 운을 뗐다.

식탁 맞은편에 앉은 산드라를 흘낏 보니, 그녀도 파트리치아가 무슨 말을 할지 이미 아는 눈치다. 진지한 눈빛으로 미루어 파트리치아가 지금 하려는 말이 중요하다는 걸 알 수 있었다.

"내 말을 듣고 나면 아마 내가 제정신이 아니라고 생각할지도 몰라요. 이성을 잃었다고 말이지요."

파트리치아가 말을 이었다.

"아, 저는 네덜란드 출신입니다. 제정신이 아닌 소리를 꽤 잘 소화할 수 있지요."

나는 농담을 하며 받았다.

파트리치아는 미소를 지었지만 그 미소는 금방 사라졌다. 그러더니 심각한 어투로 말했다.

"왼쪽 다리에 문제가 있다는 말을 들었어요."

나는 고개를 끄덕였다. 어떤 문제인지 바로 알려주고 싶었다. 바짓단을 올리고 상처를 보여주었다.

"일주일 전에 다른 병원에 갔어요. 여기서 멀지 않은 곳입니다. 의사들이 벌어진 상처 주위에 작은 풍선들을 넣자고 제안하더군요. 건강한 피부 바로 아래에 말이지요."

나는 무릎의 벌어진 상처를 주의 깊게 살펴보는 파트리치아를 쳐다보았다. 그러면서 그 풍선들은 상처를 덮을 수 있을 만큼 피부를 늘이는 작용을 한다고 설명했다. 하지만 3, 4주 동안 샤워나 수영을 하지 못하며, 피부가 충분히 늘어날지 확실하지 않다는 말도 잊지 않았다. 나는 바짓단을 조심스럽게 다리 끝으로 다시 내렸다.

"게다가 늘어난 피부가 다시 수축하지 않고 그 자리에 그대로 있을지도 미지수고요. 팽팽하게 당겨진 상태니까요."

"그러면 지금과 똑같은 상황이 되는 거네요."

파트리치아가 짧게 요약했다.

"그렇지요. 몇 주 동안이나 샤워도, 수영도 하지 못하고 또 아마 다른 여러 가지 일도 겪은 후일 텐데 말입니다. 헛수고지요."

다른 병원 의사의 또 다른 제안도 이야기했다. 내 어깨에서 피부를 한 조각 떼어내서 벌어진 무릎 상처를 봉합하자는 제안이었다. 그런 다음에는 이식한 피부가 내 무릎에서 떨어지지는 않는지 지켜봐야 한다고 했다. 다시 파트리치아를 쳐다보니, 그녀는 성급한 기색이라고는 전혀 없이 내 말을 무척 주의 깊게 듣고 있었다. 하지만 나는 상처 때문에 일어나는 온갖 문제에 지쳐 상당히 흥분한 상태였다.

"피부이식이 제대로 이루어지지 않으면 다른 쪽 어깨에서 다시 한 번 피부를 떼어내어 또 시도할 수도 있다고 하더군요."

파트리치아의 입가에 미소가 나타났다. 나도 웃음이 났지만 사실은 절망에서 오는 쓴웃음이었다.

"내가 수술에 그다지 관심이 없다는 걸 아시겠지요?"

내 말에 파트리치아는 고개를 끄덕이고 다시 진지한 표정이 되었다. 그러더니 마리우스라는 옛 동료에 대해 이야기했다. 그 남자는 몇 년 동안 서점에서 함께 일하다가 자립했는데, 서점을 운영하지는 않는다고 했다.

"내 생각에는……."

파트리치아는 망설이며 말을 이었다.

"그 사람이 상처를 아물게 할 수 있을 것 같아요."

나는 그녀의 말에 놀라고 긴장되어 이마를 찡그렸다. 탁자에 놓인 반쯤 남은 물 컵을 들어 한 모금 마셨다.

"의사인가요? 외과 의사?"

파트리치아는 고개를 저으며, 의사는 아닌데 이곳에서 멀지 않은 곳에 진료실이 있다고, 일주일에 두 번 그곳에서 상담을 하는데 예약은 받지 않으므로 차례가 될 때까지 대기실에서 그냥 기다려야 한다고 알려주었다. 오래 기다리는 건 불가피하다면서.

"보통 두 시간쯤 기다려야 들어갈 수 있어요."

"두 시간요?"

나는 목소리를 높였다.

산드라는 내 반응에 크게 웃음을 터뜨리고, 파트리치아는 미소를 지었다.

"어떨 때는 한 시간 반만 기다리면 돼요."

"그 사람이 정확하게 뭘 하지요? 약초나 연고……."

내가 묻자 파트리치아는 손을 내 다리에 얹었다. 우리가 대화를 시작한 이래 처음으로 나에게 가볍게 손을 댄 것이다.

"빅토르, 그건 말할 수 없어요."

"상처를 쓰다듬는다거나 아니면 뭔가 다른 걸 하나요? 그걸 알아야……."

산드라가 식탁 위로 몸을 뻗어 대화에 끼어들었다.

"그 사람이 뭘 하는지는 아무도 몰라요. 몸에 손을 대지는 않을 거예요. 어쨌든 내 짐작에는 그래요."

산드라는 파트리치아에게서 그녀의 옛 동료에 대해 들은 모양이다.

파트리치아는 산드라의 말이 옳다고 했다.

"보통은 만지지 않아요. 혹시 필요하다면 당신 다리 상처를 아주 잠깐만 잡을 거예요."

이게 무슨 말인지 서서히 이해가 되었다. 일종의 '기적의 치료사' 이야기인 듯한데, 나는 그런 방법을 진지하게 받아들이지 않았다. 비용은 얼마냐고 물으니 두 사람은 없다고 대답했다. 돈을 두고 올 수는 있지만 의무는 아니며, 최소 금액이라는 것도 없다는 것이다. 5마르크를 두고 오는 사람도, 10마르크나 20마르크를 두고 오는 사람도 있을 거라고 했다. 돈을 요구하지 않고 비싼 약이나 연고를 팔지도 않는 걸 보면 떼돈을 벌려는 사람 같지는 않았다. 그래서 호기심이 일긴 했지만, 그래도 일단 생각은 해봐야 해서 파트리치아와 산드라에게 그렇게 대답했다. 파트리치아는 이해한다고, 시간을 두고 생각해보라고 말했다. 하지만 산드라는 꼭 가라고, 그것도 최대한 빨리 가보라고 강력히 권했다.

"밑져야 본전이잖아요."

믿을 수 없는 일들

“제 말을 믿으십니까?”
나는 책상 맞은편에 앉아 있는 심리상담사에게 물었다. 방금 상담사에게 파트리치아의 옛 동료와 만났던 날에 대해 이야기했다. 마리우스와의 만남은 완전히 새로운 경험이었다.

마리우스의 맞은편에 앉아 있던 나는 아무 말도, 내 문제가 뭔지 아무것도 말하면 안 되었다. 그는 양손을 자기 머리 바로 앞에 대고 뭔가 이해할 수 없는 말을 중얼거렸는데, 그 중얼거림은 한숨소리로 변했다. 한숨은 점점 크고 격해져서 그의 몸이 세차게 흔들렸다. 그는 양손을 내 왼쪽 다리를 향해 뻗고는 이리저리 움직였다. 한없이 이어질 것 같던 그 동작은 어느 순간 갑자기 뚝 그쳤다. 마리우스는 양손을 자기 무릎으로 내리고 고개를 가슴으로 툭 떨어뜨렸다. 그게 끝이었다. 나오려는데 그는 나더러 붕대를 사흘 동안 갈지 말라고, 나흘째 되는 날에는 상처가 나을 거라고 했다. 나는 그가 한 말을 지켰고 나흘째 날에 조심스럽게 붕대를 풀었다. 며칠 전까지만 해도 아물지 않은 상처가 몇 센티미터나 되던 부위에 놀랍게도 매끈한 선홍색 피부가 만들어져 있었다.

심리상담사가 머리를 비스듬하게 살짝 기울이는 바람에 금발이 얼굴을 반쯤 가렸다. 그녀는 자기 앞에 놓인 텅 빈 노트를 볼펜으로 톡톡 쳤다. 앞면과 뒷면, 동전은 어느 쪽으로 떨어질까? 상담사는 내 말을 과연 믿을까? 믿지 못한다면 나는 그녀를 안 좋게 생각할까? 하지만 나 스스로도 내가 겪은 일을 제대로 믿지 못하겠다.

"믿을 수는 있지만, 혹시 당신이 시험을 하는 건 아닌지 잘 모르겠어요. 당신이 나에게 사실이 아닌 걸 말하는데 내가 믿는지 보려고 말이지요."

미처 예상치 못한 대답에 나는 이마를 찡그렸다.

"내가 당신을 시험해본다는 뜻이군요!"

심리상담사는 여전히 머리를 살짝 기울인 채 고개를 끄덕였다. 볼펜은 이제 노트 위에 놓여 있다.

나는 몸을 약간 돌리고 앉아 왼쪽 무릎을 내려다보았다. 상처는 얇긴 해도 건강해 보이는 피부로 덮였고, 아문 상태로 유지되었다.

"그러면 내가 10센티미터나 되는 상처를 며칠 만에 어떻게 아물게 했다는 건가요?"

심리상담사는 몸을 약간 앞으로 숙이며 대답했다.

"당신이 상처를 건드리지 않았거나 벌리지 않아서 말이지요."

내가 상처를 왜 벌린단 말인가? 도무지 이해할 수 없었다.

그녀가 말을 이었다.

"이 병원의 의사들 중에는 당신이 그동안 상처를 아물지 않게 하려고 벌려두었다가 무슨 이유에서인지 지금 아물게 했다고 생각하는 사람이 많아요."

"잠깐만요."

나는 양손으로 심리상담사에게 말을 멈추라는 신호를 보냈다. 그녀가 방금 한 말이 무슨 뜻인지 생각해봐야 했다.

"그 이야기는 하지 말았어야 하는데 해버렸네요."

상담사는 이렇게 덧붙이고는 자해나 자상은 자주 일어나는 일이라고 설명했다. 나는 그녀를 바라보며 지금 설명이 무슨 뜻인지 이해하려고 애썼다. 그러다가 그동안 내가 상처를 스스로 벌리고 있다고 믿었느냐고 물었다. 수영이나 물리치료 등등 온갖 활동을 할 때 상처가 얼마나 거추장스러운지 내가 몇 번이나 말하지 않았느냐고! 상처가 아물지 않아서 내가 얼마나 절망하고 울분을 토했는지 알지 않느냐고! 심리상담사는 고개를 끄덕였다. 나는 고개를 저으며 깊은 한숨을 내쉬었다.

"내 말이 사실이라고 되풀이하는 것 말고는 할 말이 없군요. 이상하게 들린다는 건 나도 잘 압니다. 하지만 정말 그랬어요."

"당신이 하는 말이 사실이라고 믿어요. 의사들에게 무슨 일이 있었는지 그 과정을 자세히 설명할 건가요?"

"다리 상처가 갑자기 어떻게 아물었냐는 질문은 이미 많이 받았습니다. 그럴 때마다 어깨만 으쓱했지요."

그녀는 미소를 지었다.

"그러는 게 제일 좋겠군요. 의학계에는 자신의 인지 영역 바깥에 있는 건 모두 난센스라고 간주하는 사람들이 많으니까요. 당신이 방금 설명한 일을 내 동료들이 모두 이해할 수는 없을 거예요."

나는 병실로 돌아오면서, 방금 심리상담사가 한 말을 다시 한 번 곰곰이 생각해보았다. 자해라는 용어는 익숙했다. 열네 살 때 시험 준비를 하면서 주먹을 몇 번이고 깨물었던 일이 떠올랐다. 너무 깊게, 너무 자주 깨물어서 피부에 잇자국이 남고 손에서 피도 났다. 나는 통증을 좋은 성적과 '교환'한다고, 상처가 깊고 통증이 심할수록 성적도 좋을 거라고 상상했다. 이런 성향은 대학 입학 자격시험에 합격하면서 사라졌다. 마지막 상담인 다음번에 이 이야기를 심리상담사에게 할까 어쩔까 고민했다. 하지만 그러면 그녀가 나를 정말로 미쳤다고 간주할까 봐, 내가 다리 상처를 그동안 내내 일부러 벌려두었다고 믿을까 봐 걱정되었다. 그건 정말로 사실이 아닌데.

퇴원이 며칠 남지 않은 어느 날 오후, 마지막으로 심리상담사의 자그마한 사무실로 가서 앉았다.

"이 병원에서는 집중적인 치료를 할 기회가 없다고 이미 말했지요. 여긴 그 목적에 맞는 설비가 없어요. 하지만 당신과 여러 번 대화를 나눈 결과, 진단을 내릴 수 있다고 생각해요."

나는 심리상담사에게서 이제 무슨 말을 들을지 마음의 준비를 단단히 했다. "스타우트 씨, 당신은 완전히 돌았습니다." 최종적인 진단은 이런 게 아닐까? 그런 상상이 드는 걸 막을 도리가 없었다. 그러나 그녀는 다른 말을 했다.

"경계선 인격장애라는 말을 들어보셨나요?"

예전에 도서관에서 그와 관련한 책을 몇 권 빌려 읽었는데 어느 정도 나와 일치하더라고, 하지만 그것 말고는 별로 관심이 없었다고 대답했다.

"그러니까, 정신질환의 진단 및 통계 편람DSM IV 구분 체계에 따르면……."

심리상담사는 내가 제대로 알아듣는지 보려고 나를 잠깐 바라보았다.

"진단을 내릴 때 충족해야 할 기준이 몇 가지 있어요. 내가 판단하기에 당신에게 해당하는 몇 가지를 말해볼게요."

우리 시선이 잠깐 부딪히고, 나는 궁금한 표정으로 그녀를 바라보았다.

"당신은 심각한 상실 불안에 시달리고 있어요. 관계를 맺으려고 노력하지만, 동시에 버림받을까 봐 불안해하지요. 그 불안은 이따금 이유도 없이 기괴한 형태로 나타나기도 해요."

나는 귀를 기울여 들었다. 그렇다고 대답해야 할지, 그냥 듣기만 하면 되는 건지 알 수 없었다.

"내가 일주일 동안 휴가를 가게 되었다고 말했을 때, 당신은 나와 상담을 계속하기 싫다면서 다른 심리상담사를 소개해달라고 부탁했지요."

나는 고개를 끄덕였다. 얼굴이 붉어지는 게 느껴졌다.

"불안정한 관계를 여러 번 경험했고요. 그런데 당신 스스로 말했듯이, 사람들을 온 힘을 다해 끌어들였다가 다시 온 힘을 다해 밀어낼 때도 있어요."

직장 동료 마르크가 그녀와 거의 똑같은 말을 했는데, 그걸 예전에 심리상담사에게 말한 적이 있다.

"당신의 자아상은 불안정하고 부정적일 때가 많아요."

나는 한숨을 내쉬었다. 그 말도 부인할 수 없었다.

"그리고 극단적인 것에 이끌리지요. 그런 걸 일부러 찾아요. 위험할 수도 있는 모험 말이에요."

이번에는 미소를 지어 보였다. 이 점은 사실 매력적인 성격이라고 믿기 때문이다.

심리상담사는 내 미소의 의미를 알아채고는 자랑스러워해서는 안 된다고, 이건 심각한 문제라며 주의를 주었다.

"또 당신 스스로 이야기했듯이 일종의 '영화 세계'에서 살기를 좋아하지요. 아주 힘겹게 애써야 겨우 분노를 억누를 수 있을 때도 이따금 있어요. 공허하다는 느낌을 자주 강하게 받고……. 그래요, 자살하고 싶다는 욕구를 계속 느끼지요……."

심리상담사는 말을 멈추고 나를 바라보았다. 나는 미소를 짓는 그녀에게 고개를 끄덕였다.

그녀가 옳다. 아니, 반박할 수 없다는 게 더 맞는 말이다. 그녀가 한 말은 모두 사실이었다.

"이제 어떻게 해야 할까요?"

나는 지금 당장 완벽한 대답을 기대하는 건 아니라는 걸 명백하게 드러내는 말투로 물었다.

"흠……."

심리상담사는 지금까지 들고 있던 볼펜을 책상에 내려놓았다.

"쉽지는 않다는 말부터 먼저 해야겠군요. 여러 가지 요법이 있어요."

그녀는 알아봐주겠다고 약속했다.

잠시 침묵이 흘렀다.

"네, 그게 좋을 것 같습니다."

나는 이렇게 대답하기는 했지만, 사실 무슨 말을 해야 할지 몰라서 하는 소리였다.

그동안 상담해줘서 고맙다는 말을 전한 뒤 작별 인사를 나누었다. 그녀는 나에게 잘 지내기를, 정말 잘 지내기를 빌어주었다. 목소리에서 진심이 느껴졌다.

"당신이 괜찮다면 어떻게 지내는지 연락주세요. 그러면 무척 반가울 거예요."

사무실 문이 등 뒤에서 닫히자 나는 일단 휠체어를 멈추었다. 이곳에 올 일은 이제 아마 없을 것이다. 그동안의 대화가 그리워질 것 같다. 그래서 슬퍼진다. 이 진단을 받고 이제 어떻게 해야 할지 모르겠다. 어쩌면 일단 아무것도 하지 않고 집에 갈 때까지 기다리는 게 좋을지도 모른다. 그런데 '내 집'은 도대체 어디일까?

작별했던 것들과의 재회

드디어 집에 왔다. 1년이 흐른 뒤에 이제 나는 종합병원이나 재활병원이 아닌 곳에 있다. '집으로'라는 말은 약간 과장인지도 모른다. 나는 방금 '어떤' 지역, '어떤' 마을, '어떤' 거리에 있는 '어떤' 집에 도착했다. 내가 전혀 모르는 곳이나 다름없는 장소다. 그저 에펠하임이라는 지역 이름과 핑켄벡이라는 거리 이름만 안다. 이 거리가 어디에서 시작되고 어디에서 끝나는지는 모른다. 이 새로운 환경에는 예전을 떠오르게 하는 게 아무것도 없지만, 여기서 멀지 않은 하이델베르크 재활센터를 이용할 수 있다.

이 새로운 환경에서 뭘 어떻게 해야 할지는 아직 모른다. 어쨌든 종합병원과 재활병원 시절, 1년이라는 '길 위'의 시간이 지난 뒤에 문을 닫고 집에 있다고 말할 수 있게 되어 기쁘다. 일단 박스를 풀고 휠체어가 드나들기 편한 가까운 슈퍼마켓은 어디인지, 새로운 이웃은 어떤 사람들인지 알아봐야겠다.

나는 이삿짐을 날라주는 일꾼 두 명에게 가구와 박스를 옮겨

주어 고맙다고 인사했다. 이사업체 계약 서류 아래쪽에 서명을 하고 일꾼들이 나간 뒤에 문을 닫으니, 가상의 문도 하나 닫히는 듯한 느낌이 들었다. 기차에 투신하려고 암스테르담의 집을 떠나는 순간과 현재 사이에 있는 시간의 문…….

칠을 새로 하고 완벽하게 수리한 방 두 개짜리 집을 둘러보았다. 나에게만 발언권이 있는 집이다. 그 집에 나 혼자 있다. 내가 원하는 걸 할 수 있고 하지 않을 수도 있다. 원하는 시간에 잠자리에 들고 일어나며, 원하는 걸 먹을 수 있다. 언제 물리치료나 마사지를 받을지 적혀 있는 치료요법 노트 같은 건 없다. 밤에 진통제를 가지러 갈 간호사실도, 식사를 하러 갈 식당도 없다.

이런 생각을 하니 어지러워졌다. 오랜만에 다시 모든 걸 나 혼자 해결해야 한다. 게다가 다른 문제도 있었다. 새 책상과 새 컴퓨터 앞에 앉으면 암스테르담 집에서 가져온 잡동사니가 저절로 내 눈길을 잡아끈다는 것이다. 여러 캐릭터들, 상자와 캔, 깃털 달린 머플러, 트로피와 서류철, 가필드 모양의 지우개, 스머프 손잡이가 달린 봉투 개봉용 칼……. 오래전부터 내 것이라 아주 낯익지만 그동안 내내 못 본 물건들이다. 어딘지 모르게 이상했다. 그곳으로 다시는 돌아가지 못한다는 생각에 나는 무의식적으로 이 물건들과 이미 작별했다. 그런데 이제 그런 작별은 없던 일이 되었다. 나는 물건들을 바라보았다. 하나씩 차례로 훑다보니 이상하게 흥분이 되었다. 〈마치 우리가 절대 작별 인사를 하지 않은 것처럼〉이라는 노래가 다시 떠올랐다.

기이하게도 이 재회는 나를 슬프거나 우울하게 만들지 않았다. 오히려 그 반대였다. 그 시절의 기억들이 솟구쳤지만 대부분 긍정적인 추억이었다. 단순하게 생긴 볼펜을 보고, 옛 지인을 다시 만나 아주 오랜만에 부둥켜안는 듯한 감정을 느낀다는 사실이 놀라웠다. 옛 집에서 가져온 물건은 나에게 집에 있다는 느낌만 빼고는 온갖 감정을 다 불러일으켰다.

나는 얼마 전부터 나에게 맞게 제작한 자동차를 운전하기 시작했다. 집에서 멀지 않은 곳에 피트니스센터와 수영장이 있어서 즐겁다. 휠체어가 드나들기 편한 병원과 주치의를 찾은 일도 중요하다. 바로론 처방전 때문에 최소한 한 달에 한 번은 주치의에게 가야 한다. 환상통 때문에 이 약을 하루 네 번까지 먹을 수 있지만 나는 저녁에만 먹는다. 이건 상당히 강한 진통제다. 낮에는 운동할 수 있게 컨디션을 최상으로 유지하고 싶어서 약을 먹지 않는다. 몸을 이렇게 움직이면 다른 신체적인 문제들을 피할 수 있지 않을까 기대한다. 운동을 할수록 컨디션이 좋아져서 나머지 일상적인 일들을 잘해낼 수 있기 때문이다. 하루에 여러 번씩 휠체어에서 의자나 다른 자리로 옮겨 앉을 때, 또 화장실에 갈 때도 힘이 많이 필요하다.

매일 저녁 바로론을 먹을 때면 기쁘다. 먹고 나면 기분이 나아지고 엄청난 통증이 약간은 사라진 듯 느껴지는 순간이 온다.

갈등은 계속된다

하루와 한 주와 한 달은 꽤 빨리 지나간다. 일어나고, 아침을 먹고, 장을 보고, 물리치료를 받고, 요리를 하다 보면 거의 하루가 다 간다. 주변 환경에 익숙해지기까지는 여러 달이 걸렸다. 나는 상당히 늦은 시각에 하루를 시작한다. 늦게 잠자리에 들기 때문에 10시 전에는 일어나지 않는다. 피곤해지지 않는다는 게 바로론의 부작용 가운데 하나다. 졸리지 않아서 밤늦게까지 뭔가 쓰거나 영화를 보거나 채팅을 하거나 다른 일을 할 수 있다. 그러다가 잠이 들면 아주 깊게 자서 최소한 9시간 동안 깨지 않는다.

지난여름에는 수영장에 있는 작은 카페에서 정기적으로 아침을 먹었다. 실외 풀도 있는 수영장이다. 날씨가 좋을 때면 그렇게 멋진 하루를 출발할 수 있었다. 이제 피트니스센터와 수영장에서는 사람들이 내 이름을 부르며 인사를 건넨다. 슈퍼마켓이나 빵집, 우체국 직원들도 나를 안다. 내 작은 세상은 속도는 늦지만 이렇게 착실하게 조금씩 커졌다. 하지만 새 친구들을 사귀는 건 오래 걸렸다. 처음에는 낯선 언어 때문이라고 생각했지만 그뿐 아니라 완전히 다른 문화 때문이었다. 남부 독일 병원에 어느 정도 머물렀다고 내가 독일 풍습과 관례를 잘 아는 전문가가 된 건 아니었다. 나는 주변 사람들에게 이따금 너무 직선적으로 말하는 것 같다.

지금 휴가 중이라는 느낌이 들 때도 있다. 실제로 나는 다른 나라에 와서 다른 나라 언어로 말하고, 가을 햇살이 아름답게 비치는 환경에서 산다. 그러나 발의 통증, 그리고 수영이나 독서나 텔레비전 시청으로 기분을 전환하지 않을 때면 늘 밀려오는 절망감이 내가 지금 휴가를 보내는 게 아니라는 사실을 금방 깨닫게 한다.

이에 비해 내 가상세계는 훨씬 빨리 넓어졌다. 뉴스그룹에 더는 들어가지 않는데도 그랬다. 인터넷은 한동안 문자 그대로 내가 세상과 통하는 거의 유일한 통로였다. 브라이언과 테이스는 이제 지나간 과거가 되었다. 브라이언이 어떻게 되었는지 가끔 궁금하기는 하다. 온라인으로 찾아봤지만 소득이 없었다. 그가 이제 삶을 다시 통제할 수 있게 되어 우리가 처음 만난 뉴스그룹에 더는 들어오지 않는다고 생각했다.

브라이언에게 이메일을 쓰지 못하니 뉴스그룹에도 포스팅을 하지 않게 되는 것 같다. 이제 거기서 할 일이 뭐가 있으랴? 테이스 소식은 오래전부터 듣지 못했다. 우리가 말로 직접 하거나 글로 쓴 적은 없지만, 우리의 온라인 관계가 이제 끝났다는 사실을 둘 다 은연중에 아는 것 같다. 어쩌면 이미 말했는지도 모른다. 또 느리긴 하지만 삶을 향한 욕망이 내 안에서 확실히 약간 자라서 어쩌면 그를 막고 있는 것일 수도 있다. 아니면 내가 지난 1년 반 동안의 온갖 사건에 너무 지쳐서 대량의 약품을 찾거나 자살을 도와줄 사람을 찾지 않는 것인지도 모른다. 일단은 좀 차분해지도록 노력해야 한다.

나와 같은 운명에 처한 사람들과 교류하기에 적합한 포럼을 인터넷에서 찾았다. 사지를 하나 또는 여럿 잃은 사람들을 위한 포럼이다. 나는 그곳에서 내 문제뿐 아니라 일상생활의 경험도 나눈다. 절단을 하지 않은 사람들도 이 포럼에 들어온다는 게 놀랍다. 어느 날 한 회원이 이들은 '숭배자'라고 불린다고 설명해주었다. 이 사람들은 사지가 절단된 이들에게 끌린다고 한다. 나는 그들의 존재를 알려주는 설명을 읽은 후에야 그 사람들이 누구인지 알아챌 수 있었다. 언젠가 피트니스센터에서 중년 남성이 나에게 다가온 적이 있다. 도움이 필요하냐고 묻는 사람들이 많기 때문에, 처음에는 그가 보이는 관심이 이상하지 않았다. 그러나 나중에 보니 이건 절단도착증이고, 그는 분명히 '숭배자'였다. 그 남자는 피트니스센터에서 운동을 할 때 뚜렷하게 드러나는 내 다리 그루터기의 형태에 대해 말했다. 내 다리를 마사지해

주겠다는 제안도 했다.

'휠체어 초보 운전자'인 내 활동을 일기장 형식으로 알릴 수 있는 블로그를 시작할까 생각 중이다. 나에게는 창의적인 출구가 되고, 휠체어에 앉게 된 다른 사람들에게도 도움을 줄 수 있지 않을까? 그런 상황에서 최선을 이끌어낼 에너지와 영감이 없거나 아직 찾지 못한 사람들에게 말이다. 아직은 다른 사람들이 올린 글에 댓글을 다는 정도지만, 언젠가는 정말로 블로그도 시작할 계획이다.

독립해서 혼자 살고 혼자 시간을 보내면서, 삶에 대한 나의 분열된 태도를 더 명백하게 느낀다. 이 상황에서 최선을 이끌어내자고 애쓰지만, 다른 한편으로는 (특히 밤에 진통제를 먹은 뒤에는) 이게 다 무슨 짓인가 싶기도 하다. 하지만 살아 있는 동안은 하루 종일 침대에 누워 지내기는 싫다. 모순이라고 들리겠지만, 내가 의식적으로 새로운 생활을 꾸민다는 바로 그 사실이 불확실한 내 상황을 잘 헤쳐 나갈 훌륭한 해결책을 찾을 수 있게 힘을 주는 것 같다.

그러나 내부의 갈등은 점점 커간다. 미래에 대한 약간의 희망과 (미래가 어떤 모습일지는 알 수 없지만) 죽음을 향한 갈망 사이에서 늘 이리저리 방황하기가 너무나 힘겹다.

성공에 대한 갈망

방금 이륙한 비행기가 베를린으로 항로를 잡았다. 나는 창문으로 바깥을 내다보며 속으로 웃었다. 내가 도대체 지금 뭘 하는 거지? 어떤 사진사가 베를린 동성애자 이익단체가 주문한 사진 촬영에 참가하지 않겠느냐고 인터넷으로 제안했다. 목표는 장애인들의 동성애자 커뮤니티 가입이라고 했다. 사람들로 붐비는 술집에서 내가 의자에 앉아 있는 모습이 담긴 사진이 될 거란다. 모두 서로 이야기를 나누고 있지만 나에게는 말을 걸지 않는다. 나는 완전히 혼자인데다가 나체다. 사진은 내가 벌거벗고 있으며 또 그렇게 느낀다는 걸 보여줘야 한다. 모든 연령층에 적합한 사진이 될 수 있도록 내 옆모습만 찍을 예정이다.

이 모험의 발단은 한 달쯤 전에 일어났다. 피트니스센터에서 어느 분주한 저녁 때 스무 살쯤으로 보이는 여성이 나에게 말을 걸었다. 뒤라라고 자기소개를 한 그 여성은 나를 자주 보았다고, 내 훈련 방식에 무척 감탄했다고 말했다. 나는 미소를 지으며, 그저 이 상황에서 최선을 다하려고 애쓸 뿐이라고 대답했다. 그게 다가 아니었다. 뒤라는 내가 휠체어에서 운동기구로, 또 운동기구에서 휠체어로 아무 문제없이 금방 옮겨 앉는 것도 눈에 띄었다고 했다. 더 정확하게 어떻게 표현해야 할지 모르겠다고 말했다. 나는 그녀가 뭔가 부적절한 말을 할까 봐 걱정하고 있다고 짐작했다. 하지만 뒤라의 서툰 표현 방식 때문에 우리 둘 다 결국 웃음을 터뜨렸다.

그녀의 관심은 절단도착증과는 상관없는 것 같았다. 그녀는 사진을 공부하고 있고 얼마 후에 탐방 기사를 제출해야 한다고 덧붙였다. 그러고는 내가 혹시 모델이 되어 줄 수 있는지 물었다. 나는 정말로 시기적절한 그녀의 제안에 깜짝 놀랐다. 이제 곧 블로그를 시작하려면 다리가 없는 최신 사진 몇 장이 급하게 필요했기 때문이다.

우리는 사진 촬영 약속을 정했다. 뒤라가 나와 내 다리에 대해 말하는 방식이 마음에 들었다. '절단된 당신 다리'나 '그루터기'라는 말은 절대 쓰지 않았고, 늘 '당신 다리'라고 말했다. 촬영을 하면서 그녀는 자신의 목표가 사진을 보는 사람이 '사진에 없는 부분'에 감탄하는 것이라고 했다. 수영장에서 찍은 사진으로는 내가 물속에서 얼마나 자유롭게 움직이는지 다른 사람들에게 보여주고 싶어 했다.

며칠 후에 사진이 완성됐다. 미리 협의한 대로 모두 흑백사진

이었는데, 정말 강렬하고 멋있었다. 짧은 시간 안에 내가 신체적 컨디션 면에서 큰 발전을 이루었다는 게 명확하게 드러났다. 엔첸스베르크 병원에 입원했을 때의 사진들과 비교하면 마치 새로 태어난 것 같았다. 좋은 컨디션과 에너지 넘치는 분위기를 풍겼다. 새로 만든 블로그에 사진 몇 장을 올리고 포럼에 알린 후에는 방문자들로부터 감탄과 존경이 담긴 이메일을 받았다. 수많은 이메일들 중에는 베를린의 사진사가 보내온 것도 있었다. 그는 자신의 프로젝트에 참가할 의사가 있는지 물었다.

뒤라와 사진 촬영을 성공적으로 마치고 승리감에 취해 있던 나는 또 다른 성공을 거두고 싶은 유혹을 견딜 수 없었다. 인정에 목말라 있었고, 투신한 뒤에 아직 나에게 남아 있는 게 뭔지 명백하게 보였기 때문에 나는 그 유혹에 저항할 수 없었다.

나도 모르게 입가에 미소가 흘러나왔다. 나는 다시 돌아왔다. 의심할 여지가 없다. 비행기 창으로 아래 경치를 내려다보았다. 나는 스스로와 한 가지 약속을 했다. 이틀 뒤에 사진사를 비롯해 사진 프로젝트에 참가하는 많은 사람들과 모임이 있다. 서로 더 잘 알기 위해서라고 한다. 그때 불안발작에 시달리거나 어떤 식으로든 견디기 힘든 상황이 되면 곧장 비행기를 타고 돌아오고, 이 일에 대해서 더는 말하지 않기. 마치 있지도 않았던 일처럼.

나는 승객들이 다 내리고 승무원이 도우러 올 때까지 느긋하게 기다렸다. 햇빛이 비치는 작은 창으로 바깥을 내다보았다. 지상 근무원들은 비행기 화물칸에서 가방과 화물을 꺼내느라 바삐 움직였다. 나는 여기 있다. 이곳에 '도착'했다. 무엇이 나를 기다리고 있을지 긴장된다. 모험을 향한 욕구가 솟는다.

택시를 타고 호텔로 가면서 여행객처럼 창밖을 살폈다. 내 손목에는 검정 고무줄이 묶여 있다. 비행기에서 냅킨과 수저가 묶여 있던 고무줄이다. 냅킨을 펴다가 눈에 들어왔는데, 부적처럼 손목에 차려고 한 번 접고 매듭을 지었다. 이걸 차고 있는 동안은 아무 일도 벌어지지 않을 것이다.

호텔에 도착하자마자 직원이 짐을 받아 들어준 덕분에 나는 편안하게 로비를 지나 접수처로 가서 체크인을 했다. 그런 다음 내가 묵을 객실로 갔는데, 상당히 넓은 방이었다. 욕실도 휠체어가 들어갈 만큼 충분히 넓었다. 인터넷으로 호텔에 수영장이 있다는 글을 읽었다. 그래서 식사를 하기 전에 코스를 몇 번 오갔다. 풀 가장자리에 있는 커다란 유리벽으로 멋진 도시 풍경이 내다보였다. 그 사이에 황혼이 내리기 시작했다. 태양이 붉은 마지막 열기를 지붕에 내리쬐었다. 코스를 왕복할 때마다 나는 잠깐씩 멈추고 저녁 하늘을 바라보았다. 엄청난 에너지가 느껴졌다. 이제 아무도 나를 막을 수 없다.

나는 살아 있어, 다시 한 번!

나는 극장에 앉아 있다. 뮤지컬 〈오클라호마〉는 굉장한 경험이었다. 어제 호텔에서 아침을 먹을 때 젊은 오케스트라 지휘자 크리스를 만났다. 그가 나에게 초대권을 선물했다. 나는 잠깐 망설였지만 곧 가겠다고 했다. 이제 공연이 끝나서 로비에서 크리스를 만날 예정이다.

"어땠어요?"

그의 질문에 나는 사실대로 대답했다.

"굉장하더군요!"

나는 깊은 감동을 받았다. 노래 몇 곡은 알아듣고 머릿속으로 따라 부르기도 했다.

"분장실로 잠깐 같이 가시겠어요? 제이슨을 소개해드리지요."

〈오클라호마〉에서 주연을 맡은 제이슨은 오랫동안 〈오페라의 유령〉에서 유령 역을 연기하기도 했다. 나는 세계적으로 유명한 이 뮤지컬을 미국 여행 중에 처음 관람했다. 벌써 12년 전 일이다. 제이슨을 꼭 만나고 싶었다. 우리는 함께 그를 만나러 갔다.

분장실에 도착하자 제이슨은 자리에서 일어나 크리스를 흘낏 본 다음 나를 보더니 손을 내밀며 말했다.

"빅토르군요!"

나는 말문이 막혔지만, 이번에는 불안 때문이 아니었다. 그가 내뿜는 카리스마에 완전히 압도당해서다.

"빅토르, 오늘 저녁 공연 어땠나요?"

그가 벌써 내 이름을 두 번이나 불렀다는 생각이 번쩍 들었다.

"정말 좋았어요. 엄청나더군요!"

제이슨은 그렇게 마음에 들었다니 기쁘다고 대답했다. 그는 얼굴에 아직 많이 남아 있는 화장을 지우느라고 분주했다. 나는 헛기침을 하고는 할 말이 있다고 했다. 크리스와 제이슨이 나를 바라보았다. 나는 이 만남이 정말 대단한 경험이라고, 〈오페라의 유령〉 노래들을 잘 알고 있어서 자주 따라 부른다고, 그 노래들은 지금 바로 내 앞에 서 있는 사람과 뗄 수 없이 연결되어 있다고 말했다.

"당신을 만나게 되어 영광입니다!"

내가 열광적으로 소리치자 제이슨이 웃음을 터뜨렸다. 나는 내 말이 심한 아부처럼 들린다는 사실을 깨달았다. 그는 이런 말을 얼마나 자주 들었을까? 그래도 꼭 말하고 싶었다. 제이슨은 다시 일어나서 내게 다가왔다. 그러고는 바로 앞에 서서 전혀 아니라고, 오히려 자기가 나를 알게 되어 영광이라고 했다.

"한없이 힘겨운 시간을 보내셨을 테지요. 당신처럼 힘든 불운을 이겨낸 사람들을 나는 정말 존경합니다."

크리스가 그에게 내가 얼마 전에 교통사고로 다리를 잃었다고 말한 모양이다.

제이슨은 다시 거울 앞에 앉아, 오늘 저녁에 우리 셋이 함께 나가는 게 어떻겠냐고 크리스에게 물었다. 같이 나간다고? 나는 검은 고무줄을 매만졌다. 불안하지 않고 마음이 차분했다. 제이슨은 우리 호텔에 혹시 피아노가 있는지 물었다. 크리스는 있다고, 그런데 연주하는 걸 허락할지는 모르겠다고 대답했다. 제이슨이 그래도 알아보는 게 좋겠다고 해서 우리는 호텔로 향했다.

안내 담당자는 우리가 계속 부탁하자 홀에서 한 시간 동안은 괜찮다며 허락했다. 우리는 그가 건넨 열쇠를 받아들고 내가 묵는 객실에서 와인 한 병과 그에 맞는 잔들을 꺼낸 다음 피아노가 있는 방으로 갔다. 그곳은 호텔 객실보다 많이 크지는 않았는데, 양옆에 테라스 문이 달려 있고 이 문들은 담으로 에워싸인 정원과 연결되어 있었다. 크리스가 문을 여니 차가운 바람이 왈칵 들어왔다. 그가 바깥을 흘낏 보며 중얼거렸다.

"비밀의 화원……."

이 방을 통해서만 정원으로 나갈 수 있어서 정말 그런 느낌이 들었다. 크리스가 테라스 문을 닫았다. 그러는 동안 피아노 앞에 앉은 제이슨이 건반을 몇 개 두드렸다. 크리스는 와인 병을 따서 잔에 따랐다.

"마지막으로 무대에 선 게 언제인가요?"

제이슨이 물었다. 크리스는 나에게 와인 잔을 건넸다. 제이슨은 내가 어렴풋하게 아는 어떤 주제곡을 쳤다.

"무대에 서다니, 무슨 말인가요?"

"마지막으로 노래를 부른 게 언제냐고요! 노래 부르지 않습니까?"

"왜 내가 노래를 한다고 생각하시지요?"

나는 깜짝 놀라 되물었다.

"노래 못 합니다. 어쨌든 그다지 잘하지 않아요."

그러나 그의 질문은 나를 정말 놀라게 했다. 나는 사실 다리를 되찾는 일이 생긴다면 제일 먼저 노래를 하고 싶다고 가끔 생각했다. 그 얘기를 꺼내고는 올라오는 흥분을 억누르려고 와인을 크게 한 모금 꿀꺽 마셨다.

"이야기를 하고, 토론을 하고, 누군가와 다투는 게 아니라…… 노래를 하고 싶었다는 말이군요."

제이슨의 말에 나는 고개를 끄덕였다.

"그런 일을 열거하다니 재미있네요. 최근에 분노를 아주 많이 느꼈어요. 불안과 슬픔도요. 하지만 이런 부정적인 감정은 내가 하고 싶은 유일한 일, 그러니까 노래를 부르면 없어질 거라고 생각했지요."

제이슨은 내가 언제 마지막으로 노래를 했는지 물었다. 나는 어릴 때 저녁이면 LP판을 한 아름 겨드랑이에 끼고서 괜찮은 스피커 두 대가 있는 아버지 서재로 가곤 했다. 아버지가 안 계시면 나는 그곳에서 음반을 따라 목청껏 노래를 불렀다.

"그런데 이제는 그러지 않아요?"

제이슨이 다시 물었다.

"노래는 이제 그다지 큰 역할을 하지 않는지도 몰라요. 하지만 음악은 아닙니다. 음악은 늘 나와 함께했어요. 특정한 멜로디나 특정한 노래가 계속 들리는 영화를 보는 것 같아요. 지금 하는 일이나 일어나는 일과는 전혀 관계없는 노래 말이에요."

크리스가 고개를 끄덕이며 끼어들었다.

"나도 그럴 때가 정말 자주 있어요."

나는 놀라면서도 왠지 마음이 놓였다. 머릿속에서 계속 음악이 들리는 사람이 나 혼자가 아니라니!

"뭐, 좋아요. 무대에 마지막으로 선 게 언제였는지 물으셨지요? 못 믿으시겠지만, 병원에 입원했을 때 의대생들 앞에 나선 적이 있어요."

병원에 입원하고 몇 주 지나지 않아 일어난 일이었다. 그때는 온갖 약물 때문에 정신이 몽롱했다. 내 수술을 집도한 외과 의사가 강의 때 학생들에게 나를 소개해도 되겠냐고 물었다. 일단 수술 사진들을 먼저 보여줄 테니 그 후에 강의실로 들어오라고 했다. 그러니 내가 사진을 직접 볼 일은 없었다.

강의 중에 내가 그 의사 옆에 서 있던 일이 떠올랐다. 아니, 정확하게 말하면 병원 휠체어에 앉아 있었다. 강의실에 앉아 있는 학생들을 책상 너머로 올려다보던 생각도 났다. 나는 아무 말도 하지 않았던 것 같다. 강의가 끝난 뒤에 한 여학생이 꽃다발을 건네면서, 내가 이곳에 와 도와줘서 고맙다며 모든 학생을 대신해 감사 인사를 했다.

내가 다리를 잃은 이유에 대한 질문을 받았다는 말은 크리스와 제이슨에게는 하지 않았다. 강의를 한 외과 의사는 학생들에게 그 말을 미리 하지 않은 모양이었다. 그때 나는 오른팔에 아직 깁스를 한 상태라서 잘 움직일 수 없었다. 왼손으로 꽃다발을 받아 무릎에 올려놓은 뒤에, 기차에 몸을 던졌다고 그 여학생에게 답해주었다. 대답을 할까 말까 망설인 기억은 없다. 그냥 대답했다. 그 여학생의 눈에 눈물이 솟고, 옆에 서 있던 남학생이 한 손을 내 어깨에 얹었던 기억은 또렷하게 났다.

"꽃다발을 준 여학생이 울었어요."

불쑥 이렇게 덧붙이자 제이슨이 나를 보았다.

"울었다고요?"

나는 그의 질문에 고개를 끄덕였다.

"당신에게 깊은 감동을 받았겠지요. 확실해요."

크리스는 그렇게 짐작했다.

"예, 아마 그랬나 봅니다."

나는 답을 슬쩍 흐렸다.

제이슨이 다시 어떤 멜로디를 치며 노래를 부르기 시작하고, 크리스와 나는 그 연주와 노래에 귀를 기울였다. 그러다가 나는 드디어 그가 부르는 노래가 뭔지 깨달았다. 〈오페라의 유령〉 후속편으로 만든 노래인데, 인터넷에서 들어본 적이 있다. 머릿속으로 노래를 따라 불렀다. 그 순간 내가 느낄 수 있는 것은 오로지 음악뿐이었다. 피아노 소리가 멎어도 내 머릿속에서는 가사가 계속 이어졌다. 나는 와인 잔을 내려놓고 조금 앞으로 나갔다. 금방이라도 일어날 수 있을 것처럼 느껴졌다. 제이슨은 나를 보며 천천히 연주를 했고, 나는 더 생각할 것도 없이 나지막하게 노래를 부르기 시작했다.

크리스도 피아노 옆에 서서 손으로 박자를 저으며 나에게 용기를 북돋아주었다. 나는 슬금슬금 피어오르는 부끄러움을 떨치고 더 큰 소리로 계속 노래했다. 감정을 가득 실은 단어들이 내 입술로 넘쳐흘렀다. 내가 지금 일어설 수 있다면, 바로 이 순간 모든 부정적인 것들이 나에게서 떨어져 나갈 것이다.

"나는 살아 있어! 다시 한 번! I'm alive! Alive once again!"

그런 다음 순식간에 정적이 찾아들었다. 음악이 끝나고, 나는 여전히 휠체어에 앉아 있었다. 와인 한 모금을 얼른 마셨다. 나는 바깥을 내다보며, 정원 앞쪽에 있는 나뭇잎들이 바스락거리는 소리에 귀를 기울였다.

"저 나무는 정말 환상적이군요. 크고 위풍당당해요. 왠지 모르게 뭔가 보호하는 느낌도 풍기고!"

"신의 창조물이지요."

제이슨의 말에 내가 물었다.

"신을 믿나요?"

바로 그때 크리스가 남은 와인을 우리 잔에 따랐다.

"당연히 믿지요! 당신은 안 믿나요?"

제이슨이 물었다.

나는 그의 눈길을 피했다. 내 시선은 바깥 잿빛 담장에 기댄 장미 넝쿨을 떠돌았다.

"이런 일을 겪고 나서는,"

나는 주저하는 게 확연히 드러나는 음성으로 내 다리를 보며 입을 뗐다.

"믿음을 갖기가 좀 어렵지요. 아니, 정확하게는 믿음을 다시 갖기 어렵다는 게 맞겠군요."

크리스가 고개를 끄덕이며 이해할 수 있다고 대답했다.

제이슨은 미소를 지었다.

"우리 할머니는 나에게 늘 이런 말씀을 하셨어요. '신은 네가 극복할 수 없는 일을 주지 않는단다.' 하지만 곧바로 이런 말씀도

하셨지요. '신이 나를 과대평가하지 말아야 할 텐데'라고요."

제이슨이 말을 이었다.

"빅토르, 정원의 나무가 아름답다고 했지요?"

나는 그를 바라보며 미소를 띤 채 고개를 끄덕였다.

"신을 믿을 수 없다면, 어쨌든 지금 이 순간은 믿을 수 없다면 당신 옆에 있는 이 나무를 믿으세요. 자연에 숨어 있는 힘을 말입니다. 그 힘은 언제 어디에나 있지요. 당신이 믿기만 하면 당신을 지킬 수 있는 힘이에요."

자살 동지의 죽음

인터넷 친구 브라이언이 죽었다. 자살했다. 1년이나 지난 일인데 이틀 전에야 들었다.

지금 나는 베를린에서 집으로 돌아가는 비행기에 앉아 있다. 비행기가 활주로로 미끄러져 간다. 여기 베를린에서 경험한 일이 무척 많지만 지금 내 머릿속에는 인터넷 친구 브라이언이 죽었다는 한 가지 생각밖에 없다. 내가 퇴원한 뒤에 보낸 이메일에 왜 한 번도 답장을 받지 못했는지 이제 알 것 같다. 인터넷에 접속하자마자 뉴스그룹에서 그에 관한 소식을 들을까 했지만 그때는 이미 늦었던 것이다. 실제로는 만난 적이 없어도 나는 우리가 주고받았던 이메일을 떠올리며 그를 에워싼 세상이 얼마나 어두웠을까 상상해보았다.

나는 뒤로 기대고 앉아 머리를 좌석의 옆쪽 지지대에 댔다. 눈을 감고, 이틀 전에 브라이언의 소식을 들었던 순간을 떠올렸다. 그때 나는 사진사와 그의 동료들과 함께 사진 촬영에 대해 이야기하려고 술집에 앉아 있었다. 막 들어온 사진사 이름은 토비아스였다. 내가 악수를 청했더니, 그는 나에게 감탄을 금치 못한다고 말했다. 토비아스는 눈에 잘 띄지 않는 40세 정도의 남자로, 차분하고 진지한 인상이었다. 그는 모든 것이 내가 바라는 대로 이루어지고 있는지, 내가 불편하게 느끼는 점은 없는지 확인했다.

그런 다음 식탁에 있는 다른 사람들에게 나를 소개했다. 그중 한 명은 시몬이었는데, 그도 촬영할 때 함께 있을 거라고 했다. 그는 자신이 하고 있는 사진 공부에 대해 말하고는, 내가 모든 것을 '잘 통제하고' 있는 것 같다면서 '정말 굉장하다'고 덧붙였다. 나는 웃음을 터뜨리고는 대부분은 쇼라고, 이 모든 게 사실은 불편하다고 대답했다. 그러면서 내가 지금 한 말이 혹시 아주 조금은 사실이 아닐까 생각했다. 한순간은 모든 걸 꽤 잘해냈다고 스스로 믿었다. 어쨌든 휠체어에 앉아서 혼자 이렇게 낯선 도시로 여행을 온다는 건 상당한 성과 아닌가.

아무런 불안도 느끼지 않고 땀도 쏟지 않으며 낯선 사람들과 식탁에 앉아 있다는 사실에 나 스스로 놀랐다. 약간 긴장하기는 했지만 그것 때문에 불안하지는 않았다. 그때 시몬이 내 휠체어를 바라보며, 나 같은 상황에서는 위기를 겪거나 우울증에 걸렸더라도 놀랄 일이 아닐 거라고 했다. 우리는 한동안 이 주제로 대화를 나누었는데, 토비아스가 끼어들더니 모든 사람이 불운을 견뎌낼 수 있는 건 아니라고 했다. 예를 들면 헨델만은 그러지 못했다고 덧붙였다. 브라이언의 이메일에서 이 성을 봤던 나는 깜짝 놀랐다. 그 순간에는 토비아스가 말하는 헨델만이 브라이언과 동일 인물인지 확실하지 않았지만, 내 의심은 곧 사실로 밝혀졌다. 브라이언 헨델만 이야기였다. 토비아스는 헨델만이 모델로서 재능이 탁월하다는 평가를 받았다고 말했다. 그는 모든 것을, 정말 모든 것을 소유했다는 말도 했다. 그러나 그는 내가 엔첸스베르크 병원에 있던 어느 여름 날, 더는 견디지 못했다.

그 소식을 들은 이후로 브라이언이 내 머릿속에서 사라지지 않았다. 사진을 촬영하면서 최대한 집중하려고 노력했지만 브라이언이 계속 떠올랐다. 그러다가 그의 자살은 완전히 예상 밖의 일은 아니라고, 나에게는 정말 아니라고 스스로에게 말했다. 우리 둘의 대화는 우리에게 도움이 됐을까, 아니면 서로를 더 깊은 곳으로 밀어 넣었을까? 우리가 만났더라면 어땠을지 짐작이 가지 않았다.

눈을 뜨고 다시 똑바로 앉아, 잠시 주변을 둘러보았다. 비행기는 반도 차지 않았다. 스튜어디스가 지나가며 식탁이 모두 위로 올라가 있는지 살폈다. 이제 곧 이륙할 모양이다. 나는 다시 뒤로 기대앉아 눈을 감았다. 며칠 전에 크리스와 제이슨을 뜻밖에 만났을 때 느꼈던 에너지는 아주 먼 옛날의 기억 같다. 거의 있지도 않았던 일처럼 느껴졌다. 내가 재활병원 심리상담사에게 했던 말이 불쑥 떠올랐다. "그런 뒤에는 모든 것이 지나가지요. 마치 있지도 않았던 일처럼. 그래서 고독한 감정을 불러일으켜요."

그 순간 비행기 모터가 굉음을 내더니, 고속으로 활주로를 달려 이륙했다. 창밖으로 시선을 던지니 공항의 저녁 불빛이 눈에 들어왔다. 예전 일들이 생각났다. 내가 스히폴에서 일할 때 저녁 근무를 얼마나 좋아했는지 그 기억이 나도 모르게 떠올랐다. 그러다가 내가 지금 과거를 이상화한다는 걸 깨달았다.

공항에서 일하던 시절에도 지극히 평범한 날이 비참하기 짝이 없을 때도 있었다. 특히 계속 신경을 써야 할 일이 발생하지 않으면 이런 기분은 더욱 심해졌다. 비행 연착이나 취소가 생겨 승객들을 돌봐야 하거나 기술적인 문제가 생기면 나는 활기를 느꼈다. 시간에 쫓길 때는 기분이 최고였다. 그러나 모든 일이 척척 이루어져서 일상적인 일을 반복하는 아주 평범한 근무시간은 너무나 지루했다.

두어 시간 후에 집에 도착했다. 오자마자 곧장 컴퓨터를 켜고 인터넷으로 브라이언에 관한 뉴스를 확인했다. 그를 추모하는 웹사이트도 있었다. 브라이언은 많은 사람들이 꿈을 이루었다고 생각할 만큼 성공을 거두었다. 사진 모델로 돈을 벌었고, 일을 하느라 전 세계를 여행했다. 그러나 그런 성공도 그의 속에서 태어난 어둠이 (그가 직접 묘사한 말이다) 결국은 주변의 모든 빛을 끄는 걸 막지 못했다. 다른 사람들은 이해하지 못할 테고, 브라이언 자신도 모를 것이다. 눈에 보이지 않는 적이 그에게도 있었다는 사실을.

여전히 낯선 일상

컴퓨터방의 전등을 막 끄려는 순간, 책상 위에 있던 A4 크기의 컬러 사진이 눈에 들어왔다. 베를린에서 찍은 사진 가운데 한 장이었다. 사진 속의 나는 사람들로 붐비는 술집 의자에 앉아 있다. 사진 위에는 "다리가 없어도 완전한 남자"라고 쓰여 있다. 사진을 찢고 싶다는 충동이 잠시 일었지만 나중에 분명히 후회할 거라는 생각도 뒤이어 들었다. 재활병원에서 퇴원한 뒤 처음 몇 달은 롤러코스터를 타는 것 같았다. 모든 것이 크고 작은 모험이었다. 그러나 모험의 새로움은 사라지고 낡고 지루한 일상만 남았다. 나는 살면서 내내 이런 굴곡에 시달렸는데, 지금도 늘 새로운 성공을 찾아다닌다. 어쩌면 혼자 여행을 떠남으로써 너무 일찍 최고의 컨디션에 도달했는지도 모른다. 그런데 이런 상황에서 너무 빨리 최고의 컨디션에 이른다는 게 가능한가? 만약 가능하다면 새로운 걸 다시 찾아야 또 골짜기로 떨어지지 않는다는 뜻인가?

거실 창문으로 집 옆을 지나는 바깥 거리를 흘낏 내다보았다. 조용했다. 가로등에 방금 불이 들어왔다. 1년이 지나서 이제 진부한 일상이 대부분인데도 주변은 여전히 낯설게 느껴졌다. 탁자에 놓인 위스키 병은 오늘 저녁에 땄는데 이미 절반이나 비었다. 나는 어깨를 으쓱하고는 한 잔을 더 따랐다.

전화가 울렸다. 액정 화면에 뜬 번호를 보니 마르크였다. 통화한 지 무척 오래 됐다. 우리는 먼저 어떻게 지내는지 서로 물었다. 그런 다음 나는 위층에 사는 여자가 오늘 내려와서 음악이 시끄럽다고 항의했다고 말했다. 전화기를 머리와 어깨 사이에 끼고 다시 위스키를 따랐다. 그러고는 전화기를 손에 들고 휠체어에서 소파로 옮겨 앉아 엎드렸다가 오른쪽으로 몸을 돌리고, 왼쪽 다리를 위로 올렸다가 천천히 내렸다. 병원에서 배운 운동이다. 마르크와 통화를 계속하면서 탁자에 있는 잔으로 손을 뻗어, 눈을 감고 단숨에 위스키를 마셨다. 빈 잔을 내려놓고 다시 한 번 병을 바라보았다. 이제 조니워커 병 발치에만 위스키가 남아 있다. 탁자에서 병을 들어 뚜껑을 돌렸다. 그러다가 하마터면 전화가 손에서 미끄러질 뻔했는데, 다행스럽게도 제때 잡았다.

"안 끊겼지? 너 하마터면 굴러 떨어질 뻔했어."

내가 말했다. 말이 입술에서 쉽게 나오지 않았다.

수화기 저편에서 마르크의 웃음소리가 들렸다. 잠시 후에 나는 다른 쪽으로 몸을 돌려서 술을 조금 더 따르려고 했다. 그러나 소파의 폭을 잘못 계산한 바람에 "빌어먹을!" 소리가 크게 튀어 나왔다. 탁자 모서리를 가까스로 잡은 덕분에 소파와 탁자 사이 바닥에 떨어지지는 않았다. 마르크가 무슨 일이냐고 물었다. 나는 하마터면 소파에서 떨어질 뻔했다고, 장애인에게는 순식간에 일어나는 일이라고 대답했다. 탁자에 몸을 붙이고 일어나 소파에 다시 앉았다. 그러면서 마르크와 일상사에 대해 계속 수다를 떠는데, 갑자기 심한 두통이 몰려왔다. 나는 눈 바로 위쪽 이마를 마사지하면서 똑바로 앉았다. 배가 반항을 하는 건데, 이럴 때는 똑바로 앉는 게 제일 좋다는 걸 알게 됐다. 하지만 점점 더 속이 안 좋아졌다. 마르크가 최근에 본 영화 이야기를 하는 동안 내 배에서 옷과 소파에 토하지 않으려면 화장실에 최대한 빨리 가라는 신호가 왔다.

"잠깐 기다려……."

나는 마르크의 말을 끊고 최고 기록으로 소파에서 휠체어로 옮겨 앉고는 화장실로 쏜살같이 굴러갔다. 문을 모두 열어놓는 바람에 암스테르담에 있는 마르크도 내가 토하는 소리를 다 들었다. 나는 방으로 돌아와 소파에 놓인 전화를 거치대에 올려놓았다. 마르크와 통화를 마치지 않았다는 건 나중에야 깨달았다.

확신

해가 빛난다. 잠에서 깬 지 얼마 지나지 않아 커피 한 잔을 들고 바깥으로 나갔다. 집 뒤에 놀이터와 아주 작은 공원이 하나 있다. 분주한 도로의 자그마한 오아시스다. 전날 저녁에 마신 술의 양을 생각하면 이상하게도 컨디션은 그다지 나쁘지 않다.

위스키와 진통제를 함께 먹는 일은 이제 당분간 하지 않기로 마음먹었다. 둘 모두 안 먹는 게 제일 좋겠지만 일단 진통제부터 끊으려 한다. 오늘부터 바로론은 먹지 말아야지. 결심을 행동으로 옮기기 위해 아침에 약병을 개수대에 비웠다. 약간 후회가 되긴 했지만 내 삶이 어떤 방향으로 가게 될지 바로 깨달았다. 진통제에서 벗어나지 못한다면 나는 한 걸음도 앞으로 나아갈 수 없을 것이다. 자의로 약을 끊으려는 노력의 일환으로, 저녁에 진통제를 먹지 않을 준비를 미리 하기로 결심했다. 그래서 4시 무렵부터 의식적으로 아주 편안하게 시간을 보내면서, 기분 전환을 하기에 충분한 양의 텔레비전 프로그램과 DVD 목록을 만들었다. 이제 밤늦게 바로론 처방전을 받으러 응급실로 가는 일이 없기를 바랄 뿐이다.

놀이터는 조용했다. 아이 세 명이 뛰놀고 있었다. 남자아이 둘과 여자아이 한 명. 정글짐에 기어오르거나 공놀이를 하고 있었다. 나는 커피를 홀짝거리며, 그 아이들이 나를 보고 서로 소곤거리는 모습을 바라보았다. 내 다리 이야기를 하고 있을 것이다. 나를 보면 발걸음을 멈추고 다리가 어디 있는지 큰 소리로 묻는 아이들이 많다. 세 아이가 노는 걸 갑자기 멈추더니 나에게 다가왔다. 여자아이가 앞장서고, 남자아이 둘은 끌려오듯 뒤에서 천천히 왔다. 여자아이가 공을 손에 든 채 내 앞에 버티고 서서 말했다.

"휠체어에 앉아 있네요."

나는 고개를 끄덕였다. 아이가 하는 말은 옳다. 금발 곱슬머리, 빨강과 하양 줄무늬 원피스 때문인지 약간 무례한 느낌이 들었다. 하지만 아이는 무례한 게 아니라 솔직한 거다.

"그래, 맞아. 사고를 당했거든."

그러고는 다시 커피를 홀짝이며, 호기심 어린 표정으로 나를 관찰하는 남자아이 둘을 바라보았다.

"잠도 휠체어에서 자요?"

나는 처음에는 이 질문에 무척 놀랐지만 생각해보니 말이 된다. 다리가 없고 휠체어에 앉아 있는데, 어떻게 휠체어에서 나올 수 있을까?

"아니, 그렇지 않아."

나는 휠체어에서 소파나 의자로 옮겨 앉을 수 있고 화장실도 갈 수 있다고, 그러니 침대에도 당연히 옮겨 앉을 수 있고 거기서 다시 휠체어로 옮겨 앉을 수 있다고 아이에게 설명했다. 이런 말을 하는 동안 남자아이들이 조금 더 가까이 다가왔다.

"휠체어를 타고 어디든지 갈 수 있어요?"

"흠, 어디든지라고 해야 하나……. 어쨌든 브레이크를 풀면 앞뒤로, 좌우로 움직일 수 있지."

그러다가 나중에는 휠체어를 타고 원칙적으로는 어디든 갈 수 있다는 걸 나도 인정했다.

"좋겠다. 뭐든 할 수 있으니까요."

나는 슬쩍 웃고는 어깨를 으쓱해보였다.

"흠, 그렇게 보면……."

그러나 아이는 내 대답을 기다리지 않고 곧장 몸을 돌려 정글짐 쪽으로 뛰어갔다. 남자아이 둘도 여자아이를 따라갔다. 그러다가 둘 중 한 명이 불쑥 걸음을 멈추고 나를 보더니 다시 나에게 다가왔다. 셋 중에 제일 나이가 많은 것 같았다. 열 살쯤 되어 보였다. 앞에 와서 서더니, 내 얼굴을 똑바로 보며 쭈뼛거리지도 않고 바로 말했다.

"아저씨가 아직 살아 있어서 다행이에요."

아이는 내 대답도 듣지 않고 정글짐에 올라가 있는 친구들에게 달려갔다. 나는 완전히 어리둥절해서 꼼짝도 못했다.

"정말이야?"

몇 초쯤 지난 뒤에 아이에게 고함을 쳐보았지만, 내 말소리는 아이의 귀에 가닿지 않고 흩어졌다. 예상치 못한, 그러나 확신 가득한 아이의 말을 의심한 내 질문이 금방 부끄러워졌다. 부끄러움 말고도, 혹시 아이의 말이 정말 옳은 것 아닌가 하는 생각이 스쳤다.

어깨 위에 짐을 덜고

2005년 9월의 어느 날, 나는 병원의 장애인 주차 구역에 차를 세웠다. 보통은 시동을 끈 뒤에 차에서 내려 휠체어에 타려고 거의 자동적으로 움직인다. 하지만 그날은 한동안 아무것도 하지 않고 운전석에 그대로 앉아 있었다. 창문이 없는 건물의 벽을 바라보았다. 내가 다니는 병원도 이 건물에 있다. 지난 몇 년 동안 이 병원에 몇 번 왔다. 아플 때도 있었지만 진통제 처방전을 가지러 오기도 했다.

생각보다 오래 걸리긴 했지만 나는 결국 바로론 중독에서 벗어나는 데 성공했다. 이제 1년 넘게 '깨끗한' 상태고, 매일 마시는 알코올 양도 아주 많이 줄었다. 지극히 드문 경우만 제외하고는 한두 잔 이상은 마시지 않으며, 그것도 거의 언제나 와인이나 맥주만 마신다. 위스키는 비싼 가격 때문에 많이 주문하지 못하는 바깥에서만 마신다. 다행히 지금까지는 시장을 보면서 위스키를 한 병 사고 싶은 유혹을 잘 물리쳤다. 저녁에 도수 높은 술을 마시고 싶은 마음이 들 때면 상점들 문은 이미 닫혀 있다.

진통제를 끊은 뒤부터 나는 통증에 저항하기보다는 최대한 견디고 받아들이려 노력했다. 아픈 다리를 이제 더는 나쁘게 생각하지 않는다. 다른 말로 하면 나를 아프게 하는 것을 용서했다는 뜻이다. 암스테르담 재활병원에서 디디르가 나에게 했던 말이 가끔 생각난다. 내 다리가 몸의 나머지 부분을 부르고 있다는 그 말. 통증 때문에 잠을 잘 수 없을 때는 그저 어깨만 으쓱할 뿐 걱정하지는 않는다. 가끔 침대에서 나와 차를 한 잔 끓이거나 텔레비전을 보거나 인터넷 서핑을 한다. 화학물질을 잔뜩 쏟아부어 나를 마취시키는 일은 이제 하지 않는다.

몇 분 후에 자동차 문을 열고 평소보다 천천히 휠체어를 조립했다. 이제 거의 6년이나 휠체어를 사용하고 있다. 병원에 들어가면서, 지금과 똑같은 이유로 암스테르담에 있는 예전 주치의에게 갔던 일을 떠올렸다. 지금도 단 한 가지 이유 때문에 이곳에 왔다. 기분이 좋지 않았다. 내 능력이 닿는 한 기분이 좋아질 수 있는 모든 것을 시도해보았다. 좋은 컨디션을 유지하고 식사에도 신경을 쓰며, 시간에 맞춰 잠자리에 들고 잠을 충분히 자려고 했다. 그런데도 이제 더는 힘들다.

기분이 정말 좋지 않다. 내 삶을 새로 조정한 후에도 마찬가지다. 내가 다리도 없이 휠체어에 앉아서 여기서든 외국에서든 혼자 잘 해결해나가는 것 자체를 주변 사람들이 대단하게 생각한다는 걸 알면서도 어쩔 수 없다. 나는 전혀 그렇게 생각하지 않으니까. 내가 나 자신을 하루하루 질질 끌고 가는 것과 뭐가 다른가? 그래서 의사 면담을 요청했다.

병원 문을 열면서도 새로운 요법을 시작하거나 의사가 권하는 다른 약을 먹어보는 게 의미 있는 일인지 고민했다. 면담을 포기하고 몸을 돌려 나가버릴까, 그런 생각이 슬쩍 들었지만 고민 끝에 환자들로 붐비는 대기실에 자리를 잡고 앉는 데 성공했다. 내 주치의는 쉰 살가량의 여의사다. 나는 몇 번 이 병원에 온 적이 있는데, 의사는 부드럽고 친절했다. 진료실에 들어가자 의사는 실험실에 급히 가볼 일이 있다며 잠시 양해를 구했다. 나는 잠시라도 혼자 있게 되어 오히려 다행이라고 생각했다. 불안이 슬금슬금 올라오는 걸 느끼니까. 그러다가 불안해도 된다는 데 생각이 미쳤다. 불안과 압박감에 시달려서 여기 온 게 아닌가. 공황발작이 닥치지 않도록, 흠뻑 젖은 셔츠를 입은 채 앉아 있지 않도록 어깨 긴장을 풀려고 애썼다. 의사가 곧 돌아와 자리에 가서 앉았다. 내 진료기록 서류는 펼쳐지지 않은 채 의사 앞에 놓여 있었다. 의사가 나를 보고 어떻게 지내는지 물었다. 뭐라고 대답할지 오래 생각할 것도 없는 질문이었다.

"이곳에 온 이유는 단 하나입니다. 기분이 좋지 않다는 말을 하려고요."

의사는 고개를 끄덕이더니 진료기록을 펼쳤다. 이런 반응은 예상하지 못했다. 내 말에 놀라지 않은 모양이다. 나는 지금까지 의사에게 기분이 좋지 않다는 표현을 한 적이 없는데…….

"진통제를 먹지 않은 지 1년도 더 됐군요."

"네, 그렇습니다. 먹지 말자고 마음먹었어요. 그건 통증을 정말 사라지게 하는 게 아니라 그저 잠시 잊을 수 있도록 무감각하게 만들 뿐이지요. 정말로 사라진 적은 없어요. 게다가 같은 약효를 얻으려면 점점 용량을 늘려야 했고요."

의사가 나를 바라보며 미소를 지었다.

"훌륭한 결심이에요. 그런데 진통제를 먹지 않고 다리 통증에 어떻게 대처하나요?"

"아, 뭐."

나는 무뚝뚝하게 대꾸했다.

"이제 받아들이지요. 내 몸의 일부라고 생각한다는 뜻입니다."

"쉽지는 않겠네요."

나는 뭐라고 대답해야 할지 몰라 어깨를 으쓱했다.

"그렇게 생각하는데도 기분이 좋지 않다는 거지요?"

"네, 안 좋아요. 뭐라고 표현해야 할지 모르겠습니다. 그러니까……."

나는 진실을 외면하려는 나 자신을 깨닫고는 문장을 맺지 못했다. 신경이 날카로워졌다. 의사가 이런 내 상태를 알아챌까? 나는 서류와 책, 필기도구가 놓인 책상 가장자리를 훑어보았다.

"우선 다른 이야기부터 해야겠습니다……."

나지막하게 말하고는 용기를 내느라 헛기침을 한 번 했다.

"오토바이 사고라고 말했는데, 사실이 아닙니다."

그러고는 반응을 살피려고 의사를 바라보았다. 의사는 주의 깊게 귀를 기울이고 있었다.

"다리를 잃은 이유는 기차에 몸을 던졌기 때문입니다. 1999년 11월, 암스테르담에서요."

"무척 슬픈 이야기군요."

의사는 차분한 목소리로 대답했다.

"네, 선생님께 좀 더 일찍 말해야 했다는 거 잘 알고 있지만 용기가 나지 않았습니다. 왜, 어떻게 이 일이 벌어졌는지 몇 마디로 간단하게 설명할 수 없다는 걸 이해해주시기 바랍니다."

의사가 고개를 끄덕였다.

"네, 알아요. 우리가 그 이야기를 하는 게 중요하다고 생각해요. 하지만 당신이 원하는 경우에만 하기로 하지요."

내가 원하는 경우에만? 그 말이 마음에 들었다. 나에게 무슨 일이 있었는지 의사가 알았으니 이제 말을 빙빙 돌릴 필요가 없다. 벌써 마음이 편해졌다.

"당신이 현재 가지고 있는 문제를 해결하는 게 중요하다고 생각해요. 그게 일시적인 해결책이라고 해도 말이지요."

의사가 말을 이었다.

"왜 기분이 안 좋은지 이야기해보세요. 어떤 문제인가요?"

나는 불안발작에 대해 말했다. 레스토랑이나 술집에 앉아 있을 수 없을 때가 많다는 것, 슈퍼마켓에서 누군가 어떻게 지내는지 물으면 곤란하고, 이발소 의자에 앉아 있기도 어렵다는 것, 그리고 내가 이런 문제에 대항해 아무것도 할 수 없어서 미칠 지경이라는 것.

"이런 증세에 시달린 지 벌써 15년이나 되었습니다."

"수영을 정기적으로 하시지요?"

의사가 미소를 지으며 나를 바라보았다.

"간호사가 당신을 수영장에서 자주 본다고 하더군요."

그러고는 진지한 표정으로 말을 이었다.

"혼자 사시나요, 연인과 사시나요?"

나는 혼자 산다고 대답했다.

왜 혼자 사냐는 의사의 질문에, 뭐라고 대답해야 할지 몰라 잠시 망설였다. 왜 혼자 사느냐고? 불안발작과 휠체어는 연인 관계를 맺기에 불리하다고 대답했다.

의사는 이해한다는 듯이 고개를 끄덕였다.

"당신이 불안발작을 일으키면 주변 사람들에게 문제가 된다고 생각하시나요?"

나는 의사를 가만히 바라보았다. 이것 역시 예상치 못한 질문이었다. 가능한 두 가지 대답이 불현듯 떠올랐다. 하나는 "예, 다른 사람들에게 당연히 문제가 되지요. 삶이 나를 '내동댕이쳤다'는 걸 언젠가 알게 되었습니다. 나는 불안발작에 시달리니까요." 하지만 의사가 묻는 걸 보니, 다른 가능성도 있다는 뜻이다. "아뇨, 다른 사람들에게는 문제가 아닙니다."

그래서 혼란스러웠다.

"주변 사람들에게는 문제가 아니라는 뜻인가요?"

나는 망설이며 물었다.

의사는 내 질문에는 대답하지 않고, 자기가 똑바로 이해했다면 나에게 두 가지 급한 문제가 있다고 말했다. 우울증과 불안발작이었다. 나를 오랫동안 괴롭힌 문제를 의사가 단 몇 마디로 요약하니 심기가 불편했다. 너무 단순하게 들리니까. 이건 그렇게 단순한 문제가 아니다.

나는 불안과 공황발작 때문에 기분이 안 좋다고 늘 생각해왔다. 발작이 우울증 때문에 일어날 수 있다고 말한 의사는 한 명도 없었다. 놀랍지만 이 의사 말이 어쩌면 맞을 수도 있다는 생각이 들었다. 스트립쇼든 사진 촬영이든 기분이 좋아지는 어떤 일을 할 때면 (정말로 그럴 때만) 불안과 공황발작이 일시적으로 나아지니까.

의사는 나를 여전히 주의 깊게 살폈다. 내가 제대로 표현하지 못해도 이 의사는 내가 무슨 말을 하고 싶은지 안다는 생각이 들었다.

"하지만 얼마 지나지 않아 다시 극심한 발작이 찾아옵니다. 그러면 나는 뭔가 새로운 걸 생각해내야 해요. 그 발작을 가라앉힐 새롭고 극단적인 뭔가를 말이지요. 극단적일수록 좋습니다. 언제나 나 스스로를 능가해야 한다는 느낌이에요."

의사는 우리 대화가 시작되고 처음으로 뭔가 메모를 했다. 그러고는 혹시 항우울제를 먹어본 적이 있는지 물었다.

나는 고개를 젓고는 네덜란드와 독일 주치의들이 자낙스만 처방해주었다고 대답했다. 도움이 되었냐는 질문에는 좀 차분해지기는 하지만 진정한 도움이 되지는 않았다고 말했다.

의사는 다시 뭔가 메모를 하고 왼쪽에 있는 컴퓨터 모니터로 몸을 돌렸다.

"아까도 말했듯이 나중에 다시 한 번 자세히 이야기할 수 있어요. 어쨌든 다양한 방법을 동시에 시도해야 할 것 같군요. 상담치료와 이를 보조하는 약물치료 말이에요. 이른바 안전망 역할을 할 수 있는 뭔가가 필요해요. 혹시 이팩사Efexor라는 약을 들어보셨나요?"

처음 듣는 용어라서 나는 고개를 저었다.

"새로운 항우울제예요. 당신에게 들은 말로 판단해볼 때, 이 약을 권하고 싶네요. 무척 적합하다고 생각해요. 이 약이 잘 듣지 않으면 다른 약으로 바꾸면 됩니다."

항우울제라고? 그걸 왜 먹지? 내가 정말로 우울증인가? 내가 기분이 안 좋기는 하지만 우울증은 이런 것과는 좀 다르지 않나? 하루 종일 늘어져 있고, 식욕도 없고, 며칠씩이나 씻지도 않는 거 아닌가?

"그리고 불안발작이 일어나면 드실 수 있는 약을 드리지요. 이 약의 효능은 약 2주 후에 나타나기 시작하니까요. 그리고 질문이 하나 더 있는데, 집에 혼자 있을 때도 불안발작이 일어나나요?"

나는 고개를 저었다.

"아뇨, 전혀 아닙니다. 그건 확실하게 대답할 수 있어요."

"예, 그럴 거라고 짐작했어요. 이 약이 정말 적합할 것 같군요. 그리고 자낙스와 약효가 비슷한 약을 드리지요. 그 약을 혀 밑에 놓으세요. 그러면 바로 혈액으로 흡수된답니다. 주사처럼 빨라요. 몽롱한 상태는 자낙스보다 덜할 거고요."

의사는 진료를 마치고, 심리치료를 담당할 심리상담사를 찾아보겠다고 약속했다. 내가 고맙다며 악수를 청하자 의사는 이렇게 말했다.

"스타우트 씨, 겉으로 보기에는 무척 강하지만 실제로는 아주 연약한 사람들이 있지요. 또 어떤 사람들은 겉보기에는 부서질 것 같지만 전혀 그렇지 않고요. 당신이 그런 일을 겪은 뒤에도 삶을 다시 제어하기 위해 쏟는 힘은 정말 놀랍다고 생각해요. 아무나 보일 수 없는 힘이에요."

나는 우울증과 불안발작에 대항할 결정적인 해결책이 적힌 처방전을 주머니에 넣고 병원을 나왔다. 당시에는 아직 그 사실을 몰랐지만 말이다.

남부 독일 병원에서 심리상담사가 경계선 인격장애에 대해 했던 말이 뒤늦게 떠올랐다. 여러 증세가 나와 동일하다는 사실을 부인하지 못했고, 지금도 부인할 수 없다. 그래도 병원에서 퇴원하고 지금까지 어떻게든 시간을 견뎌냈고, 삶을 끝내자는 생각을 매일 하면서도 다시 시도하지는 않았다. 수영도 포기한 적이 없다. 그러나 기분은 여전히 좋지 않았다. 그 심리상담사의 진단을 이해하면서도 그 진단 자체를 없애버리려고 최종 소견서를 찢어버리면 안 되는 거였다. 그런 증세가 있다고 나 스스로를 질책할 이유는 없지 않은가?

처방받은 약을 처음 복용한 날, 그게 긍정적인 단계의 시작이라는 게 확실히 느껴졌다. 나는 자살 계획을 다시 세우는 대신 내 문제의 해결책을 찾으려 했다.

처음 복용한 후 며칠은 잠을 잘 수 없어 무척 힘겨웠다. 손에 땀이 나서 계속 젖어 있고 소변을 보기가 어려웠다. 일주일이 지나도 여전히 불면에 시달리고 동공이 평소보다 3배나 커지자 약사에게 갔다. 바로론이 다리 그루터기의 통증을 없애주지는 못하지만, 내 머릿속에서 약간 덜 중요한 자리를 차지하게 만들어줄 거라고 말한 사람도 그 약사였다. 나는 그와 좋은 관계를 맺었고, 우리는 서로를 잘 이해했다. 약의 부작용에 대해 말하자 약사는 이팩사를 최소한 1주일은 더 먹어보는 게 좋겠다고 했다. 부작용이 줄어드는지, 기분이 나아지는지, 불안발작이 사라지는지 기다려보라는 거였다.

항우울제를 먹으면 감각이 약화될 수도 있다는 글을 읽은 적이 있다. 나는 계속 감각을 느끼고 싶지 무뎌지기는 싫었다. 판타지가 줄어드는 것도 원하지 않았다. 물론 타협할 용의는 있다. 내 감정의 일부를 내주고 불안에서 벗어나는 것이다.

그래서 약사에게 조금 더 견뎌보겠다고, 하지만 불면에 계속 시달린다면 그만두겠다고 말했다. 며칠 더 지나자 불면 증세는 완전히 사라졌고, 다른 부작용들도 더는 느껴지지 않았다. 달라진 건 또 있다. 아침에 깨고서 바로 움츠러들지 않은 건 처음이었다. 눈을 뜨자마자 느끼는 불안감, 내 얼굴을 후려쳐서 바로 그날 어떻게 죽을지를 궁리하게 만드는 그 불안감이 들지 않았다. 햇살이 비치니 기쁘다고 생각하다가, 그 생각에 깜짝 놀랐다. 지금까지는 아침에 비가 오는 게 좋았다. 그게 내 기분과 어울리는 날씨였으니까.

다음 날 아침에도 비슷한 경험을 했다. 거의 8시가 다 되었지만 나는 여전히 침대에 누워 있었다. 햇빛이 커튼에 비치는 걸 보고는 오늘 잘 지낼 거라고 생각했다. 왜 이런 생각을 하게 됐지? 왜 자살 생각을 하지 않는 걸까? 왜 생각조차 하기 싫은 건가?

변화는 이것 말고도 하나 더 있다. 보통은 동작 하나를 하고서는 늘 쉬기 때문에 침대에서 나오는 데 시간이 한없이 걸린다. 오늘은 10초 만에 이불을 빠져나와, 뭐가 어떻게 돌아가는지 깨닫기도 전에 부엌에서 커피를 끓였다. 그러고는 컴퓨터를 켜고 뉴스를 읽었다. 그런 다음 욕실로 가서 이를 닦았다. 입을 헹구고 거울을 보다가, 평소와 다르게 느끼는 이유를 내 얼굴에서 찾으려 했다. 그러나 찾을 수 없었다. 라디오를 켜고 싶다는 마음도 들었다. 라디오를 켠다고? 아주 오래전부터 하지 않던 행동이다. 부엌으로 돌아가 커피를 한 잔 따랐다. 어깨에서 짐을 덜은 듯 몸이 가볍게 느껴졌다. 내가 그동안 느끼지도 못했던 짐이.

그렇게 나는 오랫동안 행복하고 즐겁게 잘 살았다.

에필로그 - 나는 죽음을 찾지 않기로 했다

내가 오랫동안 행복하고 즐겁게 잘 살았다고?

사실 모순적인 느낌을 부인할 수 없다. 한편으로는 처방받은 약이 불안감을 아주 많이 덜어줄 뿐 아니라 문제의 늪에 빠지지 않게 해주어서 당연히 마음이 가볍고 즐겁다. 나는 전체적으로 통찰할 수 있고 나를 힘겹게 하는 모든 문제의 해결책을 찾을 수 있을 만큼의 차분함도 지니게 됐다.

하지만 다른 한편으로는 좀 더 일찍 처방을 받았더라면 내 삶은 어떻게 달라졌을까 생각하기도 한다. 아니면 적어도 올바른 진단을 받았더라면, 그래서 또 안정제만 받은 채 병원을 나오지 않았더라면 어땠을까?

한 가지는 분명하게 안다. 그 금요일 오후에는 역으로 가서 기차에 몸을 던지는 것 말고는 다른 해결책이 보이지 않았다. 아무리 몇 킬로미터를 더 달린다 해도, 몇 바퀴를 더 수영한다고 해도 소용이 없었을 것이다. 이런 감정은 아마 나처럼 자살을 시도했거나 (원하는 결과를 얻었든 얻지 못했든) 그 직전에 서본 사람들만 이해하겠지. 마지막 순간에는 해결책을 찾고 싶지도 않고, 이제 곧 모든 게 끝난다는 생각에 그저 기쁘기만 하다. 이것이 우울증의 파괴적인 힘이다.

2009년 11월에 독일 골키퍼 로베르트 엔케가 기차에 몸을 던져 자살했을 때, 나는 내 목소리를 높여야 한다는 사실을 확실하게 깨달았다. 어쩌면 나는 우울증과 자살이라는 터부시 되는 주제에 사람들이 관심을 갖게 하는 게 내 임무라고 생각하는지도 모른다.

엔케의 관이 축구장으로 들어왔을 때, 나는 그가 다리는 잃었지만 목숨은 붙은 채 기차 아래에서 구출되었더라면 어땠을까 생각했다. 사람들은 그래도 그를 이해하고, 축구장에서 그에게 지금과 비슷한 경의를 보였을까? 아니면 멀리 어딘가에 있는 병원에 붙잡아두고 다시는 안 보려 했을까? 네덜란드의 배우이자 가수로, 네덜란드 판 〈좋은 시절, 나쁜 시절〉에 출연한 안토니 카메링도 마찬가지다. 그는 행복한 결혼 생활, 아이들과의 좋은 관계에도 불구하고 자신의 삶을 끝냈다.

물론 이들보다 훨씬 덜 유명한 나 같은 사람도 많다. 지치고 절망하여 더는 어떻게 해야 좋을지 몰라 우울증에 시달리고, 눈에 보이지 않는 적과 격렬한 싸움을 하다가 포기하고 마는 사람들이다. 우울하지 않은 주변 사람들은 이들을 이해할까?

부모님은 내가 살아남는 데 중요한 역할을 했다. 최대한 빨리 자살 시도를 다시 할 거라고, 이 삶을 쓸모없는 구겨진 종잇조각처럼 내던지기 위해 무슨 짓이라도 하겠다며 내가 시끄럽게 굴던 몇 주와 몇 달 동안 부모님은 이에 대항해 지치지도 않고 계속 싸웠다. 전문적인 지식과는 어긋나게 나를 위로하거나 계속 일깨우려 할 때도 이따금 있었다. 남부 독일 병원의 많은 의사들도 노력을 했지만, 그들은 개선이라는 면에 있어서는 자신들이 지킬 수 있는 것보다 더 많은 약속을 했다. 예를 들면 의족이 그랬다. 내가 인공 다리를 달고 병원을 '걸어 다니는' 모습은 "바깥으로, 바깥으로 넓은 들판으로 나가세. 선수들이여, 생기발랄하고 자유롭게. 세상은 온통 푸른 싹과 꽃들로 가득하네. 초록빛 5월이 유혹하는 계절"이라는 노래 가사를 떠올리게 했을 것이다. 나는 다리 그루터기에 수없이 많은 부상을 입은 후에, 내 경우에는 의족을 달고 걷는 게 위험한 줄타기라는 결론에 도달했다. 좋은 컨디션을 유지하고, 휠체어로 안전하고 재빠르게 움직이려면 차라리 매일 수영을 하는 게 낫다.

놀이터에서 아이들을 만난 뒤에 몇 년이 흐르면서 나는 나에게 무슨 일이 벌어진 건지 서서히 깨달았다. 자살 시도를 한 지 1년이 채 못 되었을 때 나에게 경계선 인격장애라는 진단을 내린 심리상담사가 옳았다. 그때까지만 해도 잘 알려지지 않은 병이었다. 지금은 10년도 더 지났다. 경계선 인격장애는 여성들뿐 아니라 남성들에게서도 똑같이 발생한다. 이 병은 이제 예전보다 훨씬 더 많이 알려져 있고, 공식적인 토론의 대상이 되었다. 그러나 나는 이 말을 할 때면 (잘 꺼내지도 않지만) 여전히 어느 정도는 부끄러움을 느낀다.

내가 오랫동안 행복하고 즐겁게 잘 살았다고? 내가 더는 일어설 수 없다는 사실이 요즘은 점점 더 마음에 걸린다. 예전보다 지금 정신적으로 훨씬 건강하다고 느끼기는 하지만, 두 가지 문제에 직면해 있기 때문일 것이다. 하나는 내가 대체로 통제할 수 있는 정신적인 문제다. 다른 하나는 육체적인 문제, 즉 회복할 수 없는 신체적 장애다.

여기에 시간이라는 요소가 더해진다. 시간은 그냥 흘러간다. 나는 점점 더 나이 들고, 10년 전과는 달리 휠체어에서 일어나 다른 자리나 수영장으로 재빨리 옮겨가지 못한다. 다리와 '발'의 통증, 다시는 일어설 수 없다는 아픔, 신체적 장애인으로서의 노화에도 불구하고 나는 인생에서 일어나는 크고 작은 일에 참여하고 싶다. 내가 언젠가 죽는다는 사실은 잘 알고 있다. 죽음을 막을 약은 아직 없다. 나는 죽음을 찾아나서는 대신 기다리기로 결심했다.

어제는 얼마 전에 개업한 집 근처 작은 카페에서 커피를 마셨다. 여주인은 길 건너편 상점에서 쇼핑을 하는 나를 자주 본다고 했다.

"당신을 볼 때마다 '저 사람은 어디서 저런 에너지가 생길까?' 라는 생각이 들어요. 당신을 보는 건 정말 대단한 자극이에요."

나는 이런 말을 자주 듣지만 들을 때마다 놀란다. 그 말에 물론 기쁘긴 해도 대부분은 이거야 지극히 평범한 일이라고 곧장 대답한다.

내가 오랫동안 행복하고 즐겁게 잘 살았다고? 나는 우울하거나 자살 생각을 하는 모든 사람을 도울 수 있다고 주장하지는 못한다. 일단 나는 정신과 의사나 심리상담사가 아니니까. 하지만 그런 문제를 가진 사람들의 느낌과 말을 경험상 이해할 수 있다고 생각한다. 그리고 당신이 이야기를 시작하기만 하면 귀를 기울이는 일은 언제든 할 수 있다.

추천의 말

우울증은 무척 흔한 의학적 질병 가운데 하나이며 자살의 주요 원인입니다. 자살의 70퍼센트는 우울증 때문에 일어납니다. 다른 사망 원인과 통계를 들어 비교하자면 전 세계적으로 에이즈보다 3배, 말라리아보다 8배 많은 사람들이 자살로 사망합니다.

자살 성향을 해결하는 것은 우울증뿐 아니라 정신적인 모든 위기 상황에서 필수적입니다. 자살 성향은 심각한 정신분열증이나 불치병에서도 나타날 수 있습니다. 이른바 '전염 모델', 다시 말해 예전의 자살 시도나 사회 환경 안에서 벌어지는 자살이나 자살 시도 또한 위험 수위를 높입니다.

1953년에 오스트리아 빈의 정신과 전문의 에르빈 링엘 교수는 오늘날도 통용되는 이른바 '자살 전 증후군'을 자세히 설명했습니다. 당사자가 한편으로는 속박감을, 다른 한편으로는 자기 자신을 향한 부자연스러운 공격성과 자살 판타지를 느끼는 것이 이 증후군의 특징입니다. 방금 언급한 속박감은 실직 또는 집을 잃은 생활 상황 때문에 일어날 수 있습니다. 그러나 당사자가 자신의 연상과 감정과 행동 패턴을 부정적으로 설정하는 '역동적 속박감' 때문에 발생하기도 합니다. 속박감은 또한 인간관계나 가치 세계에 해당하기도 하는데, 이 경우에는 모든 것이 부정적으로 해석됩니다.

많은 동료들이 자살 성향의 다양한 생물학적 토대에 대해서 연구했습니다. 예를 들어 1986년에 마리 아스베르크 교수는 자살 시도를 한 환자들의 뇌척수액에서 세로토닌 대사산물인 5-히드록시인돌초산의 농도가 낮아졌음을 증명했습니다. 또한 자살 희생자들은 뇌의 특정 영역에서 세로토닌 농도가 낮다는 사실도 밝혀졌습니다.

이런 생물학적 모델 외에도 자살 성향에 관한 다양한 심리적 연관성이 토론되었습니다. 또 정신역동적인 특징들도 의미가 있다고 간주됩니다.

자살 시도에서는 주변뿐 아니라 치료 팀을 위해서도 당사자와 적절한 관계를 구축하고, 자살 행동을 하나의 구조 요청 신호로 인정하는 것이 중요합니다. 감정 부담을 덜고, 해결책 시도가 실패하면 이에 대한 처리가 따라와야 합니다. 앞에서 언급한 상황적 속박감과 관련해서는 중요한 관계를 재건하고, 자살 시도의 원인이 된 급박한 위기를 극복할 대안적 문제 해결책도 함께

구상해야 합니다. 자살 성향은 아주 심각하게 받아들여야 할 정신적 질병이므로, 자살 시도를 할 위험이 많은 환자들은 되도록 정신과 전문의나 전문 기관(예를 들어 정신병원이나 위기 지원 또는 위기 개입 센터)에서 진단을 받고 치료도 받아야 합니다.

자살 성향을 대할 때 흔히 일어나는 실수는 성급한 위로와 도덕적인 훈계, 일반화, 조언과 충고, 문제 과소평가 등입니다. 아무렇지도 않은 듯이 구는 환자들의 경향을 그냥 받아들이기도 하고, 긍정적인 변화 가능성을 너무 급하게 찾는 일도 자주 발생합니다. 이런 일은 건강한 사람의 경우에는 가능하지만, 자살 성향이 있는 환자들의 경우에는 간단하지 않거나 질병 때문에 불가능하기도 합니다.

자살에 대한 대중매체의 보도가 아주 큰 역할을 한다는 점 또한 자살 성향에서 중요한 관점을 차지합니다. 예를 들어 자살과 자살 방식에 대한 대대적인 언론 보도가 모방을 불러일으킬 수 있다는 사실은 이미 널리 알려져 있습니다. 이를 문학에서는 '베르테르 효과'라고 말합니다.

빈 의학대학교 공공의료센터는 이와 반대인 이른바 '파파게노 효과'를 설명할 수 있었습니다. 당사자들이 위기 상황을 어떻게 구조적으로 극복했는지 서술하는 언론 보도는 자살 예방 효과가 있다는 것입니다.

빅토르 스타우트의 이 책은 자살 성향 질병, 그리고 이와 관련된 우울증을 다루는 탁월한 본보기입니다. 또한 절망적인 위기 상황에 놓인 사람과 그 가족을 어떻게 도울지 알려주기도 합니다. 빅토르 스타우트의 지극히 개인적인 묘사는 그의 구체적인 번민도 보여주지만, 다른 한편으로는 이런 위기를 어떻게 벗어나는지, 그리고 자살 시도 결과로 입은 장애(유감스럽게도 이런 일은 자주 일어납니다)에도 불구하고 건설적으로 어떻게 다시 살아갈 수 있는지 보여줍니다.

이 책이 널리 퍼져서 자살 판타지 질병에 시달리는 환자나 자살 시도로 인한 장애를 겪는 사람들이 주변으로부터 많은 이해와 공감을 얻게 되기를 바랍니다. 빅토르 스타우트의 책은 자살 성향 및 이와 관련이 있는 정신적인 질병과 기타 질병들을 더 정확하게 진단하고 치료하며, 사회심리적 환경에서 돌보는 데 분명히 기여할 것입니다.

지그프리드 카스퍼Siegfried Kasper
빈 의과대학교 정신과 교수 및 심리치료대학 병원장

옮긴이 전은경
한양대학교 사학과를 졸업하고 독일 튀빙겐대학교에서 고대 역사와 고전문헌학을 공부했다. 출판 편집자를 거쳐 현재 독일어 전문 번역가로 활동 중이다. 옮긴 책으로 〈리스본행 야간열차〉 〈꿈꾸는 책들의 미로〉 〈나는 시간이 아주 많은 어른이 되고 싶었다〉 〈엔젤과 크레테〉 〈이탈리아 구두〉 등이 있다.

다시 살아갈 용기
달리는 기차에 몸을 던졌다 그리고 희망이 시작되었다

초판 1쇄 펴낸날 2015년 10월 28일

지은이 빅토르 스타우트
옮긴이 전은경
펴낸이 정구철
기획이사 최만영
책임편집 유승재
디자인 규, 전나리
마케팅 박영준, 신희용
영업관리 김효순
제작 김용학, 김성수

펴낸곳 (주)한솔수북
출판등록 제2013-000276호
주소 121-896 서울시 마포구 월드컵로 96 영훈빌딩 5층
전화 02-2001-5819(편집) 02-2001-5828(영업)
전송 02-2060-0108
전자우편 isoobook@eduhansol.co.kr
책담 블로그 http://chaekdam.tistory.com
책담 페이스북 https://www.facebook.com/chaekdam

ISBN 979-11-7028-016-3 03850

* 이 도서의 국립중앙도서관 출판예정도서목록(CIP)은 서지정보유통지원시스템 홈페이지(http://seoji.nl.go.kr)와 국가자료공동목록시스템(http://www.nl.go.kr/kolisnet)에서 이용하실 수 있습니다.(CIP제어번호: CIP2015027543)
* 책담은 (주)한솔수북의 인문교양 임프린트입니다.
* 책값은 뒤표지에 있습니다.

책담 그대를 위한 세상의 모든 이야기